Même à l'ombre, les cigales chantent

Ce livre est une fiction. Les noms, caractères, professions, lieux, événements ou incidents sont les produits de l'imagination de l'auteur utilisés de manière fictive. Toute ressemblance avec des personnages réels, vivants ou morts, serait totalement fortuite.

Image de couverture : © Shutterstock / © Musbila
Conception graphique : Camille Decoster

Collection « Hugo Poche® » dirigée par Franck Spengler
Ouvrage collectivement dirigé par : Marine Flour, Sylvie Gand, Camille Léonard, Marie Maublan, Lea Mariani et Alice Serverin
Suivi éditorial : Lea Mariani
Sur une idée originale de Claire et Thibaud Zamora

Département de Hugo Publishing
34-36, rue La Pérouse
75116 Paris
www.hugoetcie.fr

ISBN : 9782755691740
Dépôt légal : septembre 2021
Imprimé par CPI BLACK PRINT (Barcelone)

Même à l'ombre, les cigales chantent

Hugo Poche

Préface

Lorsque j'ai parlé de ce projet à mon éditrice Lea, nous étions fin novembre 2020. Deux mois et demi avant, un cancer du sein dit « triple négatif » venait de prendre ma maman. Agressif. Invasif. Impitoyable. La guerrière qui m'a donné la vie n'a rien pu faire contre ce monstre. De l'annonce du diagnostic à l'appel de l'hôpital pour nous annoncer que son cœur s'était arrêté de battre, nous n'avons eu qu'un mois. Un ridicule petit mois. Un mois de sidération. Un mois d'horreur. La violence de sa mort a été inouïe. Elle a plongé notre famille dans l'incompréhension, la colère et la peine.

Mon mari, Thibaud, qui sait combien donner du sens est essentiel pour moi, qui a toujours été d'un soutien indéfectible lorsque j'ai dû me battre contre un cancer lymphatique quelques années plus tôt, a eu cette idée magnifique : réunir un collectif d'autrices de romances et de feel good autour d'un recueil de nouvelles, porteur d'espoir et de lumière, dont les bénéfices seraient reversés à l'association Ruban Rose.

Ce projet, c'est lui rendre hommage à elle, à toutes celles et ceux que le monstre nous a volés. C'est rendre hommage à toutes celles et ceux qui luttent contre le cancer du sein. C'est rendre hommage à tous les accompagnants, ces êtres incroyables de générosité qui sont à leurs côtés. Je pense aux conjoints, aux frères, aux sœurs, aux enfants, aux parents, aux amis… Le cancer blesse le malade mais il n'épargne pas les proches.

Même à l'ombre, les cigales chantent, c'est notre façon de célébrer la vie. On peut vaincre le cancer. Et s'il est difficile d'effacer son empreinte, on peut lui laisser moins de place. On peut même renaître avec plus de force. Trouver le bonheur et le sens de sa vie.

L'écriture est un merveilleux outil pour relier un cœur à un autre.

Immédiatement, le projet a fait écho chez les éditrices d'Hugo mais aussi chez les autrices que nous avons contactées. Plusieurs d'entre nous ont, que ce soit directement ou indirectement, vécu le passage du cancer du sein et le tsunami familial qu'il entraîne. Et d'autres, par empathie, ont tenu à contribuer à la prévention. Convoquer, s'unir, s'allier contre cette abomination qui vole nos êtres chers. Nous avions toutes cette volonté de faire une ode à la vie, à l'humain, à l'amour. À l'essentiel.

Un grand merci à toutes les personnes qui ont participé à ce beau projet. Premier d'une longue série, je l'espère. Merci à Lea, mon éditrice en or, sans qui ce recueil n'aurait jamais pu voir le jour. Merci à Arthur d'avoir accepté notre projet avec tant d'enthousiasme. Merci à Interforum d'avoir ajouté cet ouvrage à un programme déjà défini et d'en avoir assuré la diffusion auprès des libraires, participant eux aussi à ce projet. Merci à toutes les éditrices de la maison pour leur belle énergie et leur temps. Merci à Tamara Balliana, Erika Boyer, Maloria Cassis, Cynthia Kafka, Isa Lawyers, Lou Marceau, Amelia Pacifico, Émilie Parizot, Carène Ponte, C. S. Quill, Valentine Stergann et Laura S. Wild pour votre générosité. Je me souviens de la réunion où nous nous sommes retrouvées pour échanger sur nos scénarios. C'était émouvant d'entendre le témoignage de chacune. Il y a un peu de nos tripes dans ces nouvelles et beaucoup de bienveillance. Un grand merci à mon homme pour son soutien, pour m'avoir soumis cette belle idée et pour avoir accepté le défi de se prêter au jeu de l'écriture avec les haïkus présents dans ma nouvelle.

Et merci maman, tu es toujours avec moi lorsque j'écris. Je sais que c'est là, dans cet espace que nous avons toujours partagé, que nous nous retrouvons.

Merci à l'association Ruban Rose pour son engagement au quotidien, pour sa lutte contre le cancer du sein en poursuivant sans relâche les actions de prévention. Merci de partager l'espoir, car grâce à lui, même à l'ombre, les cigales peuvent continuer de chanter.

Belle lecture à vous. Nous espérons que ce recueil, sur cette cause qui nous touche tant, vous apportera lumière et espoir, autant que nous avons aimé l'écrire, toutes ensemble.

Claire Zamora

Un bruissement d'ailes qui peut tout changer

Tamara Balliana

Je le regarde, interdite.

Il me sourit, mal à l'aise, probablement à cause de ma réponse qui tarde à venir. Sa question est pourtant simple, il ne me demande pas la lune, ni même de développer mes idées pendant vingt minutes. Il espère un oui, si c'est un non, il sera déçu.

Tiens, c'est une bonne question ça, serait-il déçu ?

Il y a toujours cette petite part de moi qui, dès que les gens se comportent gentiment, ne peut s'empêcher de penser qu'ils le font par pitié. Ou du moins, que c'est une sorte de politesse. On se montre rarement méchant avec les gens qui ont connu Gerhard.

Mais Aubin ne sait rien à propos de lui...

Son sourire vacille. Mon silence est gênant, de quoi faire perdre confiance. La mienne s'est fait la malle il y a bien longtemps.

Ma mère, qui me reproche d'avoir toujours quelque chose à dire, ne me reconnaîtrait pas. Moi, la fille qui joue avec les mots, qui vit avec eux, qui passe ses journées à en écrire.

Réponds quelque chose, Lucille !

– OK...

J'ai conscience que ça ne transpire pas l'enthousiasme, alors je me répète :

– OK !

Je suis récompensée par un authentique sourire qui provoque un triple salto de mon cœur. Une sensation depuis trop longtemps oubliée, même si j'admets volontiers que, depuis le début de l'après-midi, le charme d'Aubin ne m'a pas laissée indifférente. Mais qui le resterait ? Surtout face à cet air charmant, souligné par d'authentiques fossettes si profondes qu'on pourrait ranger des choses dedans.

– Super, je passe te prendre à ton hôtel ? Disons, vers 20 heures ? Le temps que je range l'atelier et que je retourne chez moi.

– Oui, 20 heures, c'est parfait.

Je ne reconnais même pas ma propre voix. Et si je trouvais qu'il faisait déjà chaud, j'ai l'impression d'être maintenant aux portes de l'enfer. Pourtant, la dernière fois que je m'en suis approchée, il n'y avait ni cigales ni beau gosse au sourire ravageur.

Je grimpe dans mon taxi, et heureusement que j'ai déjà communiqué ma destination, car je n'ai vraiment pas la tête à me soucier des détails techniques. J'ai beaucoup trop de choses auxquelles penser, je suis à deux doigts de la crise de panique. Ou peut-être a-t-elle déjà commencé ?

Comment est-ce que j'ai réagi la première fois qu'un garçon m'a proposé de sortir avec lui ? Si mes souvenirs sont exacts, ma seule préoccupation était de savoir ce que j'allais porter, si j'allais vraiment arriver à camoufler ce vilain bouton d'acné sur ma joue, et s'il y avait une chance qu'il m'embrasse, avec ou sans la langue.

Je suis probablement en train de vivre la version adulte de ce moment. Avec toutes les questions légitimes qu'on se pose quand ça fait bien longtemps qu'on n'a plus été attirée par un homme juste parce qu'il s'habille comme un skateur. Mais surtout, la version post-Gerhard.

Foutu Gerhard.

Les kilomètres défilent, mes yeux sont fixés sur ce paysage du Sud : falaises de calcaire blanc, maquis, et surtout la Méditerranée qui scintille sous le soleil de fin d'après-midi. Mais une seule pensée hante mon esprit : dans quel pétrin je me suis fourrée ?

Qu'on ait trente ans ou quinze, en situation de crise, on fait la même chose : on appelle les copines. Mais en visio, parce que ce n'est pas pour rien que la technologie progresse. D'un côté, j'ai Clarisse, mon amie d'enfance qui connaît à peu près tout de ma vie, de la première visite de la petite souris à mes peines de cœur. De l'autre, Marion, une amitié plus récente, mais tout aussi forte. Elle était à mes côtés quand il a fallu affronter Gerhard, se battant elle-même contre son propre monstre. On dit que c'est dans l'adversité qu'on voit qui sont ses vrais amis, j'ai découvert qu'on pouvait aussi s'en faire à ce moment-là. Entre mes deux amies, pourtant très différentes, cela a été comme un coup de foudre amical. Si bien que nous sommes maintenant un trio inséparable, probablement grâce à nos tempéraments qui se contrebalancent à la perfection.

– Je ne vois vraiment pas pourquoi tu paniques, dit Marion. Ce n'est qu'un dîner !

Alors qu'elle tient le téléphone, j'aperçois son fils en arrière-plan, qui plonge sa main entière dans ce qui m'a l'air d'être de la purée de carottes. Rien de mieux qu'un enfant qui fait des bêtises pour vous rappeler qu'il fut un temps où la vie était beaucoup plus simple.

– Tu as déjà fait ça des dizaines de fois, renchérit Clarisse. Tu sais, c'est un peu comme le vélo, ça ne s'oublie pas…

– Non, c'est tout à fait différent ! C'est… Les filles, je ne suis pas sortie avec un seul mec depuis

Gerhard ! Je sais même plus quels sont les codes, ce que je dois dire, faire… Je me sens comme… vieille, dépassée ?

Mais au lieu de partager mon angoisse, mes amies se contentent de rire, et Marion avance :

– Je ne pense pas que ça ait beaucoup changé, tu sais…

– Dit la fille dont le premier rendez-vous remonte à l'ère Michael Jackson, réponds-je sans camoufler le sarcasme dans ma voix.

– Mais Marion a raison, tu vas très bien t'en sortir. En fait, la seule question qui s'impose, c'est : que vas-tu porter ?

– Je suis en déplacement professionnel, et je ne passe qu'une seule nuit ici. Ce n'est pas comme si j'avais un dressing entier à ma disposition. J'ai bien peur que mes options soient limitées.

– Eh bien, un problème en moins ! s'exclame Marion. De toute façon, tu es toujours canon.

– C'est ça, oui, bougonné-je.

Marion se rapproche de son écran, comme si elle s'apprêtait à me donner une leçon de vie. Elle pourrait, ceci dit, c'est une des femmes les plus fortes que je connaisse.

– Lucille, tu te souviens du jour où on s'est rencontrées ?

– Évidemment !

– Je suis venue à l'atelier que tu animais au CHU, j'ai bu tes paroles comme si elles provenaient directement d'un gourou. J'ai écouté tous tes conseils beauté, toutes tes astuces. Moi, la fille qui ne se maquillait presque jamais, j'ai dévalisé la parfumerie du quartier le lendemain. J'ai appris à nouer des foulards, je me suis mise à porter les fausses franges de Franjynes, je suis devenue coquette grâce à toi, bien plus que je ne l'ai jamais été. Où se trouve celle qui m'a donné une telle confiance en moi ? Parce que, ma cocotte, il serait bon que tu t'appliques ces conseils à toi-même ! Sinon, tu es vraiment la plus grosse arnaqueuse de l'histoire !

Je ne peux m'empêcher de sourire. Cet atelier beauté que j'anime à l'hôpital pour les femmes depuis un an, c'est ma petite bouffée d'oxygène. J'ai toujours été coquette, et si Gerhard m'a enlevé beaucoup de choses, j'ai refusé qu'il me prenne ça. Je me suis mise à écumer Internet pour trouver des astuces, et tout ce que je dégottais me déprimait. Quand j'ai suggéré à mon oncologue que j'aurais aimé rencontrer d'autres femmes pour échanger sur ces sujets, il m'a carrément proposé d'animer le groupe. Depuis, j'essaye de redonner à ces femmes confiance en elles, et en leur corps. Mais comme on dit : ce sont parfois les cordonniers les plus mal chaussés…

Clarisse, qui doit sentir que je suis mal à l'aise, demande :

– Mais alors, si tu nous parlais un peu de lui ? C'est qui exactement, ce mec ?

– C'est…

Je souris à l'idée de cette journée un peu spéciale.

– Tu te souviens que je suis à Aubagne pour faire un article sur un artisan potier, pour le numéro du mois d'août ?

– On ne risque pas d'oublier, ça fait des jours que tu râles en disant que ta rédac chef t'a refilé un article pourri. Laisse-moi deviner ! Le potier est le sosie de Patrick Swayze ?

– Patrick Swayze ?

– Oui, la scène dans *Ghost* avec Demi Moore ? Ne me dis pas que tu ne la visualises pas ! Cette façon de pétrir l'argile. Mmmh, un manuel, tu sais ce que ça sous-entend ?

Oui, je vois exactement où elle veut en venir, et sincèrement, ça ne fait qu'empirer mon angoisse. Je suis une femme endommagée, Gerhard m'a volé une partie de mon corps, et probablement de mon âme. Alors la dernière chose que j'ai envie d'imaginer, c'est qu'un homme puisse venir faire un état des lieux.

– Euh si… mais non, il ne lui ressemble pas. Il n'a pas de brushing, d'ailleurs il est brun.

– Et sinon ?

– Il a les yeux… marron, je crois ?

Mes deux copines affichent des moues sceptiques.

– Bon, OK ! Je ne saurais pas le décrire avec précision, mais il est craquant !

Et surtout, je ne m'attendais pas à rencontrer quelqu'un comme lui. Quand ma rédactrice en chef m'a annoncé que j'avais été choisie pour écrire un article sur Aubin Castel, potier à Aubagne, ma première réaction a été de me sentir punie. J'ai bien évidemment maudit Gerhard, car même si mes collègues et mes supérieurs ont toujours été un soutien dans toute cette histoire, de longs mois d'absence au travail laissent des cicatrices. Et on a tendance à me regarder comme la fille qui n'est pas à cent pour cent de ses capacités. Il n'y a rien de méchant dans tout ça, peut-être même un excès de bienveillance, on me ménage, on me confie les projets qui ne nécessitent pas un trop grand investissement personnel.

Je ne me suis jamais rêvée en journaliste d'investigation. Enfin si, peut-être à une époque où je croyais à d'autres chimères comme des loyers abordables dans Paris, au coup de foudre, et au fait que les Daft Punk sortiraient un nouvel album. Mais très vite, j'ai compris que ce ne serait pas pour moi. Le fait est que mon boulot pour la rubrique Décoration de chez *Colette*, magazine féminin, me convient tout à fait. Je m'y sens bien, même si depuis quelque temps je regrette la période où on me définissait davantage par mon travail que par mon état de santé.

Ces dernières semaines, il me manque cependant quelque chose. Quand j'anime mes ateliers, j'ai la sensation d'être utile, je m'y suis attachée. Est-ce que j'aide beaucoup de monde en écrivant un article sur le retour du rotin dans la décoration intérieure ? Pas sûr. Et cette recherche de sens dans mon métier occupe une bonne partie de mes pensées, dernièrement. On m'avait prévenue qu'il y aurait un avant et un après le cancer. Mis à part ces questionnements concernant mon activité, je n'ai pas l'impression d'avoir foncièrement changé, mais aux yeux des autres, c'est certain que je ne suis plus la même.

Je soupire.

– Enfin bref, je crois que je ne vais pas me prendre la tête. Après tout, ce n'est qu'une soirée au resto. Et puis, aussi craquant soit-il, ce n'est pas comme si quoi que ce soit d'autre allait se passer, hein ?

Mes amies affichent toutes deux un air sceptique. Moi-même, je ne crois qu'à moitié à ce que je viens d'affirmer.

En vérité, je n'y crois pas du tout.

– Euh… il est quand même au courant que tu habites Paris, ton potier ?

– Aubin, il s'appelle Aubin. Et oui, il sait que je ne suis pas du coin.

Je m'assois au petit bureau de la chambre, et pose le téléphone sur celui-ci. Si elles étaient dans la même pièce, je comprends que c'est à ce moment que Clarisse et Marion auraient échangé un regard signifiant : « Elle est vraiment naïve, n'est-ce pas ? »

– Bon, eh bien… hésite-t-elle. Je pense qu'on peut facilement affirmer qu'il a peut-être une autre idée derrière la tête ? Je ne doute pas que tu sois d'excellente compagnie pour partager un dîner, mais…

Je laisse tomber ma tête en avant sur mes bras. J'offre ainsi à mes copines une superbe vue sur… mes cheveux ? Je suppose.

– Ahhh ! Je savais que j'aurais dû dire non !

– Mais non ! s'exclame Marion. C'est une très bonne chose, vois cette soirée comme une occasion de te remettre en selle. De flirter un peu, de passer un bon moment au restaurant en charmante compagnie. Le reste, ce sera seulement si tu le sens.

J'ai pris une douche, enfilé la robe initialement prévue pour le lendemain, et je me suis maquillée avec les moyens du bord. Ce n'est peut-être pas plus mal que je ne sois pas chez moi, ça m'a au moins évité d'essayer mon placard complet avant de me décider. Je me regarde pour la millième fois dans le miroir. J'ai soudain l'impression d'être une menteuse. Lors de mes ateliers, je rencontre deux types de femmes : certaines qui sont désabusées, et d'autres qui, au contraire, prennent le problème à bras-le-corps. J'ai toujours estimé faire partie de la seconde catégorie. Gerhard, je l'ai combattu avec hargne, je ne l'ai pas laissé me déstabiliser.

Alors bien sûr, il y a eu quelques moments de faiblesse. Des soirées passées à pleurer seule sur mon canapé ou au fond de mon lit. Certains jours, j'étais tellement mal que la simple idée de me lever était insupportable. Mais ça, pas grand monde ne l'a vu. Clarisse bien sûr, Marion, même si j'ai eu peut-être quelques réticences à me montrer aussi vulnérable devant elle. Je n'en suis pas fière, mais il m'est arrivé d'être jalouse. Elle, elle avait un mari, une famille pour l'épauler. Quand j'ai appris mon cancer, mon copain de l'époque n'a pas mis longtemps à prendre le large. Je ne lui en ai pas vraiment voulu. On ne se fréquentait que depuis quelques mois. Nous n'avions partagé que quelques rendez-vous au restaurant, un ciné et des week-ends. Malgré quelques moments passionnés, nous étions juste liés l'un à l'autre pour le meilleur, pour le pire, nous n'étions pas prêts. Enfin… surtout lui.

Et ce soir, je vais me retrouver face à un homme qui n'attend probablement pas grand-chose de moi à part un moment éphémère, et pourtant, je suis nerveuse comme si je jouais mon destin. Je me répète que ce n'est pas Gerhard qui me définit, je suis bien plus que ça. Il est juste un détail de mon passé, certes qui impacte mon présent, mais je ne dois pas le laisser prendre le pas dessus.

Je retrouve Aubin devant mon hôtel et mon cœur fait un looping quand je l'aperçois. Si, en jean usé et tee-shirt, il était déjà craquant, en chemise et pantalon de ville, il l'est tout autant. J'ai toujours eu un faible pour les hommes qui savent s'habiller, et quelque chose me dit qu'Aubin maîtrise cet art. J'ai un petit moment de doute quand son regard me scanne des pieds à la tête, et, malgré moi, je demande :

– Ça ira, ma tenue ?

Avec un sourire appréciateur, il me répond :

– C'est très bien.

Je m'en veux d'en être au point de lui demander son aval. Ce n'est pas comme si 1) j'avais une autre solution ; 2) j'avais déjà eu besoin de l'approbation d'un homme auparavant. Mais on dirait que j'ai perdu tous mes repères, et une partie de mes convictions aussi.

– Ce n'est pas très loin, on peut marcher si c'est bon pour toi ?

– Ça me va.

Il me tend le bras, et ce geste presque désuet me rassure. C'est idiot, mais je me dis que rien de fâcheux ne peut m'arriver auprès d'un homme qui a de bonnes manières. Nous avançons en silence dans la petite rue pavée. Du moins, c'est nous qui sommes silencieux, car les cigales, elles, sont en plein chant nuptial. Cela me donne l'occasion de briser la glace :

– Elles ne s'arrêtent donc jamais ?

– Tant qu'il fait assez chaud, elles chantent, ou plutôt elles cymbalisent, ce n'est que lorsque la température passe en dessous des 22 degrés qu'elles s'arrêtent. Peu importe qu'elles soient à l'ombre, au soleil, ou si la nuit est en train de tomber.

– Tu as l'air de t'y connaître, en cigales.

– Je maîtrise les bases. Je suis bien plus calé dans celles qu'on fabrique en céramique à l'atelier, comme tu as pu le constater cet après-midi.

J'ai effectivement passé plusieurs heures à découvrir l'atelier Castel pour mon article. Je suis maintenant incollable sur les différentes techniques qu'ils utilisent, et les produits qu'ils proposent, du pot de fleurs aux fameuses cigales qui viendront emplir les étagères des boutiques de souvenirs de la région.

Nous arrivons sur une place comme il doit en exister des dizaines en Provence. Des terrasses de restaurant s'étalent sous des platanes, dans un coin, quelques tables d'un marché nocturne sont installées, indiquant que la saison a déjà commencé. Un groupe de musique donne un air de fête à tout cela. Tout à coup, je suis loin des tracas du quotidien, et cette soirée ressemble à s'y méprendre à une de celles que j'ai pu vivre en vacances à Cassis, il y a quelques années.

Aubin me tient ma chaise pendant que je m'assois, puis s'installe en face. Le serveur nous tend les menus, et quand il s'adresse à Aubin, je comprends qu'ils se connaissent. Tout le temps de leur échange, j'ai un de ces moments où le cerveau se déconnecte pour n'assurer que les fonctions vitales. L'une d'entre elles étant la capacité à admirer le superbe spécimen masculin qui me fait face, comme pour évaluer s'il est un candidat envisageable pour être le géniteur de mes futurs enfants.

J'en suis à me dire que la description très sommaire que j'en ai faite à mes copines ne lui rendait vraiment pas justice. Car au royaume des mecs canons, Aubin Castel a une place de choix. De larges épaules, des pommettes et une mâchoire qui semblent taillées à la serpe, des lèvres pleines. Je ne serais pas étonnée d'apprendre qu'il y a dans le coin des tas de femmes qui ont des collections complètes de cigales en céramique de toutes tailles, juste pour le plaisir de savoir que c'est lui qui les a confectionnées. Je vais peut-être devoir suggérer aux maquettistes de chez *Colette* de laisser plus de place à sa photo qu'à mon article. Même si cela va à l'encontre de mes principes.

C'est alors que le doute s'installe en moi : *Et si ce rendez-vous n'était qu'un moyen pour lui de s'assurer de la qualité de mon article le concernant ?* Cette idée me fait retomber le moral dans les chaussettes en moins de temps qu'il n'en faut pour la penser. C'est le moment que le serveur choisit pour demander quel apéritif nous souhaitons commander. Je réponds par automatisme, et dès qu'il s'éloigne, Aubin fronce les sourcils et me questionne :

– Ça va ?

– Oui…

J'hésite, et décide que je ne vais pas tourner autour du pot. Je n'aime pas être le dindon de la farce, et autant être claire dès le départ.

– Ce rendez-vous… c'est pour quoi au juste ?

Le léger sourire qui ourlait ses lèvres disparaît, il fait place à de l'embarras.

Je le savais !

Il lâche un rire nerveux, et moi, je bous de m'être fait avoir comme une novice.

– Je suis encore plus rouillé que ce que je pensais, dit-il. C'est vrai que ça fait longtemps, mais…

OK, je suis perdue. De quoi parle-t-il ?

– Je ne sais pas ce qui m'a pris, continue-t-il. On a passé tout l'après-midi ensemble, et j'ai trouvé ça plutôt sympa. J'ai trouvé qu'il y avait un bon feeling entre nous et… Je ne sais pas, je n'avais pas envie que ça se termine si rapidement. Je suis désolé si je n'ai pas été très clair…

Je secoue la tête, à moitié mortifiée, mais soulagée tout de même.

– Non pardon, c'est moi… J'ai cru un instant que tu m'avais fait venir pour me demander une faveur pour l'article, ou un truc du genre.

– Oh !

S'ensuit un silence gênant, et quand le serveur s'approche pour nous apporter nos verres, je serais prête à lui poser n'importe quelle question pour faire diversion. Mais comme le dit la chanson, c'est les DJ qui sauvent des vies, pas les serveurs.

– Et si tu devais choisir entre le rendez-vous professionnel et le rendez-vous personnel, lequel préférerais-tu ? finit par demander Aubin.

Mes mains sont moites, l'organe au fond de ma poitrine palpite.

– Le personnel.

– Parfait, murmure-t-il en me souriant.

Mes angoisses sont toujours là, mais il y a quelque chose d'apaisant dans son regard. Je prends une inspiration, lui rends son sourire tout en me répétant les paroles de Clarisse. Je dois prendre cette soirée pour ce qu'elle est, profiter d'un repas en charmante compagnie. Une jolie parenthèse en Provence dans mon quotidien de journaliste parisienne. Ma réalité toujours teintée par Gerhard attendra demain.

Nous avons fini de dîner, et je n'ai pas vu le temps passer. Aubin s'est montré drôle, curieux dans la limite de ce qu'on peut demander lors d'un premier (et probablement dernier) rendez-vous.

– Ça te dit de marcher un peu ? propose-t-il.

Sa question me fait plaisir car au fond de moi, je n'ai pas envie que la soirée se termine. Cela fait longtemps que je n'ai pas connu cette sensation grisante de vouloir étirer le temps. Depuis l'annonce de l'arrivée de Gerhard dans ma vie, je n'ai jamais eu de regrets. Je me suis focalisée sur le futur, je cours après ce jour où il ne fera plus partie de ma vie. Je n'ai pas encore entendu ce fameux : « Vous êtes guérie. » Mais chaque matin, quand je me lève, je songe que je me rapproche pas à pas de cet instant, celui où cette fameuse rémission sera définitive. Et là, pour la première fois, j'ai envie de mettre le temps sur pause. De profiter d'être juste Lucille, une journaliste qu'Aubin trouve à son goût, si j'ai su lire les signaux correctement. D'être la fille qui l'a fait rire en lui racontant ses pires anecdotes de travail, ou les dramas qui rythment le quotidien d'un mensuel féminin. D'être celle qui l'a écoutée parler de son enfance dans le Sud, de ses vacances passées à traîner dans l'atelier, auprès de son grand-père, fondateur de la maison Castel.

– Comment tu en es venu à reprendre la poterie de ton grand-père ?

Il arque un sourcil amusé et demande :

– C'est toi ou la journaliste qui pose la question ? Et je croyais t'avoir déjà expliqué…

– Tu m'as dit que tu avais quitté ton job qui n'avait rien à voir avec tout ça, quand l'état de ton grand-père ne lui a plus permis de travailler. Mais qu'est-ce qui t'a fait sauter le pas ? À quel moment tu t'es dit que tu trouvais plus de sens dans la poterie que dans ton travail précédent ? Et pour info, c'est moi qui pose la question, ce n'est pas pour l'article.

Il prend une inspiration, et répond :

– Il n'y a pas vraiment eu un jour où j'ai eu un déclic. C'est quelque chose de plus insidieux qui s'est installé lentement. J'aimais mon ancien travail, dans l'informatique, mais j'avais davantage la sensation de n'être qu'un rouage d'une énorme machine dont le fonctionnement était parfois un peu flou, et qui pourrait probablement très bien marcher sans moi. À l'atelier, je me sens utile. Je sais que ça peut paraître futile quand on fabrique essentiellement des objets de décoration…

– Des objets qui apporteront du bonheur aux gens qui les achètent.

– J'aime bien ta façon de voir les choses.

– Et tu as aussi des employés qui comptent sur toi.

– Oui, je connais certains d'entre eux depuis des années ; pour d'autres, c'est moi qui les ai embauchés. Bref, c'est idiot à dire, mais je suis heureux dans ce que je fais. Bien plus que je ne l'étais avant. Ça paraît être un conseil…

Il hésite, et je complète pour lui :

– Tout droit sorti d'un magazine féminin ?

– C'est toi l'experte, s'amuse-t-il.

– Je comprends ce que tu veux dire.

Il hoche la tête et nous restons silencieux le temps de parcourir quelques mètres, avant qu'il ne demande :

– Et toi ? Tu es heureuse dans ce que tu fais ?

Avant d'ajouter :

– Ce n'est pas le sujet de ton article qui pose la question, mais l'homme qui, pendant tout le repas, s'est demandé comment il allait réussir à te convaincre de rester encore un peu avec lui avant de t'en aller. Alors n'hésite pas à développer tes idées, j'ai du temps devant moi.

Sa formulation me fait sourire. Je prends un peu de temps avant de répondre :

– J'aime mon travail.

– Mais ?

– Pourquoi penses-tu qu'il y a un mais ?

Il hausse les épaules.

– Ça se sent, et si ce n'était pas le cas, tu te serais empressée de nier.

C'est qu'il est perspicace, le potier. Je le dévisage quelques instants, alors que notre pas a ralenti. Je ne sais pas si c'est parce qu'il sent que mon cerveau mouline tellement qu'il vaut mieux ne pas l'encombrer davantage avec des problèmes d'ordre sécuritaire, ou s'il redoute comme moi l'arrivée au bout de la rue, donc à mon hôtel.

C'est le moment où je dois faire un choix : celui de me taire, ou lui dévoiler un peu de mon quotidien de ces deux dernières années. Ce sujet que j'ai évité toute la soirée, sans trop de peine d'ailleurs, j'en suis surprise. Ce sujet qui changera probablement la façon dont il me voit, à la seconde même où je l'aurais évoqué. Comme pour tous les gens qui sont au courant. Pour ma famille, mes collègues, mes amis, Gerhard fait partie de moi comme un tatouage indélébile. Un bien visible, du genre sur le front ou sur mon avant-bras, et parfois ils n'arrivent pas à faire abstraction du fait qu'il est là, que la fille qui le porte ne se définit pas uniquement par ça. Et là, je m'apprête à relever ma manche pour le dévoiler à Aubin. Je pourrais me dire que ce n'est pas nécessaire, il y a quelques heures, c'était encore un inconnu. Il le sera toujours après cette soirée, d'ailleurs, alors je pourrais facilement choisir de mentir, et de profiter du moment tout en repoussant Gerhard dans un coin de ma tête où il ne gêne pas trop. Mais Aubin me dévisage avec ce regard, celui qui m'a hypnotisée pendant tout le dîner et une bonne partie de l'après-midi, celui qui m'a poussée à accepter de le revoir, et maintenant à être honnête.

– Si j'ai les cheveux courts, ce n'est pas un choix.

Je me sens tout à fait féminine et à l'aise avec mon look actuel, mais la perte de mes cheveux quand j'ai commencé ma chimio a été une étape assez difficile pour moi, qui les avais toujours eus très longs. C'était ma fierté, ce que je pensais être un de mes principaux atouts physiques. Alors les voir tomber, puis prendre la décision de les raser pour mettre fin au carnage une bonne fois pour toutes, a été assez violent.

Aubin lance un coup d'œil à ma coupe à la garçonne, que j'entretiens avec soin. Je me plais ainsi à présent, mais une fois de plus, pour ceux qui m'ont connue avant, c'est un rappel que quelque chose a changé. Je poursuis :

– J'ai rencontré quelqu'un, j'ai décidé de le surnommer Gerhard.

– Un ex ? demande-t-il à voix basse comme s'il osait à peine prendre la parole.

– Non, j'aimerais bien pouvoir poser cette particule devant son véritable nom, mais c'est encore trop tôt.

Je prends une grande inspiration et précise :

– Gerhard, c'est le nom que j'ai donné à mon cancer du sein.

Je lui laisse un peu de temps, histoire qu'il digère ma déclaration. Et il ne me répond pas forcément par la question que j'attendais :

– Pourquoi porte-t-il le prénom d'un ex-chancelier allemand ?

– À peu près à l'époque où j'ai appris ma maladie, un article dans le journal parlait d'un dresseur de fauves. Il expliquait qu'il leur donnait des ordres en allemand ou en anglais, car les sons de ces langues étaient moins doux qu'en français. Je me suis dit que moi aussi, j'avais un fauve à dompter, alors j'ai commencé à le dénommer ainsi dans ma tête, puis c'est resté.

Il acquiesce, et je comprends qu'il ne fera pas de commentaires. Pour être honnête, dans son cas, je ne sais pas ce que je dirais.

– C'est un peu cliché de dire ça, mais depuis que Gerhard est entré dans ma vie, j'ai changé. Les gens autour de moi ont changé aussi. Et ça m'agace, j'ai pas envie qu'on me colle l'étiquette de la fille qui a eu un cancer.

Dans les minutes qui suivent, je lui parle de Gerhard. Je vide mon sac, en quelque sorte. Je ne me suis jamais confiée ainsi. Peut-être est-ce le fait qu'Aubin est finalement un inconnu, peut-être est-ce parce que, l'espace d'une soirée, il m'a fait oublier les moments d'angoisse de ces deux dernières années. Ou peut-être est-ce parce qu'il a un don particulier pour m'écouter ? Du moins, c'est ce que je ressens.

Notre pas a ralenti à l'extrême. C'est à peine si nous bougeons. Je me rassure en me disant que si vraiment Aubin était agacé par ma logorrhée, il aurait fait en sorte que nous soyons déjà devant l'hôtel. Il m'aurait sorti l'excuse d'une grosse journée qui l'attend demain, et je ne lui en aurais même pas voulu. Mais quand nous atteignons enfin l'hôtel, mon histoire est terminée. Du moins, la partie que j'ai déjà vécue. Il ne reste que les incertitudes des prochains mois, mes questions et cet espoir que j'entretiens : celui que Gerhard disparaisse à jamais de ma vie.

Aubin se tourne vers moi, je pense qu'il va me souhaiter une bonne nuit, peut-être me dire qu'il reste à ma disposition pour toute précision pour l'article. Et il s'en ira. Peut-être que je le regarderai s'éloigner depuis le seuil, ou alors c'est moi qui entrerai, et il vérifiera par la baie vitrée que je rejoins les ascenseurs sans encombre, avant de tourner les talons. Mais à la place, il s'approche. Même dans la moiteur de cette nuit de juin, je sens sa chaleur qui m'enveloppe. Sa voix agit comme une caresse sur ma peau :

– Tu es probablement une des filles les plus courageuses que j'aie rencontrées.

Je secoue la tête.

– Je ne suis pas courageuse, je suis juste une fille qui s'est retrouvée face à une situation compliquée et qui n'avait que deux choix : celui de baisser les bras, ou celui de prendre le problème à bras-le-corps.

– C'est ce que je disais, tu n'as pas choisi la facilité.

Je ne réponds pas. En partie parce que ce serait sans fin, mais aussi parce que mon cerveau n'est pas tout à fait capable de se concentrer. Aubin est proche, très proche. Je sens son souffle sur mon visage, et je me prépare à ce que, d'un instant à l'autre, il ait enfin l'audace de supprimer les quelques centimètres qui nous séparent encore. Mais à mon grand étonnement, il déclare :

– Je ne vais pas t'embrasser.

C'est lui qui déclarait plus tôt être rouillé ? Car là, j'ai de sérieux doutes sur mes capacités de discernement. J'étais presque certaine que c'était ce qu'il allait faire, et s'il ne venait pas de clamer haut et fort l'inverse, je le penserais toujours. Il n'a pas bougé d'un iota, et quiconque nous croiserait sur le trottoir aurait la même impression.

– Pourquoi ?

– Parce que si je le fais, j'ai peur de le regretter ensuite.

Il m'aurait giflée, cela aurait été pareil. Je recule d'un pas, mais il me retient. Je me demande à quoi bon…

– Ce n'est pas que je n'en meurs pas d'envie, mais j'ai peur de ne plus savoir m'arrêter ensuite. Et on sait tous les deux que ça ne mènerait à rien, si ce n'est à davantage de regrets.

– Alors pourquoi cette soirée ?

– Pour essayer de me démontrer que j'avais tort, peut-être ? Que ce que j'ai entrevu cet après-midi n'était qu'une illusion.

– Et alors ?

– Ça n'a pas marché, bien au contraire.

Cette fois-ci, je suis furieuse contre lui. Je me rends compte que moi aussi, j'aurais peut-être mieux fait de passer ma soirée seule avec une salade achetée à la va-vite au supermarché, dégustée assise en tailleurs sur mon lit, face à la télé de ma chambre d'hôtel. Mais non, il a fallu qu'il m'invite, et qu'il me rappelle que je ne suis pas seulement la fille avec un cancer.

Il y a deux ans, c'est le moment où j'aurais tourné les talons, et je lui aurais souhaité une bonne nuit. Mais tout a changé, la faute à Gerhard, ou peut-être grâce à lui. Alors, je ne lui laisse pas le choix, je me hisse sur la pointe des pieds, entoure sa nuque de mes bras. Il ne fait rien pour me repousser, je prends ça pour un accord de sa part. Mes lèvres fondent sur les siennes. Et le moins qu'on puisse dire, c'est qu'il devient rapidement mon complice.

J'avais oublié la sensation grisante d'un baiser.

Je suis persuadée que celui-ci a quelque chose de plus. Je n'ai pas les idées assez claires pour savoir si c'est à cause de Gerhard, de cet homme, mais je sais qu'il y a quelque chose de spécial. Nous nous écartons l'un de l'autre pour reprendre notre souffle, Aubin me dévisage, les lèvres légèrement teintées d'un sourire.

– On dirait que tu as jeté à l'eau tous mes plans de me conduire comme un gentleman.

– Je suis d'avis qu'on a beau faire des plans, ils finissent toujours par être revus. Et c'est peut-être quand on n'en fait pas qu'on profite encore plus.

J'ai besoin de spontanéité.

Je lui tends la main, le cœur battant.

Il la saisit.

Telle une cigale, j'ai passé de nombreux mois enfouie sous terre. Et si mon été se résume à une nuit, je ne compte pas passer à côté.

– Qu'est-ce que tu en penses ? me demande mon collègue, après avoir fini la mise en pages de mon article.

Sur son écran, le visage d'Aubin dans son atelier, concentré sur une de ses créations, occupe une bonne partie de la page. Tout comme il hante mon esprit. Un mois est passé, et pas un jour ne s'écoule sans que je repense à cette soirée. Il y a des choses qui ont changé dans ma vie. La première étant que j'ai ouvert un blog. Ça paraît anodin, mais ça me rend heureuse. J'y reprends ce que je fais dans mes ateliers. J'y parle de mon expérience, je parle de ce que j'aurais aimé trouver quand Gerhard m'a enlevé une partie de ma féminité. J'y poste des tutoriels sur la manière d'utiliser une fausse frange, les astuces maquillage quand on n'a plus de sourcils, et plein d'autres conseils, en essayant de toujours rester positive et, quand c'est possible, drôle. J'ai voulu ce site joyeux. Au début de mon chemin contre le cancer j'aurais souhaité trouver un endroit qui me fasse sentir que j'étais toujours femme, toujours séduisante. Je me dis qu'on n'aura pas toutes la chance de trouver un Aubin sur notre chemin.

Aubin.

J'ai beau me répéter qu'il s'agissait juste d'une rencontre comme il y en aura d'autres, je sais que ce n'est pas tout à fait ça. Depuis mon retour à Paris, j'ai accepté un autre rendez-vous. Mais il n'y avait pas cette connexion que j'ai ressentie ce soir-là. Parfois, je songe que c'est mon cerveau qui idéalise ce moment, car il est arrivé à un instant spécial de ma vie. Mais d'autres fois, je sais que ce n'est pas seulement ça. J'ai peur, et malgré ce qu'il a cru voir en moi, je ne suis pas si courageuse que ça.

La matinée est déjà bien entamée quand je retourne à mon bureau et découvre un paquet sur celui-ci. Je pense en premier lieu à des échantillons envoyés par un fournisseur quelconque qui espère décrocher un article, quand je constate que mon nom est inscrit sur la boîte, de façon manuscrite. C'est ridicule, mais ce détail m'interpelle, et je prends le plus grand soin à ouvrir le carton. Quelqu'un qui a pris le temps d'écrire mon nom à la main mérite que je m'applique pour ouvrir son colis. À l'intérieur de celui-ci, il y a une boîte plus petite, de couleur crème, mais dénuée d'inscription. Je l'ouvre à son tour et découvre un écrin. Bleu comme le ciel méditerranéen un jour de mistral, il y a une inscription argentée sur le dessus :

Atelier Castel.

Mon cœur accélère, et je sors l'écrin comme si c'était la chose la plus précieuse au monde. Je me moque bien de savoir si, dans l'open space, on me dévisage, je songe à une seule chose : la personne qui a envoyé ce paquet. J'ouvre délicatement l'écrin. Une fine chaîne argentée y est installée, et dessus pend une minuscule cigale couleur ivoire. Je la saisis délicatement et apprécie la finesse des détails, même sur un pendentif si petit. Je ferme les yeux et imagine Aubin dans son atelier, en train de travailler dessus. Mon cœur se gonfle d'une énergie nouvelle, et quand mes paupières se soulèvent à nouveau, je suis emplie de certitudes. Si la vie n'est pas une succession de journées ensoleillées, la passion qui réchauffe mon cœur est suffisante pour que, même avec un peu d'ombre, l'été perdure. À moi maintenant d'en profiter.

Le premier sourire de juin

Erika Boyer

Si dans le sexe tu ne trouves pas
Une bonne raison de sourire
Ma belle, sache que tu n'as
Plus aucune chance de t'en sortir

Je soupire en me tirant des draps. Nue, je marche jusqu'aux vêtements que j'ai laissés traîner un peu partout dans la chambre de mon ami.

– Tu pars déjà ? marmonne Sandy en se réveillant.

– Tu as un enterrement.

– Incinération, me corrige-t-il. Je peux passer mon tour si tu restes un peu plus.

Ce sourire, ce clin d'œil… tout sonne faux. À une époque, je le lui aurais dit parce que je crachais ce qui me passait par la tête sans réfléchir aux conséquences, aujourd'hui, je préfère me taire. Le silence est parfois plus simple. Ça vaut toujours mieux que les mensonges d'un médecin, d'un père ou d'un amant.

Je ne sais pas si j'ai plus de peine pour Sandy qui va au-devant de longues journées, semaines, peut-être mois de souffrance, ou pour ma cousine qui va devoir supporter l'état de son meilleur ami. Lara est forte, mais savoir que cet homme va mal est son enfer personnel. Parfois, je me dis que c'est lui qu'elle aurait dû épouser, pas Luigi, puis je me souviens qu'ils sont faits l'un pour l'autre et que Sandy n'est de toute façon fait pour personne. Insaisissable, instable, plein d'amour, mais incapable de tomber amoureux pour autant. Je ne sais pas s'il est libre ou prisonnier de tout ce qui l'effraie. Peut-être que je suis un peu comme lui, enfermée par la maladie de ma mère…

En soupirant, je m'assois sur le lit et regarde son visage faussement amusé. Derrière ce sourire se cachent de tristes secrets. Mais qui suis-je pour le juger ? Je suis bien mal placée. Je caresse sa lèvre inférieure de mon pouce. Sandy a une bouche à se damner. Cet homme a un physique à rendre folles la plupart des femmes. Il n'a jamais pu faire vibrer mon cœur, mais mon corps, il sait comment le faire chanter. Je me penche au-dessus de lui, puis je dis :

– Une fois de plus, pour mon simple plaisir, et tu pars affronter tes démons.

– Ton plaisir est le mien, répond-il contre mes lèvres.

– C’est bien pour ça que tu es mon préféré.

Mes lèvres s’écrasent contre celle de mon ami, pour oublier, pour le plaisir, juste parce que le sexe est bien la seule chose qui ne me trahira jamais. Avec la bouffe.

– June, dit Sandy contre ma bouche, alors que mon corps ondule déjà au-dessus du sien.

– Oui ?

– Pourquoi tu es là ?

– Avec toi ? La réponse me semble évidente.

– Non, dit-il en riant. Je sais que tu effaces les traces de cet enfoiré, ta cousine t’a balancée. Pourquoi tu es à Lyon ? Et ne me dis pas que c’est parce que j’y suis. Je sais que tu m’aimes beaucoup, mais je ne suis pas suffisant pour te sortir de ta montagne.

– J’aurais répondu pour Lara avant de penser à toi.

– Menteuse, c’est moi que tu préfères.

Sexuellement parlant ? Cela ne fait aucun doute.

– Je suis venue voir ma mère, dis-je.

– Elle a un problème ?

Le cancer a failli la bouffer et je suis flippée à l’idée qu’il y arrive finalement. Je ne crois pas les médecins qui disent qu’elle est tirée d’affaire. Je suis persuadée que toutes les personnes à qui on annonce qu’elles sont en rémission finissent malgré tout par crever. J’ai une peur bleue de perdre la femme que j’aime le plus au monde.

J'ai mille choses à répondre à cette question, mais aucune que je dirai à Sandy, parce que je n'ai pas envie d'en parler, mais surtout parce que je refuse que Lara apprenne la maladie de ma mère. Mes tantes n'ont pas fait tout leur possible afin de le lui cacher pour que Sandy gaffe. Ma cousine ne se remettrait jamais de cette nouvelle. Moi-même, je crois que ça me poursuivra jusqu'à m'enterrer.

– J'ai juste envie de la voir.

Parfois, une demi-vérité est une réponse plus douce, moins dangereuse. Les doigts de Sandy s'agrippent à mes longs cheveux. Il me regarde dans les yeux, puis un sourire se dessine à nouveau sur ses lèvres. Il approche mon visage du sien.

– Tu mens mal. Heureusement, tu fais bien l'amour.

À chacun ses qualités, pensé-je en me jetant finalement sur sa bouche.

Je n'ai plus envie de parler.

– Arrête de bouger !

Je m'agite sous les doigts de ma meilleure amie pendant que ma mère, assise dans le fauteuil, rit en nous regardant. Cela n'a vraiment rien de drôle, je déteste quand Alice me prend pour une poupée.

– Je ne veux pas d'un nouveau jogging, me plains-je.

– Tu préfères une robe ?

– Elle serait sublime avec une jolie robe à imprimé fleuri !

– Maman…

– Que penses-tu de ce tissu ?

Elle montre à Alice une pièce couverte de coquelicots bien rouges et de pissenlits jaune pâle. Je vois aussi des fleurs rose clair que je ne reconnais pas, mais je m'en moque parce que je déteste les fleurs, plus encore que je hais les robes.

– Pas moyen.

– Tu as raison, Cathy, ça irait parfaitement avec ses cheveux blonds !

– J'ai dit non.

– Une robe style années 1950, tu en penses quoi ?

Alice et ma mère continuent à discuter comme si je n'existais pas. J'ai très envie de les tuer, je le ferais si je ne les aimais pas autant. Elles ont le don de me rendre dingue. J'arrache le tissu des mains de ma mère et, tout en marchant comme un canard pour ne pas me planter une épingle dans la jambe, je pars le jeter dans la poubelle de la cuisine. Quand je reviens, ma meilleure amie me regarde avec des yeux écarquillés. Elle est choquée, je viens de commettre un crime pour l'amoureuse de mode et de couture qu'elle est.

– Un jogging, pas autre chose, la préviens-je.

Elle tourne la tête vers ma mère, et je comprends qu'elles n'ont fait qu'obtenir ce qu'elles voulaient. Si ma mère ne souriait pas, je me fâcherais. Malheureusement, même si elle est complètement folle, irritante, et qu'elle me donne des envies de meurtre, je ne sais que céder devant son bonheur. Après tout ce qu'elle a vécu, je peux bien porter un pantalon de sport coloré si ça suffit à éclairer son visage. Elle a trop longtemps eu le teint gris, les couleurs lui vont bien mieux.

Alice reprend son travail. Elle ajuste le jogging vert pomme sur mes hanches et continue à mettre des épingles un peu partout.

– Tu es prête pour ton rendez-vous ? demandé-je à ma mère.

– Quel rendez-vous ?

– Ta consultation de surveillance.

– Surveillance de quoi ?

– De ton cancer ! m'énervé-je finalement.

J'ai craqué. J'ai beau me retenir de dire tout ce que je pense, celle qui m'a mise au monde a le chic pour me faire redevenir la femme que j'étais avant sa maladie. Elle se met à rire, alors que je suis à deux doigts de casser quelque chose.

– J'imagine qu'il vaut mieux que j'évite une blague sur le fait que je n'ai plus de cancer ? demande-t-elle, toujours amusée.

Je ne réponds pas, mon regard est suffisant. Ma mère n'est pas sérieuse. Elle est en rémission depuis un an, elle doit continuer à voir les médecins qui se sont occupés d'elle pendant son traitement du cancer du sein afin d'être certaine que la maladie ne la dévore pas de nouveau, mais elle agit comme une petite fille écervelée. C'est exactement pour ça que j'envisage de quitter Latour-de-Carol et de revenir vivre à Lyon. Elle est si insouciante que je passe mon temps à m'inquiéter…

– Pas de douleurs ? demandé-je.

– Non, je me sens super bien !

– Pas de fatigue ou de troubles de l'appétit ?

– Je dors et mange bien ! continue-t-elle, joyeuse.

– Pas de…

– Elle te dit que ça va, arrête de l'embêter et cesse de bouger ! s'énerve Alice.

Je me retiens de lui donner un coup de pied, mais c'est seulement parce que j'ai peur de me piquer avec une de ces fichues épingles. Je lui jette un regard noir qu'elle ne voit pas, puis je tourne la tête vers ma mère qui me sourit toujours, avec tendresse. Ensuite, elle fait ce qu'elle sait faire de mieux, me poser une question à laquelle je ne veux pas répondre :

– Alors, qu'a fait Thibault, cette fois ?

– Rien.

– Pourquoi tu l'as quitté, alors ?

– Parce qu'il n'a rien fait, justement.

– Ah, les hommes… souffle-t-elle.

Elle conserve son air amusé, mais je sais qu'elle pense à mon père, cet enfoiré qui n'a absolument rien fait quand le cancer de ma mère a été détecté. Il a continué à travailler comme un fou, il ne l'a accompagnée à aucun rendez-vous, il a même osé se plaindre que sa vie était très compliquée avec une femme malade. Comme si c'était lui qui risquait de crever !

Je déteste cet homme, c'est une ordure, je n'ai pas été étonnée qu'il me reproche de briser le cœur de ce pauvre Thibault quand je l'ai quitté parce qu'il m'a trompée. Apparemment, il est naturel pour un homme d'avoir des besoins, et si sa femme ne peut les combler, il est en droit d'aller voir ailleurs. C'est le merveilleux discours d'un père à sa seule et unique fille. À une autre époque, je lui aurais dit sans aucune gêne que sa petite fille aimait s'envoyer en l'air plusieurs fois par jour et que Thibault n'avait donc aucune excuse. Mais ça, c'était l'ancienne June, celle de l'avant-cancer. La nouvelle n'a plus la force de parler vainement à son horrible père. Celle-là a compris qu'il n'était pas utile de s'exprimer à voix haute si personne ne l'écoute.

C'est à se demander comment ma mère a fait pour tenir aussi longtemps avant de le mettre à la porte. Par je ne sais quel miracle, elle l'a supporté toute la durée de son traitement, même quand il l'accusait de le réveiller parce qu'elle se levait dans la nuit pour vomir à cause de la chimiothérapie. Ma mère est une femme incroyable, mais elle est aussi incroyablement incompréhensible. Elle a attendu d'avoir tué ce fichu crabe pour ensuite tendre à mon père sa valise et lui dire : « Merci de m'avoir donné June. » Après coup, elle a ri en m'avouant qu'elle voulait qu'il souffre avec elle jusqu'à la fin, et que c'était la seule raison pour laquelle elle l'avait supporté pendant l'année difficile où elle se battait contre le cancer. Elle est incroyablement maligne et forte, mais ça n'enlève rien au fait qu'elle est sacrément bizarre.

– Moi, je lui aurais coupé les couilles, dit soudain Alice.

– À qui ?

– À Thibault.

– Pour n'avoir rien fait ? C'est un peu dur, dit ma mère.

– Cathy… ajoute Alice en secouant la tête.

Quelque chose se passe entre ces deux-là, mais je ne saisis pas exactement quoi. Ce qui est sûr, c'est que cela a un rapport avec moi et mon idiot d'ex-petit ami. Alice et ma mère ont toujours eu une relation particulière, et elles adorent se liguer contre moi.

– Qu'est-ce que j'ignore ? soupiré-je.

– La question est : qu'est-ce que ta mère n'ignore pas ?

– Je ne comprends rien.

– Elle sait pour Thibault.

Elle sait que je l'ai quitté, bien sûr, je le lui ai dit dès que je l'ai fait, mais… Je viens de comprendre. Ma mère sait qu'il m'a trompée. Je n'en ai parlé qu'à Alice et Lara. Et je suis certaine que ma cousine a tenu sa langue.

– Tu m'as balancée.

– C'est ton père qui m'a appelée, corrige ma mère.

– Il t'a appelée pour te dire ça ?

Elle hausse les épaules, puis elle se penche vers la table basse et attrape un tissu bleu ciel.

– Et pourquoi pas cette couleur pour le prochain jogging ? lance-t-elle, enthousiaste, à Alice.

– Maman…

– Quoi ? Tu n'aimes pas le bleu ?

Je n'aime presque aucune couleur pour les vêtements, mais là n'est pas la question. J'aimerais dire qu'elle le sait, mais je crois sincèrement qu'elle n'a pas conscience d'être bizarre, de sauter du coq à l'âne et d'aborder la vie avec trop d'insouciance. Je m'apprête à lui répondre qu'il faut qu'elle arrête de parler à l'abruti qui a participé à ma conception, mais en voyant son sourire, j'oublie l'idée. C'est inutile, elle ne m'écoutera pas.

Je soupire. Ma mère est irrécupérable.

J'ai la gorge serrée et l'estomac noué. Les hôpitaux me font toujours cet effet. Je suis bien trop souvent venue ici, et chaque fois, j'ai peur que ce soit la dernière, pas parce que cela signifierait que ma mère n'a plus à y entrer, mais parce que cela voudrait dire qu'elle n'en ressortira pas. J'ai envie de vomir. Je crois que je préférerais être au funérarium à la place de Sandy, pour faire des adieux sans sincérité à son père. N'importe quoi, sauf être ici.

De son côté, ma mère arbore toujours le sourire qui la caractérise. Plusieurs infirmières la saluent en l'appelant par son prénom. Elle les reprend en leur rappelant que pour elles, ce n'est pas Catherine, mais Cathy, puisqu'elles ont tant vécu ensemble. Sa bonne humeur plaît au personnel soignant, moi, j'ai envie de lui demander comment elle peut parler ainsi de quelque chose d'aussi frais qui a failli lui prendre sa vie et qui pourrait très bien redevenir son pire cauchemar. *Notre* pire cauchemar.

Quand ma mère entre dans le bureau du médecin qui l'a accompagnée pendant son traitement, je me laisse tomber dans un fauteuil de la salle d'attente. Alice est avec moi, mais sa présence ne m'aide pas plus que ça. J'ai la tête prête à exploser, je sens que j'ai besoin d'écrire. J'étouffe.

Le cancer n'a pas seulement bouffé
Le sein qui m'a abreuvée
Il a entièrement dévoré
L'esprit de celle dont je suis née

– Ta mère a toujours été folle.

Je tourne la tête vers Alice qui sourit en lisant mes quelques vers griffonnés au dos d'un prospectus, à l'aide d'un feutre qui a été mâchouillé par un gamin. À bien y réfléchir, je crois qu'elle a raison.

Ma mère a toujours eu un côté déjanté. La première fois qu'elle a vu Alice, on était à la maternelle, et elle a dit que nous allions être les meilleures amies du monde, que c'était obligé parce qu'on allait bien ensemble. Et quand la chanson *Alice & June* d'Indochine est sortie, elle a dit que c'était la preuve que nous étions destinées à nous rencontrer. Elle a toujours eu des idées farfelues, il n'y a qu'à voir le choix de mon prénom. Qui appelle un enfant né en janvier, June ? C'est complètement absurde.

Je me laisse retomber en arrière contre le fauteuil de l'hôpital. Alice reste debout parce que les sièges sont encore moins confortables pour elle qu'ils ne le sont pour moi. C'est une femme aux magnifiques rondeurs qui ne sont hélas pas adaptées aux assises pourvues d'accoudoirs que l'on trouve dans cette salle d'attente. Encore une raison de détester cet hôpital.

– Tu vas te calmer, un peu ?

J'arque un sourcil devant la question de ma meilleure amie. Si, intérieurement, je suis folle de rage, rien n'est perceptible de l'extérieur. Je ne m'énerve que très rarement, je garde tout en moi et j'extériorise en faisant du sport. Ma cousine Lara fait de la boxe et du *free fight*, moi, je grimpe en montagne, en courant parfois. Ce n'est pas sans raison si Latour-de-Carol est devenu mon petit coin de paradis. C'est d'ailleurs pour ça que je tente désespérément de convaincre ma mère et Alice de venir y vivre avec moi, mais sans succès…

Je continue à observer ma meilleure amie qui croise les bras sous sa poitrine et arque à son tour un sourcil, comme si elle me défiait de la contredire. Elle a raison, je suis tendue. Elle fait partie des rares personnes à voir sur mon visage ce qui est invisible pour tous les autres. Cette constatation me renvoie notre amitié en pleine face et me fait sourire faiblement. Cela semble lui suffire, puisqu'elle dit :

– J'aime mieux ça.

Une heure plus tard, ma mère sort finalement de son rendez-vous. Je la rejoins alors que le médecin lui dit de l'appeler si elle change d'avis, ou de lui en parler lors de leur prochaine entrevue. J'attends qu'il s'éloigne pour l'interroger tandis que nous quittons l'hôpital, pour mon plus grand plaisir.

– De quoi il parlait ?

– De chirurgie esthétique.

– Tu ne veux toujours pas subir d'intervention ? Je me suis renseignée, ils font des choses vraiment super, dit Alice.

– Je ne veux pas de faux seins, les miens me conviennent très bien, dit-elle en riant.

– Le tien, Cathy, tu n'en as plus qu'un.

– C'est vrai ! Eh bien, il est très joli, et il vit bien la solitude.

Est-ce qu'elles parlent de l'ablation du sein de ma mère comme si ce n'était rien ? Est-ce qu'elles sont vraiment en train de plaisanter à ce sujet ?

J'en suis bien incapable. Chaque fois que je repense à la mastectomie que ma mère a subie, j'ai l'impression que je vais perdre les pédales. Quand j'ai vu son corps nu pour la première fois après ça, j'ai eu bien du mal à retenir les larmes que j'ai empêchées de couler tout au long de ce combat passé.

Passé ? Pour moi, il n'est pas terminé. J'ai l'impression que cette guerre ne cessera jamais. Je me réveille chaque matin avec la peur d'un appel qui m'annoncera qu'elle a rechuté. Je crains à chaque lever de soleil que la femme que j'aime le plus au monde ait définitivement fermé les yeux.

Nous sortons de l'hôpital, enfin. Le vent à peine tiède fouette mon visage, la chaleur m'oppresse, mais bien moins que l'odeur du bâtiment que nous venons de quitter.

– J'ai envie d'une glace ! s'exclame ma mère. À la pastèque !

Je ne devrais plus être surprise par son insouciance, mais je le suis toujours. Presque trente ans que je la connais, et elle continue à m'étonner. Je ne sais pas si je dois m'en réjouir ou en pleurer. Je n'offrirai pourtant ni larmes ni sourire, même si, en moi, l'angoisse demeure. Je ne comprends pas comment elle peut agir ainsi, sans crainte du lendemain. Je suis un peu en colère contre elle, mais je ne peux pas le lui dire, parce qu'après tout, c'est elle que le cancer a voulu engloutir, pas moi. Alors pourquoi ai-je l'impression qu'il a aussi bouffé un morceau de moi ?

Je me laisse tomber sur mon lit, épuisée. Une journée de plus dans le monde de l'après. Pour moi, il y a l'avant-maladie, et puis il y a la suite, la nouvelle existence que je mène depuis cette annonce.

– Qu'est-ce qui t'arrive ? demande Alice en s'asseyant à côté de moi.

– Ma mère.

– Quoi, ta mère ? Tu lui en veux de t'avoir interdit de prendre une troisième glace ? Espèce de ventre sur pattes.

Je jette un regard sombre à ma meilleure amie. La nourriture, c'est la vie. Avec le sexe. Comment peut-elle se moquer de ça ? Il y a des choses sacrées. Elle prend toujours un malin plaisir à m'embêter. Le fait que mon visage reste le plus souvent inexpressif est certainement la raison pour laquelle elle insiste. J'ai l'intime conviction qu'Alice tente coûte que coûte de me faire craquer. Je ne lui ferai pas ce plaisir.

– Elle est inconsciente. Elle oublie ses rendez-vous…

– Elle prétend les oublier, me coupe-t-elle.

– Justement, elle s'en amuse. Elle parle du cancer comme s'il ne lui avait pas fait vivre l'enfer, comme s'il n'était pas encore en train de compliquer sa vie.

– Elle est guérie, June.

– Elle est en rémission.

– Ce qui veut dire qu'elle est remise.

– Est-ce que tu sais combien de personnes ont rechuté ? Combien sont mortes juste après l'annonce de leur rémission ?

– Ça fait un an.

– Même si ça faisait vingt ans, ça ne changerait rien. Le risque est là.

– Elle risque aussi de se faire écraser par un bus, de mourir d'une crise cardiaque et, la connaissant, de tomber par la fenêtre en essayant de voler avec les oiseaux, dit ma meilleure amie en riant.

– Alice, grogné-je en cachant mon visage dans mon oreiller.

Elle rit, et comme je suis faible devant les rires de ma meilleure amie – de même que devant ceux de ma mère, en fait –, je souris. Par chance, elle ne peut pas me voir.

– Je ne la comprends pas, avoué-je finalement en me remettant sur le dos et en repliant mes jambes.

Alice me gronde parce que j'ai toujours ma paire de tennis et que je vais salir mes draps, draps qu'elle a elle-même cousus. Si ça n'avait tenu qu'à moi, ils n'auraient pas été aussi colorés, mais apparemment, les deux femmes de ma vie trouvent que mon environnement est trop sombre. Elles tentent par tous les moyens de peindre mon existence pour la rendre plus lumineuse. Tant qu'elles le font dans mon ancienne chambre, je peux le supporter, mais qu'elles ne s'avisent pas d'essayer de décorer ma maison à Latour.

Ma maison… Le sera-t-elle encore longtemps ? Je vis là-bas depuis des années et aucun autre endroit ne m'a procuré autant de plaisir, mais depuis le cancer de ma mère, j'envisage de rentrer, même si je passe mon temps à faire marche arrière. Il y a trop de route entre chez moi et ici. Revenir l'année de sa maladie a été dur à vivre, mais je me dis que c'est sûrement l'état de ma mère qui a rendu tout compliqué. Peut-être que je peux supporter cette ville, maintenant…

Sûrement pas. Je la détestais déjà enfant. Malgré tout, je dis :

– Je pense revenir vivre à Lyon.

Alice explose de rire, puis quand elle voit ma tête, elle comprend que je ne plaisante pas. J'aurais eu le même visage si ça avait été une blague, mais elle sait lire en moi.

– Pourquoi est-ce que tu voudrais quitter un endroit que tu qualifies de paradisiaque pour revenir vivre quelque part où tu ne t'es jamais sentie heureuse ?

– Tu y vis bien, toi.

– Parce que j'adore la ville ! Mais tu détestes ça. Tu es faite pour la campagne, pour la montagne, plus précisément.

– Vous refusez de venir vivre avec moi, alors je vais venir à vous.

– Tu mens.

– À moitié, avoué-je. C'est vrai que vous me manquez. Lara aussi.

– Et Sandy ? me demande-t-elle en souriant.

– C'est un bon coup.

Alice lève les yeux au ciel. Je ne sais pas pourquoi elle tient tant que ça à ce que Sandy et moi nous mettions ensemble. Elle ne le connaît pas vraiment, elle l'a déjà croisé, mais lui ne sait même pas comment elle s'appelle. Elle dit que c'est parce qu'elle est grosse et qu'il ne retient que les prénoms des femmes qui lui plaisent, mais c'est une autre preuve qu'elle ne connaît pas ce mec. Pour commencer, il trouve toutes les femmes magnifiques, grosses, maigres, blondes, brunes, rousses, à la peau blanche, à la peau noire, petites, grandes… Sandy aime vraiment toutes les femmes, ce n'est pas une façon de parler. Ensuite, il ne se souvient des prénoms de personne à part de ses amis. Il en a tatoué quelques-uns sur sa peau, mais je crois que c'était juste une excuse pour se faire marquer parce que c'est un foutu accro aux tatouages. S'il ne connaît pas le prénom d'Alice, ça n'a rien à voir avec le fait qu'elle pourrait ou non lui plaire, c'est juste qu'il ne la connaît pas assez pour graver ces cinq lettres dans son esprit.

– Tu ne reviens pas pour Sandy, reprend mon amie. Tu détestes Lyon. Thibault n'habite pas Latour-de-Carol donc on ne peut pas dire que tu le fuis.

– Je ne fuirais pas mon paradis pour un mec.

– Exact. Donc il n'y a qu'une raison pour laquelle tu veux rentrer. Le cancer.

– Ma mère, corrigé-je.

– Tu ne rentres pas pour ta mère, tu rentres parce que tu penses que sa maladie va revenir.

Je ne prends pas la peine de répondre. Elle sait qu'elle a raison.

– J'ignore depuis combien de temps ça te trotte dans la tête, mais tu devrais en parler avec elle.

– Tu sais comment elle aborde les problèmes.

– Comme tout le monde devrait le faire : en souriant !

– Non, elle les prend à la légère.

– Tu as un problème avec la positivité.

– Je suis pour, au contraire, je crois à toutes ces conneries de loi de l'attraction, je dis juste que ma mère est à un stade en dessus. Elle ne se soucie vraiment de rien. Tout lui passe au-dessus de la tête, elle ne fait pas attention.

Ne recevant qu'un silence en guise de réponse, je tourne la tête vers Alice qui me sourit.

– Quoi ?

– Tu es une poule.

– Hein ?

– Tu agis comme une maman poule avec ses poussins !

Je lui jette mon coussin au visage. Elle m'énerve. Je n'y peux rien si j'ai une mère qui se comporte comme une enfant et que je dois endosser le rôle de l'adulte. Alice saute sur le lit et me recouvre de son corps. Elle m'écrase et je le lui fais savoir. Elle s'en moque. Elle prétend que c'est son poids, que je dois l'accepter telle qu'elle est, mais nous savons toutes les deux que cela n'a rien à voir et qu'elle utilise sa corpulence pour justifier le fait qu'elle tente de m'étouffer.

Finalement, elle roule sur le côté quand ma mère frappe à la porte de ma chambre et entre avant que je ne l'y aie autorisée.

– Ça me rappelle quand vous étiez petites ! s'exclame-t-elle.

– On a bien changé depuis l'école primaire, répond Alice en riant.

– Tu es toujours la plus jolie des sirènes, et ma petite June est toujours la plus belle des fleurs.

Je grogne. Je déteste vraiment les fleurs, et elle le sait. Elle ne peut que le savoir puisque je les hais depuis que tous ses collègues ont commencé à lui en faire livrer lorsqu'elle a dû s'arrêter pour suivre son traitement et que la chimio la rendait trop faible pour faire quoi que ce soit. Ils lui livraient des fleurs comme on en dépose sur les tombes. Comme si elle était déjà morte… Je maudis tout ce qui a des pétales, des couleurs, et qui sent bon. Je les ai encore plus en horreur depuis que Thibault a oublié mon anniversaire et qu'un bouquet est arrivé chez moi, de la part d'une autre personne, pour un autre destinataire. Une erreur de livraison qui n'a fait que me rappeler que mon copain était un enfoiré, comme mon père. C'est sûrement pour ça qu'ils s'entendent si bien, tous les deux… Le plus ironique, c'est que je travaille chez un fleuriste. Je suis la plus stupide de toutes les femmes de ce monde, ou la plus masochiste, je n'ai pas encore décidé.

– J'ai envie d'un tatouage !

Je me relève si brutalement en entendant la nouvelle folie de ma mère que j'en tombe presque du lit.

– Pas de tatouage, dis-je.

– Pourquoi pas ?

– Il ne manquerait plus que tu chopes une hépatite.

– Mais je voudrais me faire tatouer des fleurs, à côté de mon sein. Enfin, de là où il était.

– C'est une super idée !

– Ne l'encourage pas, dis-je à Alice.

– Je connais une super tatoueuse. C'est Cookie, une amie de Sandy, tu peux lui faire confiance.

– Je me fiche de qui…

– Tu peux prendre un rendez-vous pour moi ? demande ma mère, enthousiaste.

– Je m'en occupe !

J'ai envie de hurler que je ne suis pas d'accord, mais je pourrai dire ce que je veux, personne ne m'écoutera. Elles sont déjà en train de réfléchir au dessin qui rendrait bien, aux couleurs… Je sais qu'il est inutile que je bataille, alors je me rallonge sur le côté en soupirant, et je ferme les yeux dans l'espoir de m'endormir et de me réveiller de ce cauchemar. C'est inutile, chaque matin est similaire au précédent, je continue à ouvrir les yeux dans l'après, la vie depuis le cancer de ma mère.

– Lève-toi, feignante. Il est déjà 14 heures.

Mes yeux sont plantés dans d'autres, si semblables aux miens. Ma cousine Lara et moi nous ressemblons comme deux gouttes d'eau, si ce n'est que le haut de son corps est plus musclé que le mien à cause des sports qu'elle pratique, et que ses cheveux sont bruns et les miens blonds. On passerait presque pour des sœurs ; l'an de plus que j'ai ne fait pas grande différence.

– Qu'est-ce que tu fais là ? dis-je en me redressant et en étirant mon corps endolori de la position dans laquelle je me suis endormie.

– Je viens voir ma cousine préférée.

– T'en as qu'une.

– Raison de plus, tu ne peux qu'être ma préférée, dit-elle en riant.

Pourquoi elle rit ? Ce n'est pas que j'aie un problème avec le fait que Lara soit amusée, c'est juste qu'en ce moment, elle est tout le temps sur les nerfs, même moi, j'ai du mal à la supporter. Je ne veux même plus l'appeler tant elle m'agace à crier pour rien. Sandy aussi s'en plaint. Il dit que c'est comme si elle avait ses règles tous les jours. D'un coup, je tourne la tête vers ma cousine. Je pose mon regard sur son ventre.

– Qu'est-ce que tu regardes ?

– Toi, réponds-je, sans lever les yeux vers son visage.

– Pourquoi tu me fixes comme ça ?

– Je réfléchis.

Elle attend quelques secondes avant de soupirer en disant que je suis bizarre. Puis, elle se laisse tomber sur le lit à côté de moi, et quand elle pose une main sur son ventre, je suis convaincue que mon idée est exacte : Lara est enceinte. Je ne sais pas ce que je pense de la nouvelle, Luigi et elle sont en couple depuis trop longtemps pour que je me souvienne quand leur haine s'est transformée en amour, et je sais qu'il a toujours voulu des enfants, mais je sais aussi qu'elle n'a jamais été sûre d'en vouloir, elle. Je me demande si mes tantes le savent. L'une est docteur, l'autre travaille dans un laboratoire d'analyses, Lara est forcément passée entre leurs mains, non ? Sauf si elle n'est même pas au courant qu'un truc est en train de grandir à l'intérieur de son ventre.

– Arrête de me regarder comme ça ! s'écrie-t-elle finalement.

Je lève les yeux vers elle. Mon visage n'affiche pas la moindre émotion, mais elle tente quand même de me sonder, je le vois à ses sourcils froncés. Comme elle n'y arrive pas, elle fait ce qu'elle fait toujours quand elle n'obtient pas ce qu'elle veut de moi, et ce depuis que nous sommes gamines :

– Tatie !

Ma mère entre dans la chambre, je soupire.

– Lara ! Je ne savais pas que tu étais là.

– Je suis passée devant toi, je te signale, répond ma cousine en riant.

– Mais j'étais occupée !

– À quoi ?

– Je réfléchissais à mon tatouage.

Lara se redresse en demandant à ma mère :

– Tu vas te faire tatouer ? Quoi ? Où ? Qui ?

Je ferme les yeux et me laisse retomber sur le lit en voyant ma mère, tout excitée, nous rejoindre sur les draps pour expliquer à ma cousine son projet. Je n'ai pas envie d'entendre ça. Je ne veux pas savoir que ma meilleure amie est en ce moment même en train de me trahir en prenant un rendez-vous pour ma mère avec cette Cookie. Je n'ai pas envie qu'elle se fasse tatouer, je le veux encore moins quand j'entends son projet.

– Alice m'a dit que cette tatoueuse était plutôt dans le style steampunk et coloré, c'est parfait, j'ai la peau trop claire, ça mettra un peu de joie sur mon corps ! Je voudrais un beau bouquet de fleurs et des crabes.

– Des fleurs et des crabes ? Y'a un lien ? demande Lara, perdue.

Il y en a un, et je n'aime pas du tout ça. Ces fichus crabes pour le cancer, ces foutues fleurs pour me rendre dingue. Je ne sais pas à quoi joue ma mère, mais je déteste son idée de tatouage encore plus qu'avant, à présent. Elle pourrait reconstruire son sein, ou cacher la cicatrice avec un beau dessin, mais non, elle veut tatouer à côté un truc complètement absurde. C'est à croire qu'elle fait tout pour bien rappeler que le cancer a croqué un morceau d'elle. Béni soit mon visage qui ne montre que peu d'émotions, je n'ai pas envie que Lara voie mon chagrin, il ne faut pas qu'elle sache pour ma mère.

– Le printemps et l'été, les plus belles saisons ! s'exclame cette dernière.

– Meilleurs moments pour rouler à moto, je suis d'accord !

Je ne partage pas leur enthousiasme. J'aime les beaux jours, j'adore la montagne en cette période, mais je ne vais certainement pas encourager ma mère dans son délire.

– Tu manges avec nous, ce soir ?

– Je ne peux pas. Louis et moi, on a promis à la mère de Sandy qu'on ferait une soirée avec elle.

– Comment elle va ? demande ma mère.

– Elle fait aller… Cet homme était un connard, mais elle l'aimait quand même, et elle en souffre.

– Et Louis ne supporte pas cette idée, sourit ma mère.

Luigi – même moi, je me suis habituée au surnom stupide que sa bande d'amis motards lui a donné – est une sorte de glacier en apparence, mais à l'intérieur, il dégouline d'amour. C'est un peu répugnant à imaginer, sauf s'il est fait de guimauve, là, je croque.

– Cathy !

Nous tournons toutes les trois la tête vers la porte. Alice apparaît, souriante, et je n'aime pas ça. Attention, j'adore voir ma meilleure amie heureuse, mais dans le cas présent, je sais que ce qu'elle va dire ne me plaira pas.

– Tu te fais tatouer demain !

Qu'est-ce que je disais ?

– C'est vrai ? demande ma mère en se levant, sautillant comme une enfant.

– Cookie a fait de la place dans son planning.

Demain ? Quel jour sommes-nous ?

À quoi bon m'en soucier, même si demain devait être un dimanche, je suis certaine que ça ne changerait rien. Ma mère va se faire tatouer. Elle va avoir une nouvelle preuve de son cancer qu'elle ne pourra jamais effacer. Elle le traînera éternellement.

Je suis née d'une femme
Qui se comporte comme une enfant
Il semble que son âme
À le syndrome de Peter Pan

Combien de temps
Avant que son inconscient
Comprenne qu'en se mentant
Elle n'effacera pas les événements

– C'est un beau poème.

Je sursaute en entendant la voix de ma mère derrière moi. Comme d'habitude, elle me sourit. Je baisse les yeux vers sa poitrine. Sous son débardeur, j'aperçois le film plastique qui dépasse et recouvre sûrement ce que je ne veux pas voir. Je détourne la tête sans lui répondre. Mon poème n'a rien de beau, il est désespéré. Ma mère me désespère. Elle agit comme si elle n'avait pas vécu ce cancer, comme si elle n'avait pas marché en enfer et comme s'il n'y avait aucun risque de retourner y brûler. Elle ne réalise pas que j'ai peur chaque jour et que je ne suis pas sûre d'avoir les épaules assez larges pour la porter quand elle retombera. Je ne suis pas assez forte et je suis dévastée qu'elle ne l'entende pas.

– Je dois retirer le film et nettoyer le tatouage à l'eau, tu m'aides ?

J'ai envie de dire non, mais je ne le ferai pas. J'aime ma mère, de tout mon cœur, je ferai n'importe quoi pour elle. Je l'ai accompagnée à tous ses rendez-vous, je lui ai tenu la main à chaque injection, je l'ai aidée à se laver quand elle était trop faible pour le faire seule, j'ai préparé ses repas et ramassé le contenu que son estomac rejetait à cause de la chimio… J'ai fait tout ce qu'une fille qui aime sa mère aurait fait, pas parce que j'y étais obligée, mais parce qu'il était impossible pour moi de faire autrement, impensable. J'aime bien trop cette femme pour envisager de la laisser se débrouiller, que ce soit avec le cancer ou avec ce tatouage que je déteste déjà. Alors, je me lève et je la suis dans la salle de bains.

Je ne regarde pas quand elle retire son vêtement et le film protecteur, mais quand je dois nettoyer, je n'ai pas d'autre option que poser les yeux sur la pièce qui recouvre ses côtes et glisse vers l'endroit où se trouvait le sein de ma mère, sans le recouvrir. C'est un bouquet de fleurs aux multiples couleurs, des petits crabes mécaniques grimpent sur les tiges et s'arrêtent sur une main qui enserre le bouquet. Sur l'un des doigts dessinés, il y a un crabe différent des autres, pas en ferraille, il ressemble plutôt à une peluche. J'en aperçois un autre dont la moitié du corps encore sur la tige est de métal, et l'autre moitié, celle qui est en contact avec la main, est faite de laine. C'est beau et horrible à la fois.

– Pourquoi est-ce que tu as fait tatouer ça ? demandé-je, la gorge serrée, les larmes aux yeux pour la première fois depuis tant d'années.

– Parce que je n'ai pas oublié et que je n'oublierai jamais, ma chérie.

Je lève les yeux vers ma mère. Elle pointe son tatouage du doigt.

– Les crabes, c'est le cancer, fort, féroce, violent, destructeur. Les fleurs, c'est moi, toi, tous les gens qui en ont été victimes. Et cette main, c'est celle que je décide d'entourer autour du bouquet qu'est ma vie pour le protéger. Quand les crabes passent sur moi, ils deviennent inoffensifs, je ne les laisserai pas atteindre la fleur qui me représente et j'aimerais que tu me laisses les empêcher d'atteindre celle qui est à ton image.

Ma mère montre un tournesol. Il est lumineux, comme le soleil, comme ce que je représente pour elle ; elle me l'a toujours dit.

– Je ne me mens pas, June, dit-elle avec un sérieux dont elle n'a pas fait preuve depuis longtemps. Ce cancer a mangé un morceau de moi, je le sais, mais je refuse qu'il me dévore entièrement, qu'il aille jusqu'à prendre ma joie. Est-ce que tu comprends ?

Je crois que oui. C'est sûrement fou, mais en quelques mots, je comprends que ma mère est une adulte et qu'elle n'est pas l'insouciante que je pensais. Je réalise que, à sa façon, c'était aussi moi qu'elle protégeait, et c'est peut-être pour ça que je redeviens soudain une petite fille et que je me mets à pleurer à chaudes larmes. Cela fait si longtemps que je n'ai pas pleuré… J'avais oublié ce que ça faisait.

Ma mère me prend dans ses bras et me serre avec toute la force dont elle dispose, puis elle se met à caresser mes longs cheveux comme elle le faisait quand j'étais enfant. J'ai soudain envie de lui crier tout ce que je ressens, des mots d'amour, mais aussi des mots un peu fous qui n'auront de sens que pour elle, pour *nous*. Je voudrais lui avouer qu'elle est toute ma vie, que je l'aime à en crever. J'aimerais lui dire qu'un jour, j'adopterai un lama comme la peluche que j'avais, enfant, et qu'on ira se promener tous les trois dans la montagne. Je crève d'envie de lui confier que les glaces sont meilleures quand je les mange en sa compagnie, et que l'éclat du soleil n'est rien à côté de celui de son sourire.

Mais je ne dis rien de tout ça, parce que si je comprends, je reste encore incapable de redevenir la June d'avant, celle qui parlait sans réfléchir, sans avoir peur de rien. Je crains encore d'ouvrir la bouche parce que je ne suis pas sûre d'être écoutée, inquiète à l'idée que personne ne puisse répondre à mes prières.

– J'entends ton chagrin, ma chérie.

Ma mère ne peut peut-être pas exaucer mes souhaits, mais en quelques mots, elle me prouve qu'elle m'écoute toujours, même quand je me tais.

– Mais tu sais, un jour, je vais mourir…

Elle me rappelle aussi qu'elle sait comment me mettre à terre. Je me tends dans ses bras, mais elle ne me laisse pas l'interrompre.

– Dans longtemps, j'espère ! Mais ça arrivera, June. Peut-être que je partirai après toi, d'ailleurs, qui sait si je ne te survivrai pas !

– C'est pas drôle, maman…

– Mais j'ai envie d'en rire. Je sais que ça te rend dingue, je le vois même quand ton visage ne te trahit pas, je l'entends même quand tu ne dis mot. Je veux rire de tout, j'ai failli ne plus pouvoir rire de rien, alors je ne veux pas perdre de temps. Je ne sais pas ce qui aura ma peau, si ce sera la vieillesse, le cancer, ou une folie de ma part, mais je n'ai pas envie d'y réfléchir trop. Je préfère penser au bonheur d'être en vie et d'avoir la plus merveilleuse fille du monde.

Elle me serre un peu plus fort. J'aimerais lui répondre, mais ma gorge est toujours nouée, et mes yeux ne veulent pas cesser de couler.

– Le cancer fera toujours partie de ma vie, j'ai choisi d'en faire mon ami. Quoi de mieux que d'offrir de l'amour à une chose qui vous veut morte ? La maladie ne pourra que se sentir stupide !

N'importe qui lui dirait que c'est elle qui est idiote de penser comme ça, mais pas moi. Moi, je suis celle que tout le monde pense bizarre, la digne fille de sa mère, alors je ne peux qu'aimer une femme qui l'est plus encore que moi, surtout si c'est celle qui m'a donné davantage d'amour que n'importe qui en ce monde.

– Je ne veux pas que tu reviennes vivre à Lyon.

– Qui…

Je m'écarte, mais je ne termine pas ma question parce que j'ai la réponse : Alice. Je vais la tuer. Un jour, j'enfoncerai chacune de ses aiguilles dans son magnifique corps et je l'écouterai demander pitié. Un jour, mais pas maintenant ; il y a plus important pour le moment. Ma mère est quand même en train de me dire qu'elle ne veut pas de moi chez elle… Ça a le mérite d'arrêter mes larmes.

– Tu me jettes dehors ?

– Tu es partie de toi-même ! dit-elle en riant. Et non, cela n'a rien à voir. Si tu étais faite pour pousser en ville, tu serais la bienvenue, mais tu es une fleur sauvage, ma chérie, la nature te convient mieux.

– Je ne suis pas une fleur. Je les déteste.

– Un jour, tu réapprendras à les aimer. Peut-être même que tu aimeras quelqu'un qui t'offrira chaque jour un nouveau bouquet.

Ça, il ne faut pas trop y compter. Mais il n'est pas utile que je le dise, j'ai des mots plus importants à prononcer.

– Je ne rentrerai pas.

– Tant mieux.

– Et je vais essayer d'accepter tout ça et de ne plus m'inquiéter tout le temps.

– Tu y arriveras.

J'aimerais être aussi sûre de moi qu'elle l'est, mais pour l'instant, je vais me contenter d'espérer. Pas à pas ; il n'est pas toujours judicieux de foncer. Je suis encore bien loin de l'objectif que ma mère voudrait que j'atteigne, que j'aimerais atteindre, moi aussi. Pour l'instant, le tournesol est encore grignoté par le crabe.

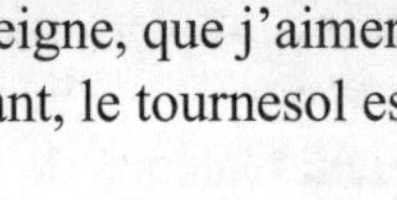

Mes vacances touchent à leur fin. Je ne pensais pas regretter un jour de quitter Lyon, autrement que parce que je m'inquiète pour la santé de ma mère, mais c'est arrivé. Je ne veux pas partir. Je déteste toujours autant la ville, mais les moments avec ma famille vont me manquer. J'ai envie de rester pour servir de cobaye à Alice, pour que ma mère puisse continuer à me titiller, pour embêter Lara qui a finalement annoncé sa grossesse et qui va bientôt devoir changer des couches, pour me moquer de la moustache de Luigi… Je n'ai pas envie de quitter les miens, et en même temps, je le fais avec le cœur plus léger. Cette fois, je ne pars pas la boule au ventre, inquiète à l'idée que ma mère meure en mon absence. J'ai toujours peur, mais quelque chose a changé, quelque chose que je ne sais exprimer autrement qu'avec les mots que je griffonne sur le papier.

Très cher cancer
Rendez-vous en enfer

Aujourd'hui ou demain
Dans deux ans ou vingt
Peut-être qu'on se retrouvera
Juste toi et moi

Tu pourras toujours essayer
De me dévorer
Je serai prête à t'affronter
Sois-en assuré

En attendant
Bon vent

– C'est mon poème préféré.

Ma mère est penchée au-dessus de mon épaule. Elle adore me lire, elle comprend toujours ce que je veux dire, même quand la plupart des gens ne voient pas le message que je veux faire passer.

– Plus qu'à m'y tenir, dis-je, plus pour moi-même que pour elle.

– Tu veux un conseil ?

Je me méfie toujours des conseils de ma mère, elle a le chic pour dire des choses absurdes tout en étant persuadée que c'est particulièrement intelligent.

– Souris chaque fois que ça ne va pas. Si tu as peur, souris. Si tu es triste, souris. Si tu es en colère, souris. Souris en permanence !

– Quand on est triste, on pleure, on ne sourit pas, maman…

– Alors, pleure, et ensuite, souris !

Je l'observe un moment en fronçant légèrement les sourcils, réfléchissant à ses mots, puis j'annonce d'une voix neutre :

– Ton conseil est nul.

– Je le trouve bien, moi, dit-elle en souriant, justement.

Elle a l'air si convaincue et heureuse que je ne peux empêcher mes lèvres de s'étirer à leur tour. Pour la première fois depuis bien trop longtemps, un sourire sincère se dessine sur mon visage. Et quand je sens mon cœur vibrer de ce bonheur partagé, je me dis qu'elle a peut-être raison, un sourire peut tout changer.

– Et si ça ne suffit pas, dit-elle soudain, achète-toi une glace, la nourriture a toujours réussi à sécher tes larmes.

Ma mère est la meilleure. Elle le sera toujours, même quand elle dit et fait n'importe quoi. Le cancer ne changera jamais ça, qu'il revienne ou non. Elle sera éternellement la plus merveilleuse des femmes, et un jour, j'aimerais être à sa hauteur. Peut-être avec le temps, ce n'est pas la priorité.

Il y a l'avant, il y a l'après, mais je pense qu'il est temps que je me concentre sur le maintenant.

L'imprévu

Maloria Cassis

Assise dans le canapé, l'esprit hagard, je détaille ce qui m'entoure. Un vase acheté à un souffleur de verre durant une escapade en Provence. Une lampe aussi affreuse qu'elle a dû coûter cher, donnée par mes parents au moment de l'emménagement dans notre premier appartement. Un tapis oriental chiné lors d'une brocante qui devait nous rappeler nos premières vacances en amoureux au Maroc… Thomas et moi avons travaillé dur pour nous offrir ce dont nous rêvions. Après des études poussées, je suis parvenue à décrocher un poste de community manager pour une parfumerie de luxe, tandis que mon mari a monté sa propre entreprise. Nous avons tout pour être heureux. Enfin, nous avions tout pour l'être.

Le vide de son côté du dressing dans ce qui était notre chambre est le reflet de notre relation actuelle. Nous avons réalisé trop tard que nous nous éloignions. La naissance tant désirée de notre fille a certainement retardé l'inévitable. Les épreuves qu'il nous a fallu traverser pour que je tombe enceinte nous ont rapprochés. Nous étions de nouveau soudés, avions les mêmes objectifs en tête, la même rage de réussir. Mais cinq ans après, il ne reste plus rien de notre combativité.

Ce soir, nous devons annoncer à Candice que son papa va déménager. Nous devrons parvenir à la rassurer, lui garantir qu'elle pourra le voir quand bon lui semble. Il ne part pas très loin, il a trouvé un appartement dans le village à côté, à quinze minutes en voiture. Thomas et moi ne nous déchirons pas. Nous nous comportons en adultes responsables et faisons passer l'équilibre de notre fille avant tout. Nous avons assez de respect l'un envers l'autre pour faire en sorte que les choses se déroulent dans de bonnes conditions. Cette décision de divorcer ne date pas d'hier. Cela fait des mois que nous en parlons, mais nous ne voulions pas ballotter Candice au milieu de nos problèmes logistiques.

Nous avons donc convenu d'attendre que Thomas trouve où s'installer avant de lui annoncer quoi que ce soit. Et ce jour est arrivé. Je devrais être soulagée, penser que je vais pouvoir aller de l'avant, tourner la page sur notre mariage qui fut heureux mais que nous n'avons pas su entretenir. Pourtant, une nouvelle vient de tout balayer sur son passage.

Je ne suis pas retournée au bureau. J'ai le cœur au bord des lèvres, la gorge nouée. L'air a du mal à se frayer un chemin jusqu'à mes poumons. Je me sens si vide que je suis prise de vertiges. « Abattue » est un bon mot pour décrire mon état. Je suis rentrée chez moi, me suis laissé tomber à cette place et n'en ai pas bougé. J'attends. Quoi ? Je ne sais pas très bien. De me réveiller ? De me convaincre que je n'ai pas bien compris les termes du spécialiste ? Qu'il m'appelle pour se confondre en excuses en m'expliquant qu'il s'est trompé de dossier ?

Je suis terrifiée. Je ne pense pas souvent à la mort, encore moins à la mienne. Et maintenant, j'ai la sensation qu'elle attend devant ma porte. Elle est tapie dans l'ombre, prête à m'attraper lorsque je sortirai. Alors, je ne bouge pas. Qui de nous remportera le combat ? Je n'en ai pas la moindre idée, mais je ne me laisserai pas faire. Je ne lui faciliterai pas la tâche.

– Cécile ? me surprend la voix de mon mari.

Je n'esquisse pas de mouvement, j'en suis incapable.

– Le périscolaire m'a appelé pour me prévenir que tu n'es pas allée récupérer Candice. Et tu ne réponds pas au téléphone, poursuit-il, soucieux.

J'attrape mon portable et m'aperçois que l'après-midi a défilé sans que j'en aie conscience.

– Candice est chez sa copine, à côté, me rassure-t-il, anticipant ma question. Je n'ai pas voulu l'inquiéter en rentrant avec elle pour qu'elle me voie te chercher partout.

Je ne trouve rien à dire. Je n'ai même pas la force de parler. Mes mains se joignent devant mon visage. Leurs tremblements n'échappent pas à Thomas. Il s'assied sur la table basse, face à moi. Il les attrape et m'oblige à le regarder.

– Qu'est-ce qu'il se passe ? m'interroge-t-il sans me brusquer. Ce n'est pas dans tes habitudes de disparaître comme ça, de ne pas répondre au téléphone. Et encore moins d'oublier Candice.

Je culpabilise de m'être repliée sur moi-même de cette façon. J'ai oublié ma propre fille !

– Si tu préfères qu'on attende pour annoncer notre séparation à Candice, on peut en reparler.

Thomas a toujours été prévenant. Il n'a jamais minimisé mes sentiments, s'est s'adapté à mon allure. Il a eu envie de fonder une famille avant moi, mais il ne m'a jamais reproché d'avoir privilégié ma carrière. Il n'a jamais mentionné mon âge lorsque le désir d'un enfant s'est imposé et que j'ai eu des difficultés à tomber enceinte. Qu'est-ce qui nous a fait défaut pour en arriver là ? La routine, la fatigue, les soucis futiles du quotidien…

– Bon, Cécile, hausse-t-il légèrement le ton face à mon mutisme. J'ai été appelé en urgence parce que personne ne venait chercher notre fille et tu étais injoignable ! Tu imagines à quel point je me suis inquiété ? J'ai téléphoné à ton travail et on m'a dit que tu n'y étais pas retournée après ta pause-déjeuner ! J'estime être en droit de te demander une explication.

Le tranchant de ses paroles me sort de ma torpeur.

– J'ai un cancer du sein, soufflé-je d'une petite voix.

1

Trois ans plus tard

– Tu préfères un chocolat chaud avec une tartine ou un bol de céréales ? demandé-je à ma fille qui s'habille dans son lit, encore à moitié endormie.

J'essaie de gagner de précieuses secondes en glanant cette information primordiale avant qu'elle ne nous rejoigne dans la cuisine.

– Euh…

Je souris en songeant que tous les jours, c'est la même chose. Elle n'a jamais été du matin. Nous sommes systématiquement sur le fil du rasoir. Je finis souvent par la déposer devant l'école en me garant en double file. Je lui envoie un bisou par la fenêtre en lui faisant promettre de bien travailler. J'adorerais être de ces mamans qui prennent le temps d'accompagner leur enfant jusqu'à la grille et de s'y arrêter quelques minutes pour l'observer jouer avec ses amis avant que ça ne sonne pour entrer en classe. Mais j'ai beau me lever tôt, il y a toujours un imprévu qui vient faire dérailler la machine.

– Des céréales, s'il te plaît.

– OK, je te prépare ça. Mais ne traîne pas trop, il est déjà 7 h 23.

Il ne nous reste que 37 minutes pour espérer arriver à l'heure. Dans la cuisine, Thomas a rempli nos tasses de café et sorti le pain et la confiture sur la table.

– Quelle est la commande de la demoiselle ?

– Elle veut des céréales.

Il ouvre le placard, saisit le paquet entamé ainsi qu'un bol, et s'occupe de la servir. Thomas est parti très tôt de la maison pendant des années, mais lorsque j'ai été au plus mal à cause de mon cancer, il a su lever le pied. Il a retrouvé un rythme plus soutenu quand je suis entrée en rémission, mais le petit déjeuner en famille est quelque chose que nous avons tenu à préserver.

– On mange ensemble à midi ? me propose mon mari. Tu me raconteras ce que t'a dit le docteur Larousse, comme ça.

– Toi, tu t'en veux encore de ne pas pouvoir venir au rendez-vous ce matin, estimé-je en lui souriant.

– C'est vrai. Si j'avais pu décaler cette réunion, je l'aurais fait.

– Je sais, le rassuré-je en saisissant sa main posée sur la table. Mais ne t'inquiète pas, ce n'est qu'une consultation de contrôle.

– Peu importe, chaque rendez-vous avec l'oncologue est primordial. Je t'invite chez l'indien du centre-ville pour me faire pardonner ?

– Tu me prends par les sentiments ! Midi trente sur place ?

– Parfait.

Candice apparaît enfin et traîne des pieds jusqu'à son bol.

– Vous allez vous faire un restaurant pendant que je serai à la cantine en train de manger de la bouillie pour chiens ? râle-t-elle.

– De la bouillie pour chiens, rien que ça… Tu ne crois pas que tu exagères un peu ? la questionne mon mari.

Cette chipie me sourit. C'est une vraie comédienne ! Elle est en train de jouer un tour à son père et il ne le voit pas venir.

– C'est pas juste quand même, insiste-t-elle.

– Et si je passais prendre des pizzas en rentrant du bureau ce soir ? Tu penses que ça rattraperait ta bouillie ?

Et voilà, elle est parvenue à son but ! Cette enfant obtient tout ce qu'elle veut de son père. Elle s'installe et entame son petit déjeuner.

– T'es le meilleur, remercie-t-elle Thomas en lui faisant un câlin avant de s'éclipser pour se laver les dents.

– Je me demande bien de qui notre fille tient sa malice ! taquiné-je mon mari.

– Je viens encore une fois de me faire manipuler, c'est ça ?

Je hoche la tête et il se met à rire.

– Que veux-tu ? Je ne peux rien lui refuser.

– Fais attention, elle n'a même plus besoin de réclamer, lui précisé-je avec un clin d'œil.

Je jette un regard vers l'horloge murale. *Aïe ! Il faut partir sinon la grille de l'école sera fermée.*

– Candice ! m'écrié-je. Chaussures !

J'avale ma dernière gorgée de café tout en me levant pour mettre ma tasse dans le lave-vaisselle.

– Laisse, je m'occupe de débarrasser la table, me propose Thomas en se collant à mon dos pour m'enlacer.

Je pose mes mains sur les siennes alors qu'il enserre ma taille. J'incline mon visage pour atteindre sa bouche et l'embrasse avant de partir.

– Merci.

– À ce midi.

2

Sur le parvis de l'hôpital, je m'immobilise un instant. J'inspire un bon coup et reprends mon chemin. Il y a trois ans, ma vie a basculé ici, un lundi. Depuis, j'ai emprunté plus de fois que je ne m'en souviens l'ascenseur dans lequel je me trouve maintenant. Il m'emmène au cinquième étage, dont j'ai parcouru les longs couloirs aux tons pêche un peu défraîchis à bien plus de reprises que je ne l'aurais imaginé.

Le bureau du docteur Larousse est la troisième porte sur la gauche. Heureusement, j'y viens de moins en moins souvent. J'ai remporté une bataille décisive. Pas encore la guerre, mais c'est en bonne voie. Même si cela n'a pas été sans pertes. La maladie a emporté un morceau de ma féminité. Après avoir tout tenté : la radiothérapie, la chimiothérapie, l'hormonothérapie… il a fallu m'opérer. Au-delà de la crainte de passer sur le billard, j'étais terrifiée par cette mastectomie. Un an après la chirurgie, j'ai encore du mal à accepter mon corps. Mais je progresse. Être touchée dans sa chair, même si c'est pour se soigner, reste une blessure, quoi qu'on en dise.

Devant la porte, je m'arme de courage et me rappelle que mes deux derniers contrôles étaient bons. Je frappe pour signaler mon arrivée.

– Entrez ! s'écrie la voix du médecin. Madame Langlois, bonjour. Installez-vous, je vous en prie.

– Bonjour docteur, le salué-je à mon tour en prenant place sur une des deux chaises prévues pour cela, après avoir refermé derrière moi.

La pièce n'est pas très grande. La vue depuis la fenêtre donne sur une autre aile de l'hôpital, où des femmes et des hommes se battent pour rester en vie. Comme toujours, des dossiers sont éparpillés ici et là. J'ignore comment il fait pour s'en sortir au milieu de tout ce bazar.

– Comment allez-vous ?

– Bien, merci.

Le docteur Larousse est l'oncologue qui me suit depuis le départ. J'ai tout traversé avec lui. Il doit être proche de la retraite. Ses années d'expérience m'ont toujours rassurée. Une relation de confiance s'est instaurée entre nous. J'ai rarement vu un professionnel aussi à l'écoute que lui.

– Et votre mari et votre fille ?

– Candice vient de rentrer en CE1. Avec monsieur, nous nous demandons où est passé le bébé que l'on serrait dans nos bras, plaisanté-je pour me détendre.

– Ne m'en parlez pas ! Je vais bientôt être grand-père.

– Mais c'est merveilleux !

– Et votre reprise du travail, ça se déroule comment ?

– Ça me fait un bien fou de retourner au bureau. J'ai retrouvé mes collègues avec plaisir. Nous lançons une nouvelle gamme de parfums et je suis ravie d'avoir pu reprendre mon poste pour superviser l'équipe dès le départ. De ce côté-là, j'ai la sensation de renouer avec ma vie là où je l'avais laissée.

– Je suis heureux de l'apprendre. Je sais à quel point ça a été dur pour vous de mettre votre carrière sur pause.

– C'est comme le vélo, ça ne s'oublie pas ! Je suis à nouveau débordée. Et j'adore ça !

Nous plaisantons tous les deux avant qu'il ne parcoure quelques papiers sur son bureau. Mes résultats, pour sûr ! Il tourne les feuilles, revient sur certaines. Son silence est compliqué à gérer. Je l'imagine en train de chercher ses mots pour me dire qu'il va me falloir être forte. Comme si je ne l'avais pas déjà assez été.

– Est-ce que les effets secondaires de l'hormonothérapie se manifestent toujours autant ? La dernière fois, vous me parliez d'une grosse fatigue.

Je me sens comme une enfant qui a commis une bêtise et qui doit avouer son méfait.

– Ainsi que je vous le disais, j'ai pas mal de travail. Cette fatigue n'était pas gérable au quotidien.

Mes justifications me semblent puériles. Elles le sont certainement.

– Et donc ? Qu'avez-vous fait pour y remédier ? me demande-t-il, devinant que ce que je vais lui annoncer ne va pas lui plaire.

– J'ai diminué mon traitement. Une prise un jour sur deux… voire trois.

Le docteur Larousse secoue la tête en grimaçant. Même si je redoutais de le lui expliquer, il était hors de question de lui mentir.

– Je ne vous apprends rien en vous disant que la prise de l'hormonothérapie est très importante pour mettre toutes les chances de votre côté d'éviter une récidive.

J'ai l'impression d'être la pire des idiotes à cet instant, mais au quotidien, je me sens plus en forme. Ma libido est revenue, et ne pas me rappeler à chaque comprimé avalé de quoi je ressors a un effet bénéfique sur mon humeur.

– Mais ceci explique cela…

En entendant ces mots, une boule d’angoisse m’étreint.

– Que se passe-t-il ? demandé-je en portant une main à mes lèvres. Il y a un problème ?

Je ne sais pas si je pourrais encore supporter de traverser tout ça. Le cancer s’en prend-il à mon autre sein ? Je sens déjà des larmes prêtes à couler.

– Un problème ? Non, je parlerais plutôt d’une surprise puisque vous ne semblez pas au courant.

– Docteur, vous me faites très peur, alors dites-moi clairement ce qu’il y a.

– Vous êtes enceinte.

3

Je sors de l’hôpital, bouleversée. Je m’étais préparée à plusieurs scénarios, mais celui-là, j’étais loin de l’imaginer. Dans le silence de l’habitacle de ma voiture, je passe en revue ce qui m’a amenée à cette situation. À l’époque, le docteur Larousse m’avait listé les effets secondaires de l’hormonothérapie et m’avait prévenue qu’elle impactait la fécondité. Comme je n’avais pas pu tomber enceinte de façon naturelle pour Candice, cela ne changeait pas grand-chose pour moi de ce côté-là. D'autant que Thomas et moi étions en pleine séparation.

Pourtant, quand je lui ai appris la terrible nouvelle, il a abandonné sur-le-champ ce projet de déménagement afin d'être là pour moi. Il m'a expliqué qu'en dépit de nos différends, il ne me laisserait jamais tomber. J'étais la mère de sa fille, la femme la plus importante de sa vie. Il n'a pas flanché une seule fois durant ces années difficiles. Nous nous sommes redécouverts. Je suis retombée amoureuse de l'homme qui partageait mon quotidien alors que j'étais sur le point de le perdre. Nous ne nous sommes pas retrouvés tout de suite sur le plan charnel, j'en aurais été incapable. Mais depuis que je vais mieux, nous vivons comme une seconde lune de miel. L'idée d'une grossesse ne m'a cependant pas effleuré l'esprit. Mon regard s'attarde sur mon ventre. Je ne sais pas comment va réagir Thomas. Même si nous partageons nos nuits et qu'il me semble que nous sommes parvenus à reconstruire notre couple, je redoute chaque jour qu'il remette le sujet de la séparation sur le tapis.

Je ressens le besoin d'en parler à quelqu'un immédiatement. La logique voudrait que j'appelle mon mari – ça me permettrait d'être fixée sur sa réaction –, mais je dois d'abord extérioriser avec une personne sans lien direct avec tout ça.

Je choisis de téléphoner à Maddie[1]. J'ai rencontré sa mère en chimiothérapie, et nous sommes très vite devenues amies. Elle ne la quittait jamais et a toujours été d'une bienveillance exemplaire. Au décès de sa mère, j'ai tenu à garder contact avec elle. Nous nous donnons souvent des nouvelles. Il y a plusieurs mois, elle s'est envolée vers les États-Unis pour y suivre une formation de tatoueuse spécialisée dans la reconstruction post-cancer du sein. La sonnerie retentit alors que je calcule rapidement l'heure qu'il doit être à San Diego. Mince, il est 1 heure du matin pour elle !

– Allô ? me répond une voix au milieu d'un brouhaha, alors que j'allais raccrocher.

– Maddie ? C'est Cécile.

– Cécile ! Que se passe-t-il ? s'inquiète-t-elle. Attends, je vais m'isoler.

La musique que j'entendais à travers le combiné s'amenuise.

– Excuse-moi, je te dérange en pleine nuit.

– Ne t'en fais pas, je suis en soirée donc tu ne me réveilles pas. Dis-moi plutôt ce qui t'arrive ? Il y a un problème pour que tu m'appelles à cette heure-ci ?

– Je sors d'un contrôle de routine avec l'oncologue.

– Oh ! Non… souffle-t-elle d'une petite voix.

– Rien de grave, la rassuré-je aussitôt, me rendant compte que je m'y prends aussi mal que

1. Héroïne du troisième tome de la série *Cooper Training*.

le docteur Larousse pour en parler. Mes examens ont bien révélé quelque chose, mais c'est positif... Enfin, il me semble.

– Il est un peu tard pour jouer aux devinettes, tu ne crois pas ?

– Ça dépend, chez moi, c'est le milieu d'après-midi.

J'entends son rire et j'aimerais pouvoir la serrer dans mes bras. Je me fais la promesse d'aller lui rendre visite très vite à San Diego. Je ne me vois pas confier le tatouage 3D de mon téton à une autre personne qu'elle.

– Bon, tu te décides à cracher le morceau ou je dois venir jusqu'en France pour te tirer les vers du nez ?

– Je suis enceinte.

– Mais c'est une nouvelle fabuleuse ! s'exclame-t-elle.

– Mon mari et moi étions en pleine séparation quand on a découvert mon cancer. Il est resté le temps que je me soigne. En lui annonçant ça maintenant, alors qu'il pourrait partir, j'ai l'impression de le retenir encore une fois.

– Euh... Il me semble que pour faire un enfant, il a fallu que ton mari participe, non ?

– Oui, admets-je en riant. J'avoue que les épreuves qu'on a traversées nous ont permis de relativiser nos différends. Le plus important n'est pas de savoir qui a sorti les poubelles, fait les courses ou rempli le réservoir d'essence en dernier, mais d'être là pour l'autre dans les moments qui comptent, pour le meilleur et pour le pire.

– Vous avez vécu le pire, l'arrivée de cet enfant ressemble au meilleur, non ?

– Si. Tu sais, Thomas et moi avons eu beaucoup de mal à avoir notre fille Candice. Donc, ce bébé, c'est vraiment inattendu.

– Je ne connais pas personnellement ton mari mais, pour avoir été à sa place auprès de ma mère, je sais à quel point il faut aimer la personne pour tenir bon et surmonter la maladie avec elle, jour après jour, sur la durée. Alors si j'étais toi, je ne m'inquiéterais pas trop de sa réaction.

– Tu as raison, réalisé-je en repensant à ces dernières années compliquées.

Thomas a été là pour m'aider à encaisser la nouvelle. Il a arrangé son agenda de directeur général pour m'accompagner à une chimiothérapie sur deux, ma mère ayant été présente aux autres. Il m'a apporté mes repas au lit lorsque je n'avais même plus la force de me lever. Et c'est encore lui qui m'a tenu la main et embrassée quand je suis sortie de la chirurgie après ma mastectomie. Plus qu'un réconfort, il a été mon roc, l'épaule solide sur laquelle j'ai pu me reposer. Sans lui, je ne sais pas si j'aurais eu autant de courage pour tout affronter.

– Allez, va le retrouver et annonce-lui la bonne nouvelle. Vous avez bien mérité ce bonheur imprévu.

– Merci Maddie.

– Avec plaisir. Tiens-moi au courant de la réaction de ton mari.

– Je n'y manquerai pas.

Nous nous embrassons et nous promettons de nous appeler plus souvent. Je boucle ma ceinture et enclenche le contact. Je sais où je dois me rendre maintenant.

4

Le sourire aux lèvres, je fonce vers les bureaux de Thomas. Nous avons prévu de déjeuner ensemble, mais je ne peux pas attendre pour partager la nouvelle avec lui.

Il a monté son entreprise de fabrication de trottinettes électriques il y a dix ans. Elle est en pleine expansion, il emploie plus de cent personnes aujourd'hui. Je suis fière de son parcours. Même si ça lui demande des sacrifices et qu'il lui arrive de rentrer tard, mon cancer a été un électrochoc pour lui. Il a réorganisé l'ordre de ses priorités, trouvé un équilibre sans renoncer à ses ambitions. Nous n'avons jamais été aussi heureux que durant l'année qui vient de s'écouler. Depuis l'annonce de ma guérison.

Tandis que je me gare sur le parking réservé à ses employés, je me rappelle que Thomas m'a parlé d'une réunion marketing qui doit se dérouler aujourd'hui. Il est probablement occupé avec ses équipes. *Mince ! Je vais le déranger.*

Alors que je franchis la double porte d'entrée, je me sens un peu ridicule. Plusieurs modèles de trottinette sont exposés dans le hall d'accueil. Pierre, un commercial qui fait partie de cette aventure depuis le début, y passe et m'aperçoit.

– Cécile ? Quelle bonne surprise de vous voir ici. Vous allez bien ?

Les salariés de Thomas ont appris mon état et se sont tous mobilisés afin qu'il puisse alléger son emploi du temps. Je leur en suis tellement reconnaissante. Mon mari a toujours été proche de ses employés. Il est le premier à accorder une absence ou à trouver une solution si la santé d'un membre de leur famille nécessite leur présence. Malgré le nombre croissant de personnes travaillant pour lui, il tient à garder le caractère familial de sa société.

– Oui, je vais parfaitement bien, le rassuré-je. J'avais une chose urgente à dire à Thomas.

– Il est en réunion actuellement, m'informe-t-il en grimaçant, gêné pour moi.

– Je vais prendre le risque de le déranger.

– Ils y sont depuis presque deux heures, ils devraient bientôt sortir.

– Je n'en aurai pas pour longtemps.

– Comme vous voudrez, répond-il, abandonnant l'idée de me faire patienter. Vous vous rappelez où est la salle de conférences ?

– En haut de l'escalier à gauche ?
– C'est ça ! Bon courage.

Je gravis les marches, chamboulée par ce que je m'apprête à faire. Vais-je vraiment intervenir en pleine réunion pour annoncer à mon conjoint qu'il va être papa une nouvelle fois, sans savoir ce qu'il va pouvoir en penser ? On dirait bien ! Par correction, je frappe tout de même à la porte.

– Oui ? s'écrie une voix familière.

J'entrouvre le battant. Tous les visages convergent dans ma direction et me scrutent avec curiosité.

– Cécile ? s'étonne mon mari.

Il est debout face à un écran qui affiche des graphiques. Je me sens bête de ne pas avoir pu attendre. Il aurait été plus approprié que je lui parle chez nous, dans notre intimité, mais maintenant que je suis là, je ne peux plus faire machine arrière. Thomas blêmit. Il se dirige vers moi et prend mon hésitation pour de l'anxiété.

– Il y a un problème ? me demande-t-il en touchant mon bras.

Ses yeux cherchent une réponse dans les miens. Des larmes tentent de passer la barrière de mes paupières, ce qui ne fait que l'angoisser davantage.

– Je suis enceinte, annoncé-je la voix tremblante, mais assez fort pour que toute l'assemblée m'entende.

Thomas vacille. Les membres de son équipe ont la correction de faire comme s'ils étaient subitement intéressés par les feuilles devant eux.

– Allons dans mon bureau, me dit-il avant de se tourner vers ses employés. On fait une pause.

Je suis mon mari jusqu'à sa pièce personnelle alors que tous quittent la salle. La nouvelle va se propager comme une traînée de poudre à la machine à café. Thomas referme derrière nous et reste le dos collé à la porte.

– Je suis désolée de débouler comme ça, mais il fallait que je te le dise.

– Comment est-ce possible ? Je croyais que tes traitements empêchaient les grossesses.

– Moi aussi.

– Et comme on a déjà eu du mal à avoir Candice, je n'aurais jamais imaginé que ça arrive…

– J'ai pensé exactement la même chose que toi. Mais le docteur Larousse est formel, nous allons être parents à nouveau.

– C'est… incroyable.

– Tu es heureux, alors ?

– Tu en doutais ?

– Je ne sais pas… Un peu, oui.

– Oh ! Ma chérie !

Il s'approche et me prend dans ses bras.

– C'est une surprise merveilleuse. Comment peux-tu imaginer que je ne suis pas heureux de l'apprendre ?

– Ce n'était pas prévu. Avant tout ça… nous étions en train de nous séparer. Maintenant que je suis guérie, j'avais peur que tu…

– Que je quoi ? Que je te quitte ?

Je hoche la tête, incapable de lui répondre à voix haute. Je l'ai aimé, puis désaimé, avant de retomber amoureuse de lui encore plus fort que la première fois. Il resserre son étreinte autour de moi et dépose un baiser léger sur mon front.

– Le destin a décidé de nous mettre à l'épreuve à un moment compliqué de notre vie, c'est vrai, mais je crois pouvoir affirmer que cela nous a permis de nous retrouver. Il n'est plus question de parler de cette séparation.

Je ne peux plus me retenir de pleurer en entendant ses mots. Je pose mes lèvres sur celles de mon mari. Ce baiser met fin à mes doutes à propos de notre avenir. Ce bébé imprévu nous offre la possibilité de tourner définitivement la page de mon cancer du sein pour en entamer une nouvelle à quatre.

ÉPILOGUE

Allongée sur mon lit d'hôpital, je lutte pour garder les paupières ouvertes afin de continuer à m'extasier devant la beauté de ma petite fille. Cinquante centimètres et trois kilos de bonheur.

Ces neuf derniers mois n'ont pas été de tout repos. J'ai tenu à travailler le plus longtemps possible. J'avais repris mes fonctions depuis moins d'un an lorsque j'ai appris ma grossesse et je souhaitais mener à bien le lancement duquel on m'avait confié la communication digitale. Entre les nausées, les fringales et la difficulté à se déplacer sur la fin, ça n'a pas été facile. Le docteur Larousse a adapté mon traitement. J'ai déjà prévu de le revoir pour reprendre mon hormonothérapie correctement afin d'éviter une récidive. Mon oncologue nous a également rassurés, Thomas et moi, en nous affirmant que rien ne montrait que les femmes ayant mené une grossesse après un cancer du sein avaient plus de risque de réveiller la maladie. J'avais lu ça dans un article sur le Web. Plus jamais je ne chercherai de réponses en ligne.

La petite se met à remuer. Je pose mon auriculaire sur ses doigts fins. Elle le serre avec force. J'ai tellement hâte que Candice la rencontre. Elle ne parle que de la venue de sa sœur à tout le monde depuis que nous lui avons appris la nouvelle. Nous avons préféré attendre que le premier trimestre soit passé pour le faire. Malgré ma passion pour mon travail, j'ai aussi pris la décision de rester à la maison au moins un an. J'ai envie de profiter de ce temps avec Candice et notre dernière arrivée. Je sais que la vie défile à un rythme effréné et qu'elle peut tout vous reprendre du jour au lendemain, sans crier gare.

La petite puce bouge à nouveau. Elle donne de la voix pour me faire passer un message. Je me redresse dans le lit et la prends dans mes bras. Ses pleurs ne se calment pas. Comme je viens de changer sa couche, je devine qu'elle a faim. Je soulève mon haut de pyjama et ouvre mon soutien-gorge d'allaitement. Comme pour Candice, je tenais à allaiter mon deuxième enfant. J'approche la petite bouche de ma fille de mon téton gauche. Elle le prend avec facilité.

La sage-femme qui m'a aidée à accoucher m'a expliqué que certaines femmes n'ayant subi qu'une mastectomie partielle parviennent parfois à allaiter avec le sein opéré. Ça ne sera pas mon cas, mais je suis déjà très heureuse de pouvoir la nourrir naturellement. Ainsi assise, avec ma fille dans les bras, je me réconcilie en quelque sorte avec mon corps. Il m'a fait souffrir, il m'a meurtrie, mais il m'a aussi donné beaucoup.

– Maman ! s'écrie Candice qui fait irruption dans la chambre d'hôpital.

Ses pas ralentissent quand elle aperçoit le petit être tout contre moi. Je souris à Thomas qui arrive derrière elle.

– Viens, approche-toi, la rassuré-je.

– Elle est minuscule.

– Tu verras, elle va grandir très vite.

– Je lui ai apporté un cadeau.

– C'est vrai ? Montre-moi.

– Bon, je n'ai pas fait de paquet parce qu'elle ne peut pas le déballer, m'explique-t-elle avant de brandir un adorable flamant rose en peluche.

– Je suis sûre qu'elle va beaucoup l'aimer.

– Et maintenant, vous allez me dire comment elle s'appelle ?

Thomas et moi avons gardé le secret de son prénom jusqu'à présent. Candice sera la première à qui nous le dévoilerons. Enfin, après le personnel soignant, bien sûr. Mon mari s'assied sur le rebord du lit. Notre grande s'installe sur ses genoux. Notre bébé décide à ce moment-là de délaisser mon sein, comme si elle avait senti qu'elle avait de la visite. Je la positionne de façon que nous voyions bien tous son visage aux traits fins.

– Ta petite sœur s'appelle… commence Thomas en prenant ma main dans la sienne pour m'inviter à continuer.

– Victoire.

Rose Cigale

Cynthia Kafka

Pendant mes heures les plus sombres, des images de mon enterrement ont régulièrement hanté mes nuits. Je me réveillais en sueur, ébranlée, hagarde, et j'enfonçais le couteau dans la plaie en écrivant la liste de toutes ces choses que la maladie m'avait volées. Mon sein gauche, mon insouciance, la capacité de songer à un avenir serein, les discussions avec des amis sans qu'ils s'inquiètent pour moi, l'occasion de donner la vie… Plus la liste s'allongeait, plus mon découragement progressait. À quoi bon lutter si c'était pour tout perdre ? Au petit matin, je tentais de chasser les idées noires à coups d'espoir, parce qu'imaginer ma mère se pencher sur mon cercueil me brisait le cœur.

Heureusement, dans la bataille, j'ai gagné des amies, qui ont contrebalancé chaque idée morose par des envies, chaque cauchemar par des rêves et chaque désillusion par des projets. Ensemble, on a dressé l'inventaire de tout ce qu'il me serait possible de faire une fois que la maladie serait derrière moi. J'ai rangé la liste pessimiste au fond d'une boîte et ne l'ai jamais ressortie. Jusqu'à aujourd'hui. Un an de rémission, ça valait le coup de regarder en arrière pour mieux apprécier le chemin parcouru.

La gorge obstruée par les sanglots, je me rappelle les épreuves que j'ai traversées. J'ai des cicatrices au corps et à l'âme parce que je me suis battue. Contre moi-même. Et c'était peut-être celui-là, le plus difficile des combats. De cette croisade, il reste les traces indélébiles, des regrets, mais aussi l'urgence de vivre. Seule, et avec celles qui ont été là pour moi. Mes confidentes, mes complices, mes sœurs de cœur. Je triture la liste du bout des doigts sans trop savoir si je dois la garder ou la brûler lorsqu'elles sonnent à la porte de chez moi.

– Bon anniversaire de rémission ! hurlent-elles en m'embrassant.

– Tu crées peut-être des bijoux, ajoute Amandine sans me laisser le temps de les remercier, mais nous, on n'est pas là pour enfiler des perles. Tu as une heure pour te saper comme jamais.

Comme à son habitude, Mathilde est aussi calme qu'un lac un jour sans vent. Amandine, quant à elle, ressemble plus à l'océan en plein orage. Elle se trémousse tellement que je lui indique que les toilettes sont libres.

– Non, t'inquiète, c'est l'excitation, s'excuse-t-elle. C'est parce qu'on vient cocher des cases sur ta liste de jolis projets !

Mes sourcils se froncent, je tente de poser le milliard de questions qui surgissent dans mon esprit, mais elles gardent le silence. Apparemment, elle en a déjà trop dit, même si j'estime de mon point de vue que ce n'est vraiment pas assez.

Amandine lance une playlist d'ambiance, Mathilde m'envoie me préparer. Lorsque je sors de la douche, une sélection de tenues dénichées dans mon armoire m'attend. Que des robes de soirée. Je lâche un petit soupir de soulagement. Nous n'allons ni sauter en parachute, ni courir un marathon. C'est qu'on en a écrit, des conneries, sur cette liste de toutes les choses que je pourrais faire quand le chirurgien aurait levé mon bras droit en signe de victoire, tel un arbitre sur le ring. Trop. Pour bien nous assurer que je vivrais jusqu'à cent ans. Dans l'urgence de tromper la mort, nous avons très certainement surestimé nos envies. « On aura bien le temps de faire le tri », nous nous sommes dit. Il faudra que je pense à rayer ces histoires d'adopter un lama et de prendre des cours de cerceau aérien, au cas où, pour l'an prochain.

J'enfile une culotte, mon soutien-gorge spécial post-mastectomie, une jolie robe chamarrée et des chaussures assorties. Je mets du rouge vermillon sur mes lèvres, du crayon pour donner l'illusion de sourcils fournis, et du mascara extra-volume sur mes cils. Ensuite, j'analyse minutieusement ma boîte à merveilles. J'opte pour une paire de boucles d'oreilles dépareillées, représentant une lune et un soleil, une bague coquelicot et une autre torsadée, et j'attache autour de mon cou une chaîne avec une cigale en pendentif, ma marque de fabrique. Pour finir, j'épingle au niveau de mon téton absent une broche en forme de cœur sur laquelle est gravé : « Ceci n'est pas un sein. » C'est comme un majeur levé à l'attention de ceux qui me regardent avec trop d'insistance. Je vérifie dans le miroir que mes joyaux vont bien ensemble. C'est le cas. Je n'en reviens toujours pas d'être la créatrice de tous les bijoux que je porte. C'est un enchantement quotidien de me réveiller en me disant que j'ai trouvé ma voie.

À mon retour dans le salon, les filles me complimentent en ponctuant leurs « Magnifaïque, ma chériiiie » d'applaudissements tout sauf objectifs, et nous partons, bras dessus bras dessous. Celui d'Amandine, autour du mien, vibre tant que j'ai l'impression qu'elles me conduisent à une réunion sex-toys et qu'elle prépare le matériel, mais peut-être reçoit-elle seulement beaucoup de notifications sur son téléphone. Je ne peux que deviner, puisqu'elles m'ont bandé les yeux.

– Attention, Roxane, il y a une marche. Lève le pied, souffle Mathilde à mon oreille.

J'agrippe sa main un peu plus fort et souris du choix des mots. Lever le pied, elle m'a déjà donné ce conseil. Mais la première fois, l'expression était plus imagée, et elle m'a sauvée.

Mathilde dénoue le bandeau. Je me réhabitue à la lumière et oscille soudainement entre le fou rire et la panique.

– Alooors ! Heureuse ? hurle Amandine en me privant partiellement de l'audition.

Je prends une profonde inspiration, le temps de faire un tour d'horizon complet.

Le lieu dans lequel nous nous trouvons est bling-bling et kitsch à souhait. On se croirait dans une baby shower de feuilleton américain. Des ballons roses, noirs ou gris métallique flottent dans les airs. Une table recouverte de bonbons et d'une pièce montée de macarons trône en plein centre de la salle. Des cigales en origami parfont le décor. Contre un mur, des fanions pailletés brillent de mille feux, les lettres de mon prénom se détachant en fuchsia sur argenté. Le punching-ball qu'Amandine m'a offert est là aussi, surmonté d'un chapeau haut-de-forme et sublimé par une cravate à strass. J'entraperçois même quelques cadeaux mal cachés derrière un rideau. Il ne me manque qu'un costume de licorne et la boucle sera bouclée.

Je regarde mes copines. Leurs mines réjouies me prouvent que c'est bien moi, la Roxane qu'on s'apprête à célébrer dans cette ambiance saturée en sucreries. Il n'y a pas d'autre naissance à fêter que la mienne. Ma naissance bis. Ma seconde vie.

– Bon, on y est peut-être allées un peu fort sur le rose et les paillettes, ce n'est pas tout à fait ton genre, s'inquiète soudain Mathilde devant mon air décontenancé. Si ça ne te plaît pas, on peut crever quelques ballons ?

– Tu rigoles ? C'est parfait, m'écrié-je avec conviction en en rajoutant pour faire redescendre les larmes d'émotion qui menacent de couler.

Le pire, c'est que je le pense réellement, même si je ne connais pas la suite des événements. Les filles m'offrent des éclats de rire mi-extatiques mi-soulagés, et m'entourent de leur amour et de leurs bras.

– En revanche, demandé-je avec hésitation, vous pouvez m'expliquer pourquoi toutes ces sucreries ?

– C'est pour que tu saches que ça nous a coûté bonbon, me confie Amandine avec son air innocent.

Je pouffe.

– Non, mais sérieusement… Des danseuses brésiliennes vont nous apprendre la lambada ? Un bus de Chippendale va débarquer ? J'ai pas peur, hein, mais…

– J'y ai pensé, mais Mathilde a eu une autre idée, se rembrunit-elle. Tu vois, Mathilde, des hommes nus, ça l'aurait fait !

Cette dernière donne une tape sur l'épaule de notre copine.

– En réalité, on attend du monde pour fêter ta première année de rémission, mais ne t'en fais pas…

Je saute de joie sur place.

– Mais vous avez organisé quoi ? Un enterrement de vie de jeune fille sans mariage à la clé ?

– Nope, ricane Mathilde.

– Une réunion Tupperware ?

– Tu nous présumes assez folles pour cuisiner ? s'offusque Amandine.

– Oh ! Mon Dieu ! Vous avez planifié une réunion bijoux ? je m'enthousiasme en croisant les doigts pour que ce soit le cas.

Maintenant que l'idée s'est incrustée dans ma tête, j'ai peur d'être déçue si elles me répondent par la négative.

Il y a deux ans, après avoir bossé des années en tant que cheffe de produit marketing dans le domaine du luxe, j'ai été mise au placard comme une malpropre. Officiellement, on m'a remplacée « en toute bienveillance » pour me permettre de mieux me reposer entre les cures de chimio et la mastectomie. En réalité, on m'a poussée à quitter l'entreprise parce qu'une nana avec le crâne chauve et un sein en moins, ça ne faisait pas très glamour. L'image de marque de la boîte en prenait un coup. Moi, le coup, je me le suis pris comme un poignard dans le dos avant de le ressentir en plein cœur. J'avais supposé que j'étais essentielle, on m'a démontré que non. Or, pour moi, être indispensable me dispensait de mourir. En tout cas, cela m'offrait une raison de me lever le matin. J'avais tout donné pour cette entreprise, en m'oubliant moi-même.

J'avais sacrifié la famille et le reste sur l'autel de la profession. J'avais gravi les échelons, obtenu des promotions, sauté sur les occasions. J'avais foncé tête baissée, dents qui rayent le parquet. J'étais bien lancée pour ne jamais m'arrêter. Jusqu'à ce que la vie me fasse un croche-pied.

Parfois, quand on tombe, on a le sentiment qu'on ne pourra jamais se relever. La chute m'a écorché l'âme. La découverte d'une boule de graisse a ébranlé mes certitudes. L'annonce de ma maladie a ravagé mon optimisme. La première cure de chimio a piétiné mes ambitions. La mastectomie m'a laissée à terre. La bienveillance relative de mes patrons m'a arraché tout reste de confiance en moi, comme si on m'avait volé mon sac à main alors que j'étais allongée sur le trottoir.

Et puis, on m'a tendu la main. Et doucement, je me suis remise debout. Affaiblie, encore sous le choc, l'estime de moi en miettes, mais émerveillée comme un jeune enfant qui découvre le monde. Amandine, mon amie de toujours, est devenue mon pilier. Mathilde et toutes les filles des Cigales roses, le groupe de parole qui m'a permis de libérer la mienne, m'ont entourée. Elles m'ont obligée à baptiser mon ennemi pour mieux le combattre. Je trouvais ça cucul, pourtant j'ai finalement donné le même nom à mon punching-ball, métaphore de mon cancer. Il m'a servi à maintes reprises pour décharger ma colère, mon sentiment d'injustice et la violence qui sourdaient de ma situation.

J'ai négocié une rupture conventionnelle et une somme assez rondelette pour m'autoriser à créer sans avoir à m'inquiéter de l'aspect financier. J'ai quitté le monde du travail avec angoisse et soulagement à la fois. Mes rêves de gamine ont refait surface parce que j'avais besoin de projets et de temps pour les réaliser. Combien de temps ? Aucune idée, mais certainement pas assez pour le perdre, alors j'ai foncé. Visualisé. Dessiné. Manipulé. Créé. Rose Cigale est née. Ma marque de bijoux. Encore inconnue au bataillon, mais qui m'a donné des objectifs, de la fierté, et l'envie de déplacer des montagnes.

– Tu chauffes, me déclare Mathilde en me sortant de mes souvenirs.

– Pardon ?

Je m'étais envolée loin.

– Pour l'histoire de la réunion bijoux. Tu chauffes. Rose Cigale sera au cœur de la soirée, mais pas de la façon que tu penses. Et toi aussi, tu es la star du jour. Prête ?

Je hoche la tête. Amandine ouvre la porte que nous avons franchie quelques minutes plus tôt. Une horde de ballons envahit les lieux, chacun attaché au poignet de quelqu'un qui compte à mes yeux. Toutes les filles des Cigales roses sont là, en tenue de gala. Je ravale un sanglot en découvrant mes parents qui pénètrent dans la pièce à leur tour, accompagnés de mon frère. J'ai envie de leur sauter au cou et de leur dire à tous à quel point je les aime, mais je suis tétanisée. Mathilde a laissé entendre que ma marque de bijoux serait le clou du spectacle, alors pourquoi ma famille est-elle présente ?

Je ne sais plus quoi penser, les questions se bousculent dans ma tête. Mais le dernier à arriver fait taire le fourmillement de mes réflexions. Paul est là, à quelques mètres de moi. Paul est le premier dommage collatéral de mon cancer. L'homme avec qui j'ai partagé trois années de ma vie, et que j'ai quitté avant qu'il ne le fasse parce que je n'aurais pas supporté qu'il parte, autant que je n'aurais pas supporté qu'il reste par pitié. Paul, que j'aimais assez pour refuser de lui infliger la maladie, les traitements, la libido hasardeuse et le spectre de la mort. Paul qui s'est accroché, me demandant même en mariage alors que j'envisageais mes funérailles. Paul à qui je disais « oui » dans mes envies et « non » dans la vraie vie. Paul qui a finalement respecté mon besoin de l'évincer de mon parcours, mais qui a tenu à rester mon ami, de loin, à m'apporter son soutien indéfectible. Paul, tout simplement.

Mon cœur manque un battement. Nous ne nous sommes pas vus depuis deux ans, nous n'avons communiqué que par téléphone, SMS, mails, ou livres glissés dans nos boîtes aux lettres respectives. Je ne lui ai jamais parlé de la maladie, elle n'apparaissait qu'en filigrane au milieu de discussions légères qui lui faisaient croire que j'étais toujours la même. J'arrivais presque à m'en convaincre aussi.

Malheureusement, il me suffisait de m'observer dans un miroir pour me rappeler à quel point j'avais changé. Je ne voulais pas qu'il soit témoin de cela. Je préférais qu'il garde l'image de la moi d'avant, avec l'option cheveux, seins, peau hydratée et confiance intacte…

Le brasier qui m'envahit me prouve à quel point il m'a manqué.

Amandine me saute dessus. Douche froide.

– On a assuré, non ?

Ma copine est définitivement née avant la modestie. Mais oui, elles ont assuré. Je regarde cette quinzaine de personnes chères à ma vie, et je me dis que c'est précisément ce qu'il me fallait. Le bon nombre. Moi qui, il y a deux ans, me targuais de n'avoir pas une minute à moi et d'être toujours entourée, qui sélectionnais mes amis par rapport à leur réseau ou à leur place dans la société… si je pouvais me voir aujourd'hui, je me toucherais le front pour sonder ma température. « T'as de la fièvre ? me demanderais-je. – Non. J'ai un sein en moins, un peu d'innocence aussi, et une vie en cours de reconstruction, comme mon nichon. » Pas sûre que je me ferais rire. Il faut dire que j'ai suivi une formation accélérée en humour noir, depuis la moi d'avant. Cette moi qui me regarderait de haut si elle me voyait dans mes ballerines plates et ma petite robe colorée. Qui me jugerait, sans aucun doute. Elle ne me manque pas, celle-là. Pourtant, c'est celle que Paul a aimée. Que doit-il penser en me découvrant aujourd'hui ?

– Elles ont mis le paquet, tes copines, s'émerveille ma mère en me prenant dans ses bras.

Elle est émue. Pour eux aussi, cette période a été difficile. Mes parents vivent au pays des Bisounours, première à gauche après l'arc-en-ciel. Ils ne m'ont jamais reproché de ne pas leur consacrer de temps lorsque j'étais en bonne santé. En revanche, ils ont été très affectés d'être quasiment les derniers à apprendre ma maladie. Ils ont compris ensuite que j'avais d'abord besoin d'être forte pour pouvoir les soutenir, mais ça a été compliqué.

– On a réussi à garder la surprise jusqu'au bout, se gausse mon père.

– Je n'ai effectivement rien vu venir, avoué-je, mais étant donné que ce n'est ni mon anniversaire, ni une date importante, c'était plus facile de me duper…

– C'est une date importante, m'interrompt mon frère en m'attrapant délicatement par la taille avant de planter un baiser sonore sur mon front. Un an de rémission, ce n'est pas rien.

Le temps a filé à toute allure depuis ce jour où je suis sortie de l'hôpital avec ce mot qui tapait la mesure dans ma poitrine. Rémission. Une bataille gagnée. J'en ai le vertige quand j'y repense.

Je pointe du doigt son ballon :

– Et vous avez tous décidé de vous envoler pour l'occasion ?

– Non, ça, c'est pour la suite des festivités.

Je n'ai pas le temps de l'interroger, je suis happée par des câlins de retrouvailles. Je passe d'ami en amie, virevolte dans ma robe colorée, et finis devant Paul sans avoir pu réfléchir à ce que j'allais lui dire. J'ai tout à coup quatorze ans, un appareil dentaire et de l'acné. Peut-être même du persil entre les incisives et une crotte de nez au bord d'une narine.

– Je suis content de te voir, souffle-t-il alors que mon cœur subit un shoot d'adrénaline.

Alerte feu d'artifice dans mon estomac.

– J'espère que ça ne te dérange pas que je sois venu, reprend-il.

Le feu d'artifice se transforme en pétard mouillé.

– Si, enfin, non, bien sûr que non, pourquoi ?

Une phrase à peine et j'ai l'impression que les mots sont du papier mâché qui se colle à mon palais. Ça commence fort. Il baisse le regard, mal à l'aise.

– Eh bien, par rapport à, euh… Stanislas… Il est présent ?

Ah ! Oui, évidemment. Il est probable que j'aie parlé de Stanislas, à un moment où Paul insistait pour me voir rien qu'une fois. Il savait que j'étais malade, mais il voulait être là pour moi. Alors j'ai brodé pour le faire fuir, parce que je préférais garder le contrôle sur la fin de notre histoire. Je lui ai glissé que Stanislas était à mes côtés pour les jours de moins bien. Ce n'était pas vraiment un mensonge…

– En réalité, il faut que je te dise, à propos de Stan…

Un larsen me vrille les tympans. Il provient d'un micro jouet, de ceux qui transforment les voix, et qu'Amandine dégaine à la moindre occasion en se prenant pour un DJ, Dark Vador et Céline Dion à la fois.

– Eh ! Oh ! Vous m'entendez ? Silence, s'il vous plaît, Mathilde a un discours à prononcer !

Mauvais timing, mais au moins, elle ne s'est pas mise à massacrer *Ziggy*. Paul me sourit, il semble vouloir me faire passer un message. Comme si ce n'était pas grave. Il a tout faux. Il faut que je lui dise.

– Rox, viens à côté de moi, s'il te plaît, reprend mon amie. On a quelque chose à t'annoncer, et on préférerait que tu sois assise.

Fébrile, j'obéis et prends place sur une chaise. Du coin de l'œil, je vois quelques filles quitter la pièce. Vont-elles se déguiser et me préparer une chanson aux paroles gênantes et à la chorégraphie aléatoire ? Je me prends à espérer que oui.

– Roxane, est-ce que tu te souviens de notre première discussion ? demande Mathilde.

– Comment pourrait-il en être autrement ?

Les débuts de notre amitié ont été rythmés par nos cures de chimio. C'était ma voisine de box. Je lui ai offert quelques onomatopées tandis qu'elle jasait sans relâche. Je croyais qu'elle voulait engager la conversation à tout prix, mais en réalité elle s'adressait à ses abonnés sur Instagram. Un direct live depuis l'hosto. Elle avait décidé de partager son combat sur les réseaux sociaux, afin de convaincre les femmes de se faire dépister au plus tôt. Et moi, je me suis retrouvée telle une conne à lui répondre alors qu'elle ne me parlait pas. Vexée comme un pou. Et puis, elle a rangé son téléphone.

Mathilde a été la première que j'ai écoutée sans m'enfoncer mes oreillettes jusqu'aux tympans. Plus d'une fois, j'aurais pu l'étrangler avec le fil si je n'avais pas eu un système Bluetooth. Son optimisme me donnait envie de la coller devant Doctissimo pour l'obliger à lire les pires témoignages, mais je suis persuadée que là encore, elle aurait gardé la foi. Elle m'a expliqué que partager ce qu'elle vivait, ça la sauverait, et m'a demandé ce qui allait me sauver, moi. À cet instant précis, je ne savais pas, mais l'idée a germé.

Dans une autre vie, on aurait pu être copines. Dans celle-ci, on est devenues sœurs de cœur, et Amandine l'a immédiatement adoptée. Notre trio était né. Toutes les deux, elles m'ont autorisée à pleurer, à crier, mais elles m'ont interdit d'abandonner. Nos cures se suivaient sans se ressembler, mais on s'est promis de s'en sortir, ensemble. Et c'est ce qu'on a fait.

– Tu trouvais que partager sa vie sur Instagram, ça n'avait pas d'intérêt, poursuit-elle. Et pourtant, tu as accepté de t'y dévoiler aussi, pour moi. Je t'avais dit qu'un jour, on en ferait quelque chose, de ces réseaux. On y est. Derrière cette porte, il y a une galerie d'artistes.

Les connexions ont du mal à se faire dans mon cerveau. On fait la fête à côté d'une expo ?

– Tu te souviens des clichés qu'on a faits de toi avec tes créations ? demande Amandine avec l'empressement qui la caractérise.

Je hoche la tête et dissimule une grimace. J'aurais préféré oublier. Ce shooting a été un véritable calvaire. Amandine est photographe et j'imaginais qu'elle allait se focaliser sur les bijoux. Mais non. Elle a eu l'idée de me mettre en scène, à moitié nue. Un sein à l'air et l'autre en moins. J'ai refusé, elle a insisté, arguant qu'on ne verrait pas ma nudité et qu'elle effacerait tout si ça ne me convenait pas. J'ai accepté de me plier à son délire d'artiste uniquement pour éviter qu'elle recoure au chantage.

– Eh bien, figure-toi que tu n'es pas la seule à avoir participé au shooting, annonce Mathilde.

– D'ailleurs, les autres mannequins ont été plus dociles que toi, l'interrompt Amandine. Toutes les filles des Cigales roses sont passées devant mon objectif.

– Le résultat de cette séance est affiché sous forme de tableaux dans la galerie, exulte Mathilde.

Ma tête part de droite à gauche. On se croirait à un match de tennis dont je serais la balle. C'est vraiment ça. J'ai le cerveau aussi vide qu'une balle de tennis lancée à toute vitesse sur le terrain. Mes joues chauffent et je peine à visualiser ce qu'elles me racontent.

– J'ai convié une trentaine d'influenceurs et de journalistes au vernissage de cette exposition éphémère, reprend Mathilde. Tes bijoux seront en vente dès ce soir, les copines des Cigales roses seront hôtesses et vendeuses. À part la location de la galerie, ça ne nous coûte rien, mais ça va générer une publicité importante.

– Et chaque invité a un ballon dans lequel il trouvera une phrase inspirante, et un bon-cadeau ou une promo. On a fait les comptes, c'est largement jouable.

Les bras m'en tombent. Je ne sais plus comment réagir ni quoi penser. J'ai presque des difficultés à me souvenir de mon prénom tant l'émotion qui m'enserre le cœur est puissante. Je caresse du bout du doigt le dessin de cigale rose que nous nous sommes fait tatouer sur le poignet, Mathilde et moi. Il n'est pas tout à fait cicatrisé, mais déjà, il m'apporte la force et le réconfort que j'en attendais.

– Putain, les filles… J'vous aime tellement ! Vous… Je n'ai pas les mots.

– Nous aussi, on t'aime. Et crois-moi, réussir à te clouer le bec est notre plus belle victoire ! plaisante Amandine en attrapant ma main.

J'agrippe ses doigts pour lui montrer toute ma reconnaissance.

– Prête ? me questionne Mathilde. On aura tout le temps qu'il faut pour débriefer après. Pour le moment, tu n'as rien d'autre à faire que profiter de l'instant, OK ?

J'acquiesce, encore sonnée par leur discours.

Mes deux amies m'entraînent vers une porte. J'aperçois la galerie, des tableaux couverts par des draps, des gens qui patientent en sirotant une coupe de champagne, et une estrade. Je soupire bruyamment. Finalement, nous sommes peut-être légèrement plus qu'une quinzaine. J'ai le ventre noué.

– Tu as vaincu un cancer, tu ne vas pas reculer à cause du trac, n'est-ce pas ? demande Amandine.

– C'est pas tout à fait pareil…

– Au cas où ça n'irait pas, il est là, me rappelle Amandine en désignant la salle que nous venons de quitter.

Je sais exactement ce qu'elle montre du bout du doigt.

– Ça ne va pas faire trop bizarre si je m'enfuis en courant pour aller boxer un punching-ball en habits de lumière ?

– On dira que tu fais ta diva, et puis voilà !

Mathilde m'étreint encore une fois et se jette dans l'arène. Je la suis de près, ma paume toujours dans la sienne. Elle grimpe sur l'estrade, micro en main. Je prends le temps de penser à respirer.

– Je vous remercie d'être parmi nous ce soir, sourit Mathilde. Comme je vous l'ai expliqué,

Roxane Stern, la créatrice de Rose Cigale, n'était pas au courant de cette expo. Elle est sous le choc de la nouvelle, mais dès qu'elle aura recouvré l'usage de la parole, promis, nous la laisserons vous dire quelques mots.

Les rires fusent et je ne peux empêcher les commissures de mes lèvres de se relever en direction de mes oreilles.

– Nous sommes réunis dans ce merveilleux lieu pour fêter plusieurs choses. Tout d'abord, une guerrière d'exception. Et je ne veux pas parler que du combat contre la maladie. Rox s'est battue contre le cancer, mais aussi contre tout ce qui faisait sa vie. Et aujourd'hui, Roxane, on avait envie de rendre hommage à la femme que tu es devenue.

Une boule se forme dans ma gorge. Je sens les larmes monter à nouveau. J'ai toujours été sensible, mais je luttais pour ne pas le montrer. Désormais, je laisse les émotions se frayer un chemin quand elles en ont besoin.

– Ça, c'est la première chose, jubile Amandine en arrachant le micro des mains de Mathilde. Cependant, nous voulions surtout parler de Rose Cigale. Depuis plusieurs mois, Roxane travaille sans relâche pour lancer sa marque, pour sublimer les femmes, et surtout pour donner du sens à ce qu'elle fait. Les bijoux que vous allez découvrir sont déclinés en plusieurs collections, qui symbolisent des phases traversées par cette créatrice de talent. Révélation, Stanislas, Métamorphose, Life

Again… Chacune possède son univers, ses lignes et ses pierres.

– Pour rappel, déclare Mathilde, chaque bijou est fabriqué en cent exemplaires, pas plus. 10 % du montant total de chaque commande sont reversés à l'association Ruban Rose qui s'est engagée, il y a plusieurs décennies, dans la lutte contre le cancer du sein. Et nous devons remercier Amandine, photographe de talent, qui a su utiliser nos différences pour mettre en lumière ces merveilles de Rose Cigale.

– Maintenant, conclut Amandine, il est temps que vous en preniez plein la vue, et si vous hésitez entre deux bijoux, un conseil : choisissez les deux !

Nous descendons de l'estrade tandis que résonnent les premières notes de *J'ai pas les mots* de l'artiste Grand Corps Malade.

Chair de poule. Ces paroles, c'est le point de départ de ma maladie.

C'est aussi l'introduction du livre de ma nouvelle vie, celle qu'il ne m'aurait pas été donné de vivre si le cancer ne s'en était pas mêlé.

Je contemple mes amies qui, deux par deux, ôtent les draps noirs cachant les tableaux. Mes guerrières. Elles ont tous les âges, toutes les origines, tous les profils. Des existences, des professions, des passions, des religions diverses et variées. Elles ont toutes eu des traitements différents selon le cancer du sein dont elles souffraient ou souffrent encore. Elles ont eu et auront toujours peur pour leurs vies, pour leur famille, mais elles prennent du temps pour autrui, parce qu'on partage toutes cette philosophie. Nous ne nous serions jamais rencontrées sans la maladie, jamais parlé, jamais intéressées les unes aux autres. Pourtant, elles sont là. Et tout à coup, je les redécouvre. Elles se sont mises à nu pour cette exposition, au sens littéral. Elles sont sorties de leur zone de confort pour moi et pour ces clichés d'une beauté à couper le souffle.

Entourée d'Amandine et de Mathilde, je passe de tableau en tableau. De peau diaphane en peau d'ébène. Certaines ont ôté leur perruque, d'autres posent sans prothèse ni aucun artifice. Avec leurs cicatrices sous des débardeurs noirs, voiles opaques qui cachent aussi des cœurs remplis d'espoir. Elles subliment mes bijoux d'une façon que je n'aurais pas pu soupçonner. Elles ont le regard timide, conquérant, mystérieux, impertinent ou confiant, une posture désinvolte, nonchalante, lascive ou gracieuse. Elles sont elles-mêmes et je suis estomaquée de découvrir à quel point Amandine a réussi à capter leurs personnalités.

Cette exposition n'est pas qu'un faire-valoir. Elle est le visage de l'après-cancer, elle montre ce que la maladie nous a enlevé tout en nous rendant plus fortes.

« Magnifique ! », « Incroyable ! », « Frissons », « Authentiques », voilà les mots que j'attrape au vol tandis que je déambule dans la galerie. Amandine et Mathilde ont été appelées pour répondre à des questions ou régler quelques détails. Je me mêlerai à la foule bientôt, mais j'ai besoin de découvrir chaque portrait. Sous chacun des tableaux, un présentoir accueille le bijou porté par le mannequin en photo. C'est exactement celui que j'aurais choisi pour chacune d'entre elles, et ce constat me provoque un déferlement d'émotions. J'ai les larmes aux yeux. Si j'avais eu le cran d'organiser moi-même cette soirée, je n'aurais pas pu mieux faire. Tout est parfait. Mes amies sont parfaites. La vie prend, mais elle donne aussi tellement.

Enfin, je m'arrête devant mon image, que je n'avais jamais vue jusqu'alors. Le rouge me monte aux joues et le peu de poils qu'il me reste se dresse sur mes avant-bras. Je contemple béatement le reflet qui me sourit. Celui de la moi d'aujourd'hui. Je me trouve belle, avec ma coupe courte et mes boucles naissantes. Privilège de l'après-chimio, mes cheveux ont décidé de me faire un cadeau pour fêter le renouveau. Ils seront frisés, dorénavant. Je n'ai aucune idée de combien de temps ça durera, alors j'en profite. Je suis bien placée pour dire qu'on ne peut pas savoir de quoi demain sera fait.

Ma main, sur laquelle on distingue la bague « Amitié », une cigale rose toute simple, voile mon sein amputé. Je souris d'une blague d'Amandine et mon regard brille. Je me trouve belle, mais surtout, je me sens sereine. Au jeu des sept différences entre la moi d'avant et celle de maintenant, c'est ce qui me saute aux yeux : l'apaisement. Un apaisement soudain mis à mal par l'odeur enivrante de Paul que je sens arriver avant de le voir. Ce parfum qui m'a si souvent fait chavirer le cœur et qui, *a priori*, a toujours les mêmes pouvoirs.

– Tu es magnifique, murmure-t-il.

– Merci, mais tout le mérite revient au maquillage et au talent d'Amandine…

– Je ne parle pas du tableau, assure-t-il en accrochant son regard au mien.

– Oh !

Des papillons s'envolent dans mon ventre quand je découvre la sincérité dans ses yeux. J'ai refusé quelque rencontre que ce soit parce que j'avais peur d'être scrutée avec pitié ou dégoût.

– Tu sais, pour ce qu'on se disait tout à l'heure, commencé-je…

– Youhou, les gens ! s'époumone Amandine dans le micro. Il va bientôt être temps de faire exploser vos ballons pour découvrir ce qu'ils cachent. En attendant, si Roxane a un mot à dire, c'est le moment ! Rox ? T'es où ?

Encore loupé, pour l'heure de vérité.

Paul pose une main chaude sur mon épaule en signe d'encouragement, et je regrette tout à coup de l'avoir dégagé de ma vie. J'y ai pensé souvent, mais l'évidence me percute de plein fouet à cet instant. Il aurait tenu la distance. Il m'aurait soutenue. Est-il trop tard pour un nous deux ? Je rejoins Amandine sur scène et attrape le micro en tremblant.

– Merci, du fond du cœur. Je ne sais pas quel genre de discours vous attendez, alors je vais me lancer sans parachute, on verra bien. Parce qu'il y a des choses que j'ai besoin de dire, d'autant plus après avoir découvert ces portraits merveilleux. Il y a deux ans, j'étais une autre femme. Il y a deux ans, j'avais une autre vie. Et puis, il y a eu cette boule qui s'est logée dans mon sein gauche. Une boule de graisse, selon mon médecin traitant. Pourtant, j'ai su immédiatement. Avant la mammographie que j'ai dû réclamer, avant la biopsie qui a révélé que réclamer n'était peut-être pas joli, mais que ça pouvait sauver. À ce moment-là, j'ai fait des erreurs. Beaucoup. Déchirer mes arrêts maladie pour ne pas louper une seule journée de boulot. Ne rien dire à mes parents pour ne pas les inquiéter inutilement. Quitter l'homme avec qui je voulais vieillir parce que je ne voulais pas qu'il me voie comme une handicapée.

Des murmures s'élèvent dans les rangs. Je sais que le mot peut paraître choquant, pourtant il représente ma réalité. Et puisque j'ai l'occasion de m'exprimer, autant en profiter.

– Oui, une handicapée. Quand on vous ampute d'un bras, d'une jambe, vous devenez handicapé. Moi, on m'a amputée d'un sein, de toute ma féminité et de l'espoir d'avoir une existence normale. Je ne voulais pas entraîner un homme merveilleux à ce point dans ma chute.

Je croise le regard troublé de Paul. Je le sais, je viens d'avancer une tour sur l'échiquier de notre destin.

– Et puis, grâce à Mathilde qui communique aussi bien sur ses réseaux que dans la vraie vie, j'ai accepté de participer à un groupe de parole. J'y ai rencontré tous les mannequins que vous avez eu le privilège d'admirer ce soir. Les premiers temps, je me contentais d'écouter en déchiquetant des bouts de papier. Jusqu'à ce qu'Amandine, la photographe de cette expo mais également mon amie la plus ancienne, devine ce qui me ferait du bien. Je me suis retrouvée à vivre avec Stanislas, un punching-ball qui porte le même nom que mon cancer, et qui m'a permis de le dégommer au propre comme au figuré. Il est là-bas, dans la pièce à côté, parce que ces derniers mois, aussi bizarre que ça puisse paraître, il a vraiment compté.

Du coin de l'œil, je distingue Paul, abasourdi, regarder en direction de la salle où se tient Stan. Quand ses yeux reviennent vers moi, je baisse les miens. Je ne veux pas voir s'il me fixe avec soulagement, dépit ou froideur. J'ai tellement peur qu'il soit trop tard pour réparer mes erreurs. Je crains de lui avouer ce que je ressens et qu'il refuse de nous donner une autre chance. Pire que tout, j'ai la trouille qu'il accepte parce que refuser quelque chose à une cancéreuse, ce n'est pas très chrétien.

Je reprends le fil de mes pensées. J'ai un discours à terminer.

– Mathilde m'a dit un jour que ce qui la sauverait, ce seraient les réseaux sociaux. Moi, ça a été un vieux rêve d'enfant : créer des bijoux. J'ai compris qu'être faillible et vulnérable ne changeait pas le fait que je suis courageuse. Pour combattre la maladie comme pour me lancer dans la création. Je n'avais plus aucune certitude sur le futur, alors mon présent a gagné de la valeur.

Je vois les visages dans l'assistance afficher une émotion certaine. Le moment de tirer ma révérence arrive.

– Certaines femmes du groupe des Cigales roses ont perdu la vie après une dure lutte. Alors, depuis deux ans, pour moi et aussi pour elles, je prends le temps de vivre pleinement. Et ça fait toute la différence. J'ai dû abattre les murs que j'avais érigés autour de moi, détruire mes évidences, me reconstruire sur un champ de ruines. Je n'ai pas toujours pris les bonnes décisions, je me suis trompée, mais j'ai su rebondir. Et parce que j'ai la chance de pouvoir le faire, comme vous, je recommencerai mille fois à me tromper et à me renouveler. Merci à vous d'être venus, et maintenant, il paraît qu'en crevant vos ballons, vous pourrez découvrir si vous avez gagné une de mes créations.

Je finis mon discours le souffle court et sous un tonnerre d'applaudissements. Amandine et Mathilde m'enlacent. Une musique d'ambiance résonne au rythme de mon cœur. J'embrasse la salle du regard. Des ballons éclatent partout, les influenceurs rient et comparent leurs citations. La soirée promet d'être belle. Et je n'aurai pas besoin de Stan pour extérioriser mes angoisses.

Je m'apprête à descendre de l'estrade quand Paul me saisit la main pour m'aider. Je vois son regard briller.

Pendant mes heures les plus sombres, des images de mon enterrement ont régulièrement hanté mes nuits, et j'ai dressé la liste de toutes ces choses que la maladie m'avait volées. Ce soir, le moment est lumineux, et c'est une autre liste que je désire écrire. J'ai hâte de la découvrir.

Toutes des guerrières

Isa Lawyers

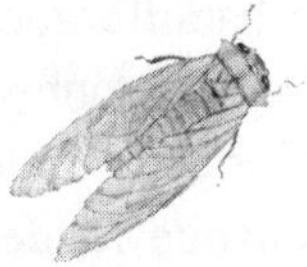

LA SOURCE DE MES TOURMENTS

– Salut Mont et Merveille ! susurre Aubin en dessinant la courbe de mes seins avec son index.

J'ouvre la bouche, soufflée.

– Ne me dis pas que tu as donné un nom à mes seins ?

– Mais bien sûr que si.

– J'hallucine, me moqué-je en tentant de remonter le drap pour couvrir ma poitrine.

Allongé près de moi, la tête posée sur son bras, Aubin a le visage illuminé par un sourire espiègle. Je dois avouer que je suis mal à l'aise à l'écouter parler ainsi de mes seins. Peut-être parce que j'ai une certaine défiance envers cette partie de mon corps. À vingt ans, ils étaient mon arme de séduction ; à trente, ce moment de partage avec mon petit dernier ; mais à bientôt quarante, ils deviennent source d'inquiétude. Un événement tragique réunit depuis plus de trente ans toutes les femmes de ma famille, avec comme point culminant la mort prématurée de ma grand-mère maternelle à cinquante-quatre ans : le cancer du sein. Cette maladie est devenue une peur commune lorsque l'une de mes tantes en a développé un à son tour quelques années plus tard. Depuis, c'est une bataille que nous menons toutes ensemble, ma mère, mes tantes, ma cousine et moi. Plus question de laisser cette maladie nous enlever un autre être cher. À chaque rendez-vous chez le gynécologue, j'ai la même appréhension, celle qu'il décèle quelque chose. Je tremble déjà alors que mon prochain rendez-vous n'est qu'en octobre. Écouter Aubin encenser mes seins me paraît alors presque surréaliste, eux qui me rendront peut-être malade un jour.

– Quoi ? Ce sont mes fidèles comparses de plaisir ! Je compte bien faire plusieurs fois le tour de la question en leur compagnie.

Son regard gourmand croise le mien et je lève les yeux au ciel en rougissant. Il en profite pour tirer le drap vers le bas, ses yeux noisette scintillant.

– Je les adore, lance-t-il, facétieux, avant d'approcher ses lèvres de ma peau.

Finalement, mes seins ne sont pas que source de tourment. Aubin est un artiste. Il efface toutes mes réticences et me réconcilie presque avec mon corps.

– La petite mamie qui vit dans la maison d'en face ne doit pas encore être remise de ton arrivée.

– J'ai peut-être été trop empressé, c'est vrai, concède-t-il sans s'arrêter.

– Tu m'as presque déshabillée sur le perron.

Il rit tout en continuant à dévaler mon ventre.

– J'attendais ce moment avec tant d'impatience.

Il se redresse au-dessus de moi et m'embarque dans un baiser dans lequel je perds aussitôt mon souffle.

– Toi, tout un week-end rien qu'à moi, je ne voulais pas perdre une seconde.

Je tourne la tête vers l'entrée de ma chambre et je souris en remarquant mon soutien-gorge négligemment posé sur une porte de mon armoire. J'imagine ma jolie robe fleurie en boule sur le sol, quelque part entre le vestibule et mon lit. Sans compter le chignon dont la réalisation m'a presque fait piquer une crise de nerfs. Disparu en quelques secondes sous les doigts fiévreux de mon amant.

– Tu es si belle, Sidonie. Tu as les plus jolis seins de la planète, s'extasie-t-il. J'ai envie de leur écrire une chanson.

Je lui caresse la joue avant de me mettre à rire.

– J'imagine le tube planétaire.

– Ne te moque pas. Quand je suis inspiré, je fais des merveilles sur ma guitare.

– Je n'en doute pas.

Il s'amuse à chantonner en pinçant des cordes imaginaires sur mon ventre. Depuis qu'Aubin est entré dans ma vie, ce guitariste a bouleversé mon quotidien. Avec son petit grain de folie, il a redonné du soleil à mon existence. Mes paupières se mettent à s'agiter. Je ne dois pas me laisser envahir par l'émotion. Dans les bras de cet homme que je ne connais que depuis trois mois, je redeviens peu à peu femme, celle que je n'étais plus ces dernières années. C'est si troublant d'entendre quelqu'un me dire des mots tendres, me regarder comme ça. J'avais oublié ce bonheur que l'on ressent quand on est le centre de toutes les attentions. Son visage se fait doux et, d'une voix tendre, il chuchote sur mes lèvres, comme s'il voulait que je sois la seule à entendre ses mots :

– Je suis fou de toi.

Lorsqu'Aubin est entré dans ma vie, j'étais rouillée aux choses de l'amour, comme une vieille pièce de mécanique usée à force de répéter les mêmes mouvements, les mêmes schémas, sur le point de se briser. Avec lui, je redécouvre l'imprévu, la spontanéité. Je m'étonne à m'aimer aujourd'hui telle que je suis. Malgré mes imperfections, mon corps marqué par la quarantaine qui me guette et mes deux maternités, je me sens désirable sous son regard brûlant. Peut-être même plus que lorsque j'avais vingt ans. J'apprécie les choses de mon âge, cette sagesse qui me permet de tourner le dos à toute pression sociale. Mon seul et unique objectif : réussir ma seconde vie de femme, m'épanouir avec ou sans homme et montrer à mes fils combien la vie est belle et mérite d'être vécue malgré les épreuves qu'elle met parfois sur notre route. Je ne fermerai plus la porte au bonheur.

Aubin dévale ma gorge, caresse de sa joue la peau fine de mes seins, poursuit l'exploration de mon ventre… Je ferme les yeux, les doigts plongés dans ses mèches brunes. Je lâche un soupir d'aise tandis que mon amant m'entraîne une nouvelle fois vers le plaisir. Je me répète mon nouveau mantra : *Laisse-toi aller et profite !* Les contrariétés des dernières heures disparaissent les unes après les autres : la tache de dentifrice sur mon chemisier, le bas tout neuf que j'ai troué en l'enfilant, la moue boudeuse de mon adolescent grimpant dans la voiture de son père, la facture d'eau reçue ce matin, qui plongera mon budget dans le rouge, la pile de copies qui m'attend sur mon bureau… Tout s'évapore. Seul un regard flamboyant persiste, des mains qui me caressent, un sourire qui fait battre mon cœur plus vite et des mots qui me réparent.

Plus tard, le bip de mon téléphone annonçant un SMS me tire du sommeil léger vers lequel je m'étais laissée glisser. Aubin n'est plus dans le lit à mes côtés mais les notes d'un vieux morceau de Johnny Cash provenant du salon me rendent heureuse. Je m'étire tranquillement avant d'attraper mon smartphone. Un coup d'œil et je perds ma bonne humeur.

Tom est exécrable, je te le ramène
d'ici une heure.

Un tout petit message qui sonne le glas de mon week-end en amoureux. Je lâche un soupir las. La déliquescence des relations entre mon fils Tom, quinze ans, et mon ex m'inquiète de plus en plus. Malgré notre séparation, je souhaite que les enfants conservent une belle relation avec leur père. Je me lève et me rhabille nerveusement pour rejoindre Aubin dans le salon, qui joue toujours sur la guitare que j'ai achetée ce matin pour mon fils aîné.

– Elle est vraiment très sympa.

Le visage rayonnant, il termine sa chanson et, malgré la contrariété qui me ronge, je lâche un :

– Joli !

Dans son jean noir usé et son tee-shirt blanc, Aubin a ce petit côté imperméable au temps qui s'écoule. Il est jeune dans tout ce qu'il est malgré sa petite quarantaine. Il m'adresse un clin d'œil en se remettant à chanter et mon cœur s'emballe comme la première fois que j'ai posé les yeux sur lui. Il est si séduisant, et pas seulement physiquement ; sa joie de vivre me donne le coup de fouet dont j'avais besoin après ma rupture avec mon mari.

– Un souci ?

Aubin fixe mes doigts qui tapotent nerveusement la console de l'entrée.

– Maxime ramène les enfants. Encore un problème entre Tom et lui. Je suis désolée…

– T'inquiète ma belle. C'est chouette de passer aussi du temps avec tes enfants. Tu sais que je les adore.

Trente minutes plus tard, le véhicule de Maxime, mon futur ex-mari, se gare devant le portillon de la maison. Je ne sais pas trop si je suis nerveuse ou en colère. Certainement un peu les deux. Je vérifie mon rouge à lèvres dans le miroir du vestibule, lâche un bref soupir et adresse un regard d'encouragement à mon reflet.

– Ça va aller, tu es parfaite, me rassure Aubin, assis sur le sofa.

Cela fait déjà dix mois que je suis séparée du père de mes enfants. La raison ? Une sortie de mon fils Tom en claquettes-chaussettes pour promener le chien. Une dispute anodine, et pourtant la maison s'est transformée en champ de bataille, Tom et Maxime explosant, moi au milieu. Notre fils avait selon mon mari commis l'irréparable. Je lui ai demandé de se calmer, de relativiser. Je lui ai même proposé de brûler ces satanées claquettes, puis de partir pour reprendre ses esprits ; c'était tellement invraisemblable. Il devait attendre ce signal depuis longtemps, car en moins d'une heure, son baluchon était fait et il prenait la porte sans même un regard derrière lui. Passée la stupeur, nous avons dû nous rendre à l'évidence : il ne reviendrait pas.

J'entends une portière claquer violemment. Notre adolescent plonge le nez dans le coffre pour récupérer son sac à la va-vite.

– Il y a de l'ambiance, dit Aubin en se penchant pour regarder par la fenêtre.

– J'ai l'impression. Pourquoi se sont-ils encore disputés ?

Je contemple mon fils et son air revêche. Il est toujours à fleur de peau ces derniers temps, et son père n'a jamais vraiment su faire preuve de souplesse. Ben, notre petit dernier, descend à son tour de la voiture, son énorme Stitch en peluche dans les bras.

– J'y vais, souhaite-moi bonne chance ! soufflé-je à Aubin en passant la porte.

Je croise furtivement Tom, ses écouteurs vissés sur les oreilles.

– Que s'est-il passé ?

– Je ne veux plus y aller. Je ne supporte plus sa dinde.

Il a les yeux au bord des larmes, une rage contenue dans la voix.

– Tom, tu sais que je n'aime pas quand tu parles comme ça, le réprimandé-je.

Il me dépasse sans répondre et s'engouffre dans la maison.

– Tu pourrais me dire au revoir, râle son père un peu plus loin.

Je rejoins ce dernier au pied de sa voiture.

– Mamaaan ! crie mon petit dernier en me sautant dans les bras.

Je m'approche de mon ex-conjoint tout en câlinant Ben.

– Bravo, même pas une journée. Tu bats des records.

– N'en rajoute pas !

Maxime s'avance vers moi, et dépose un sac à mes pieds.

– J'en peux plus de ton gosse.

– *Notre* gosse.

D'un coup de menton, il désigne la maison dans laquelle s'est réfugié Tom.

– Il n'a pas desserré les dents.

– Si tu essayais de passer un week-end complet et tout seul avec tes fils une fois de temps en temps, ça pourrait peut-être arranger les choses. À cet âge, ils sont sanguins. Il en faut peu pour les braquer.

– Je suis désolé d'avoir quelqu'un dans ma vie, s'agace-t-il en claquant le coffre de sa voiture.

– Maman aussi, elle a quelqu'un dans sa vie. Elle a Aubin, lâche Ben.

Je me fige. Je lui avais pourtant fait promettre de ne rien dire. Maxime bloque sur Ben puis reporte son attention sur moi.

– Tu as un mec ?

– Peu importe. Il faut que tu renoues le dialogue avec Tom. Je ne pourrai pas le contraindre encore longtemps à te voir si ça continue comme ça.

– C'est qui ?

Je soupire. Je n'ai pas envie de lui répondre. Maxime s'attarde sur ma robe, et son regard presque inquisiteur me met mal à l'aise. C'est vrai qu'en quinze ans de mariage, il ne m'a pas souvent vue apprêtée comme ça. Je détourne les yeux.

– Ça ne te concerne pas. Réfléchis à ce que je t'ai dit et à dans deux semaines.

Je repose le petit et me saisis du sac sous ses yeux stupéfaits. Je crois que Ben lui a gâché son week-end. Ça lui fera les pieds, lui qui ne peut s'empêcher de venir chercher ses gosses en m'exhibant ses conquêtes sous le nez. Je commence à faire deux pas en souriant dans mes moustaches lorsque j'entends Maxime me rappeler.

– C'est con ce qui arrive à Bénédicte.

Je me retourne, étonnée, en l'entendant parler de ma cousine.

– J'espère que ce n'est pas un cancer, continue-t-il.

– De quoi tu parles ?

– De la biopsie qu'elle subit demain, tu n'es pas au courant ? On lui a découvert une masse au sein à la mammographie.

Mon cœur cesse de battre à m'en faire mal. L'ombre menaçante vient de faire son terrible retour. On annonçait pourtant le printemps ce matin à la radio.

AU CAS OÙ...

Je toque nerveusement à la porte. Je suis encore sous le choc, les paroles de Maxime tournent en boucle dans ma tête. Il a probablement mal compris. Ça ne peut pas être ça. Je ne le supporterais pas. Bénédicte ouvre au troisième coup.

– Sissi, qu'est-ce que tu fais là ? Je croyais que tu passais le week-end avec ton beau guitariste ?

Le visage blafard, les cheveux gras et vêtue de son horrible jogging bleu ciel à petites pattes d'eph des années 2000, ma cousine a sa tête des mauvais jours. Celle qu'elle arbore quand elle a un grave coup de flip. Je dois perdre toute couleur d'un coup car Bénédicte en ouvre la bouche.

– Non, les garçons l'accaparent depuis plus d'une heure. Ils jouent ensemble à la console.

Elle se décale pour me laisser pénétrer chez elle avec un petit air suspicieux. Je pose nonchalamment mon sac à main sur la commode de l'entrée comme je le fais chaque fois que je viens chez elle, à savoir deux ou trois fois par semaine. Bénédicte est bien plus qu'une cousine, c'est ma sœur de cœur, ma meilleure amie, celle avec qui j'ai grandi, celle avec qui je vieillis. Nos mères, deux sœurs jumelles, sont tombées enceintes à un mois d'intervalle. Nous avons donc le même âge, nous ne nous sommes jamais quittées.

– Ton fiston n'est pas là ? demandé-je en avisant le bazar inhabituel dans le salon et dans la cuisine.

– Jérôme est chez sa petite amie pour le week-end.

– Ça y est, ton bébé prend son envol, m'exclamé-je en continuant mon inspection des lieux. Il se passe quoi ici ? C'est le grand déballage de printemps ?

– Je fais du rangement. Et toi qu'est-ce que tu fais là ? insiste-t-elle en soulevant une pile de magazines qu'elle jette aussitôt dans un sac pour le recyclage.

Prise en flagrant délit, je tente une retraite.

– Je passais par là et…

– À d'autres. Crache le morceau ! Tu as parlé à Maxime, c'est ça ?

Les mains sur les hanches, elle plisse les yeux.

– Il communique à peine avec toi pour les gosses mais quand il est question de ragots, il retrouve de sa verve, celui-là !

– Béné, pourquoi tu ne m'as rien dit ? On s'est pourtant vues hier. Tu as appris ça quand ?

– Il y a une semaine, avoue-t-elle en continuant à bazarder ses journaux.

Mon cœur se serre. Nous avons toujours été la confidente l'une de l'autre. On a affronté tous nos coups durs ensemble, de sa grossesse en mère célibataire à ma séparation.

– Je n'avais pas envie de t'inquiéter. Tu as déjà eu assez de soucis ces derniers mois avec le départ de Maxime. Tu commences juste à être de nouveau heureuse, je ne vais pas t'embêter avec mes problèmes.

– C'est du passé tout ça, j'ai tourné la page. Là, on parle de ta santé. Depuis quand tu te confies à mon ex et pas à moi ? lui reproché-je gentiment.

– Depuis qu'il m'a surprise en train de pleurer devant un pamplemousse pourri au milieu d'un étal au marché.

Je fronce les sourcils et m'approche doucement d'elle.

– Je suis comme ce fruit, Sissi. Je suis en train de pourrir de l'intérieur. Je serai bientôt bonne à jeter, dit-elle en fondant en larmes.

– Béné… soupiré-je en la prenant dans mes bras. Mais pas du tout. Attends d'abord d'avoir les résultats du prélèvement. Et puis, si c'est ce que l'on redoute tant, eh bien, tu te feras soigner. Tu guériras comme tante Françoise.

– Ou je mourrai comme mamie.

– Ça fait plus de trente ans… La médecine a fait des progrès depuis. Ne baisse pas les bras avant même de savoir si c'est un cancer ou d'avoir commencé le combat.

– C'est toi la guerrière, pas moi.

– Tu plaisantes ? Qui a mis une raclée à Erwan Paquier en CE2 alors qu'il faisait deux têtes de plus que nous ?

– Il m'avait mis la main aux fesses.

– Et bien là, c'est la même chose. Si c'est cette saloperie de maladie, tu lui feras la misère tout pareil. Nous sommes toutes des guerrières.

Elle me sonde du regard, comme si elle cherchait la moindre note d'inquiétude dans mes yeux pour replonger dans sa propre angoisse, mais je tiens bon. Je suis déterminée. À deux, nous avons toujours été si fortes.

– Comment fais-tu pour être toujours si positive Sissi ?

– Je ne suis pas plus positive que toi, mais je refuse de donner plus d'importance aux problèmes qu'aux belles choses de la vie. Il y a une solution à tout.

– Tu sais bien que ce n'est pas toujours vrai.

Bénédicte a raison. Mourir d'un cancer du sein, c'est malheureusement encore possible. Mais je ne peux pas l'admettre.

– Pour le moment, tu n'as rien et tu as tout cet appartement à ranger.

Je me déchausse et me dirige vers la cuisine. Le lave-vaisselle ouvert, je commence à le remplir de toute une pile d'assiettes sales.

– Qu'est-ce qui t'a pris de vider tes placards ?

– J'ai besoin de mettre les choses en ordre au cas où.

Mes mains se crispent sur une assiette. Je jette un coup d'œil vers Bénédicte. Elle s'affaire à ranger ses boîtes hermétiques en une pyramide dressée au cordeau. C'est bien la première fois que je la vois si maniaque.

– D'ailleurs, je voudrais que l'on parle du « cas où », m'annonce-t-elle sans se retourner, d'une voix si claire qu'elle me donne froid dans le dos.

– Il n'en est pas question. Tu ne sais même pas si tu as quelque chose, me rebiffé-je.

– C'est le bon moment au contraire. Après, je serai dans les traitements et ne serai plus d'attaque pour le faire. Et puis si ce n'est pas d'un cancer, je mourrai peut-être demain en me faisant percuter par une voiture en traversant la rue.

– Je t'interdis de traverser la rue.

Bénédicte se met à rire.

– Je sais que je t'en demande beaucoup, convient-elle en revenant vers moi et en posant une main sur mon épaule.

– Surtout pour quelqu'un qui ne voulait rien me dire jusqu'à aujourd'hui, grommelé-je en rinçant l'évier.

– Il n'y a qu'à toi que je peux demander ça.

Alors que je m'essuie avec un torchon, je lâche un long soupir.

– Alors vas-y pour ta convention obsèques.

– Je veux un cercueil en carton avec des coquelicots dessus.

– Quoi ?

– Oui, j'ai vu ça à la télé. C'est super, biodégradable et esthétiquement, c'est sympa.

– J'imagine que tu as tout choisi pour me faire tourner en bourrique.

Elle ricane. La lueur dans ses yeux ne laisse aucune place au doute : c'est bien ce qu'elle a l'intention de faire. Je croise les bras sur ma poitrine en faisant la moue. Ce n'est pas le genre de conversation qui m'emballe.

– Je veux être dans la terre. Pas de caveau en béton, je veux avoir une chance de me réincarner. Je veux que les petites bêtes viennent me grignoter. Imagine, je serai peut-être la prochaine Lady Gaga. En tout cas, j'espère que je reviendrai avec une poitrine comme la tienne.

Je baisse les yeux sur mes seins avant de les diriger vers les siens.

– Toujours la même rengaine depuis nos premières règles !

Elle claque la porte d'un placard d'un coup sec.

– Franchement, si la vie n'est pas merdique quand même. Je n'ai jamais dépassé le bonnet A, même quand j'étais enceinte, et c'est moi qui vais avoir un cancer du sein ! Toute ma vie, ces nichons auront été un problème !

Je souris.

– Je t'ai déjà répété mille fois que les petits nénés, c'est trop mignon. Il y a plein de stars avec de toutes petites poitrines qui sont fabuleuses : Jane Birkin, Natalie Portman, Keira Knightley… Et puis, attends les résultats de ce satané examen avant de tirer des plans sur la comète.

– Le radiologue n'a pas été très encourageant.

Je grimace, le ventre si noué que mes organes doivent être à présent aussi fins que des pancakes.

– Si on continuait de ranger en même temps que tu me racontes, proposé-je, faussement enjouée. « Au cas où » tu ne voudrais pas laisser tout ce bazar.

Nous passons les deux heures suivantes à briquer l'appartement. Cette frénésie du ménage n'a pour but que de la distraire. Nous rions du *dress code* qu'elle souhaite imposer pour les personnes présentes aux obsèques : tenue violette obligatoire. Ce n'est pas commun comme exigence. Petit, rondouillard et à lunettes, j'imagine déjà la dégaine de mon père : un sosie ridicule d'Elton John, et moi, après avoir pleuré toutes les larmes de mon corps, une copie effrayante du Joker. Pour la musique, Bénédicte est intransigeante : du Mylène Farmer. Elle est fan depuis toujours. J'essaie de lui faire comprendre que *Pourvu qu'elles soient douces* et *Libertine* au cours d'une messe relève du blasphème, en vain. Affalées sur le canapé, les jambes et les bras coupés par cette séance de ménage aussi éreintante qu'un marathon, on cherche un film à se regarder.

– *Nos étoiles contraires* ? propose-t-elle.

– Veto.

– *Avant toi* ?

– Encore veto. Tu vas me proposer tous les films à la fin tragique ?

– Petit cœur fragile, se moque-t-elle en me donnant un coup d'épaule.

– Je déteste les histoires qui finissent mal, tu le sais. Et puis regarder ce genre de film dans ces circonstances, ce serait d'un morbide ! Tu ne m'embarqueras pas sur ce terrain.

Elle rit.

– Hors de question que l'on parle aussi de l'euthanasie, tu m'entends bien ! ordonné-je en pointant un doigt vers elle.

Elle me lance un regard moqueur.

– Tu voudrais visionner un *Sissi* alors ?

– Ça, c'est une bonne idée !

Son visage se couvre d'un masque coléreux.

– Même pas en rêve. Sauf peut-être…

– Quoi ? demandé-je en plissant les yeux d'appréhension.

– À ce que tu me racontes enfin comment tu as emballé ton guitariste.

Je me redresse du canapé, raide comme un piquet.

– Jamais !

– Tu ne ferais même pas ça pour une fille mourante ?

– Tu n'es pas mourante et c'est trop gênant.

Elle me lance un regard de chien battu et je fonds, parce que c'est la fille que j'aime le plus sur terre et qu'elle n'est pas dans son assiette aujourd'hui.

– Quand Aubin est revenu de sa tournée avec Patrick…

– Patriiiick !

– Oui, gloussé-je. Il a donné un coup de main à son frère, le prof de guitare de Tom.

Bénédicte perd son sourire.

– OK, ça va être une rencontre pourrie, rétorque-t-elle.

– Mais laisse-moi te raconter ! À la fin du cours, Aubin est venu me confier une partition pour Tom.

Il m'a détaillée de la tête aux pieds avec un petit sourire qui voulait dire des choses, expliqué-je, rougissante.

Son visage s'illumine.

– Quelles choses ? demande-t-elle sournoisement.

Bénédicte a toujours été la plus entreprenante de nous deux, la moins timide. Je me suis mariée jeune avec mon premier amour tandis qu'elle est toujours restée célibataire et en quête de nouveaux partenaires.

– J'ai compris que je lui plaisais, enfin j'ai cru, bredouillé-je. Il m'a fait un clin d'œil en me disant : « Je compte sur vous pour ne pas la perdre. »

Bénédicte me tire la main pour me ramener à elle.

– Comme Tom mettait un temps fou à ranger sa guitare, j'ai feuilleté la partition et j'ai découvert un petit mot manuscrit : « RDV samedi, 19 heures », avec son adresse.

– Nooon ! Le type qui ne doute pas un instant de son sex-appeal, rit-elle.

– J'ai trouvé ça culotté mais quand Maxime est venu récupérer les enfants avec une énième greluche, je me suis dit qu'il était temps que je me jette aussi à l'eau.

– Je suis trop fière de toi.

– Attends, attends !

– Quoi ? Dîner, baiser, crac crac…

– Pas tout à fait.

Bénédicte lève les yeux au ciel en s'enfonçant dans le canapé.

– Non ! Tu l'as fait poireauter trois rencards avant de le laisser effleurer l'ourlet de ta jupe.

– Mais laisse-moi finir mon histoire.

– Vas-y, accouche !

Je me racle la gorge.

– J'ai sorti le grand jeu. J'ai mis ma robe rouge.

Elle se redresse.

– Celle avec le décolleté plongeant ?

– Celle-là même !

Béné se met à siffler et mes joues prennent feu.

– Je me suis présentée à l'heure à l'adresse indiquée. Quand j'ai sonné, Aubin est venu ouvrir. Il sortait de la douche. Avec une toute petite serviette de bain, plutôt super bien bâti…

Je m'amuse à voir le visage de ma cousine s'animer. Elle a toujours été friande de ce genre de détails.

– Je me suis dit qu'il me sortait le grand jeu. Puis je me suis vite rendu compte qu'il était très surpris de me voir.

Bénédicte ouvre de grands yeux ronds.

– Les gribouillis sur la partition, ce n'était pas un message pour moi.

– Noooon !

– J'ai eu la honte de ma vie. Pire que quand j'ai eu une montée de lait au bureau et que j'ai dû rester pendant tout un conseil de classe avec deux auréoles sur mon chemisier.

Bénédicte éclate de rire au point de s'en tenir le ventre.

– Ah ah, j'imagine ta réaction, tu as dû vouloir fuir en vitesse.

– Tu me connais bien ! Mais il m'a retenue. Il a eu pitié de moi, et comme il jouait ce soir-là dans un café-concert, il m'a emmenée.

Ma cousine s'arrête, espérant les détails croustillants.

– Mais je n'ai pas couché le premier soir, bafouillé-je, rouge pivoine, en réajustant ma robe sur mes genoux.

Elle se remet à rire et je baisse les yeux, peu fière de cette rencontre.

– Je n'ai pas fini de te mettre en boîte avec cette histoire. Je t'en parlerai encore à la maison de retraite !

Elle, qui parlait de ses obsèques lorsque je suis arrivée, aborde maintenant notre vieillesse côte à côte à l'Ehpad du coin. Ça me fait un bien fou. Viser l'horizon, voilà ce que j'attends d'elle. Il n'est pas question que je me retrouve seule un jour dans une satanée prison pour petits vieux sans mon intrépide et insolente cousine.

– Tu ne trouves pas que c'est malsain d'embarquer les gamins chez Bénédicte quasiment tous les soirs ? À leur âge, ils aimeraient voir autre chose que ta pauvre cousine en train d'agoniser.

Mes doigts se resserrent sur le volant. Tom, assis côté passager, secoue la tête, affligé d'entendre son père dans les haut-parleurs de ma voiture, tandis que Ben lâche tristement :

– Moi, j'aime bien voir tata Béné.

Je pince mes lèvres avant de répondre le plus calmement possible :

– Bénédicte n'agonise pas, elle combat la maladie. Elle est en chimio. Il n'est pas question que je laisse nos enfants seuls à la maison ce soir, à moins que tu souhaites venir les garder.

Tom se met à gesticuler sur son siège pour manifester son désaccord mais le blanc à l'autre bout du fil vaut toutes les réponses. Soulagé, mon adolescent pose une main sur son cœur tandis que je poursuis :

– Et il n'est pas question non plus que je laisse Bénédicte et Jérôme traverser cette épreuve tout seuls. Je sais que tu n'as jamais compris ce lien viscéral entre les membres de ma famille mais c'est comme ça. Tes fils en font partie. Quand l'un de nous est à terre, les autres sont là pour le relever. Bénédicte a été la première à me soutenir lorsque tu as décidé d'aller vivre ta vie ailleurs. Je ne peux pas la laisser affronter cette maladie sans être à ses côtés.

Ça fait plusieurs mois que ma mère, sa sœur jumelle Nadine, tante Françoise et moi nous relayons près de Bénédicte lorsqu'elle est en phase de traitement. Je me gare au pied de son immeuble dans un créneau hasardeux.

– Nous venons d'arriver chez elle. Les enfants t'appellent demain.

Lorsque nous entrons dans l'appartement de ma cousine, je suis frappée par le silence et la pénombre qui y règnent alors qu'il fait encore grand jour dehors et que la rue est bondée. Jérôme lève les yeux vers moi et je lui souris tendrement.

– Salut mon grand !

– Bonsoir Sissi.

Avec un petit pincement au cœur, je contemple ce gosse de dix-huit ans que j'ai vu devenir adulte en quelques mois à peine par la force des choses. Il se redresse, des sous-vêtements de sa mère dans la main.

– Je vais t'aider à étendre le linge, proposé-je.

– Non, t'inquiète, j'ai bientôt fini.

Tom rejoint son cousin et lui fait un check avant de se saisir naturellement d'un linge humide dans la bassine pour le tendre à Jérôme. Ben ramasse une pince au sol et tous trois se mettent à discuter joyeusement. Le visage de Jérôme s'éclaire quand

Ben lui annonce que j'ai commandé des pizzas et que Tom a apporté en douce le dernier jeu vidéo que je leur ai acheté. Voilà ce que Maxime ne comprend pas, ce ciment qui nous lie les uns aux autres et nous rend si forts.

Tante Françoise sort de la chambre de Bénédicte et m'embrasse avant de me débarrasser de mon panier de provisions.

– Béné est épuisée par la chimio et les nausées mais ça va, ne t'inquiète pas trop, me rassure-t-elle en caressant ma joue. C'est normal, il faut en passer par là. Elle est grognon, c'est bon signe. Ça veut dire qu'elle lutte.

Dans son regard plein de sagesse, je décèle tellement de choses qui me bouleversent. La flamme de la guerrière, celle qui a réussi à vaincre cette maladie, il y a bien des années. L'amour d'une tante pour sa nièce, prête à tout pour la soutenir. Et puis la solidarité féminine dans ce combat pour rester femme malgré tout, même dans sa chair meurtrie.

– Merci pour tout ce que tu fais pour elle.

– C'est normal ma chérie.

Je l'abandonne et me dirige vers la chambre de Bénédicte, plongée dans le noir complet. Dans le filet de lumière laissé par la porte entrouverte, je remarque qu'elle ne dort pourtant pas. Les yeux fixés au plafond, elle est couchée sur le lit et semble perdue dans ses pensées.

– Salut toi, lancé-je en glissant doucement vers la fenêtre.

Béné me répond par un grommellement. J'entrebâille légèrement les volets et un rayon de soleil s'engouffre aussitôt dans la pièce.

– Referme ça !

Je grimace. La demoiselle n'est pas de bonne humeur aujourd'hui.

– Un peu de soleil te fera du bien. Ça procure de la vitamine D.

– Je n'ai pas besoin de ça.

– Tu ne t'es pas encore transformée en vampire, alors comme toute belle plante, tu as besoin de voir la lumière du jour.

Elle se remet en boule sous sa couette.

– Tu m'énerves. Pourquoi tu es encore là ?

Je m'assieds à ses côtés, prenant appui sur la tête de lit derrière moi.

– Je voulais vérifier que tu as toujours l'œil du tigre, mais pour le moment je ne vois que celui de l'ours grognon.

Elle ouvre un œil plus fatigué que mauvais, mais quand même peu aimable. Je remarque le joli maquillage que lui a fait Françoise, esthéticienne à la retraite. Elle lui répète chaque jour que la maladie ne doit pas l'empêcher de rester celle qu'elle a toujours été. Que malgré les cicatrices et la dureté des traitements, elle est toujours aussi belle, que le cancer ne gagnera pas cette bataille, qu'elle doit combattre aussi sur ce front, que cela fait partie du processus de guérison.

– Pourquoi vous ne me laissez pas crever dans mon coin ?

Je serre les dents. J'ai l'impression de voir mon âme s'émietter.

– Et te laisser imprégner tout l'immeuble de l'odeur immonde de ton vomi ? Pas question. Tu serais rapidement expulsée.

– Prends Jérôme chez toi et laissez-moi me démerder avec mon crabe.

Je me force à ricaner en croisant les pieds devant moi.

– Toi, chasser le crabe ? Tu plaisantes. En dix ans de vacances à l'île de Ré, tu n'as jamais été foutue d'en attraper un. Je me souviens, tu hurlais quand une de ces sales bêtes avait le malheur de s'accrocher à ton bâton. Tu beuglais mon nom sur toute la plage pour que je vienne t'aider. Alors ne me fais pas croire que tu n'as pas besoin de moi.

J'aime voir la petite lueur de colère qui s'allume dans son beau regard bleu clair. Elle s'apprête à me sortir une vacherie mais se ravise. Elle doit être bien fatiguée pour ne pas m'envoyer balader.

– Ce n'est pas une vie pour Jérôme, se lamente-t-elle. Il doit tout faire : la lessive, le repassage, le repas, la vaisselle.

– Ce que tout garçon de son âge devrait savoir faire. Tu assures son éducation, ma grande. Ta future belle-fille va t'adorer. Avec de telles capacités ménagères, il ne pourra que faire le bonheur de sa femme, me moqué-je gentiment.

Bénédicte esquisse un sourire.

– Et s'il sait en plus se servir de tout le reste…

– S'il te plaît, pas cette image de mon bébé. Je vais encore avoir la nausée et ce ne sera pas à cause de la chimio, cette fois-ci.

Je ris en m'allongeant près de ma cousine.

– Dire qu'il a fallu que j'aie ce cancer pour voir mon fils toucher enfin au lave-linge.

Elle secoue la tête, blasée.

– Ça a quand même été laborieux la première fois. Il avait trié toutes les couleurs.

Je lève un sourcil, amusée, et roule sur le côté pour mieux la regarder. C'est chouette de la voir redevenir loquace.

– Quand je te dis toutes les couleurs, c'est toutes les couleurs. Il a fait une lessive pour une culotte car c'était le seul vêtement vert de la panière.

J'éclate de rire et Bénédicte m'accompagne, certes avec beaucoup moins d'énergie, mais une hilarité bien réelle. Elle se crispe de douleur mais tente de le dissimuler.

– Tu étudies quoi en ce moment avec tes élèves ?

– *J'accuse* de Zola.

Bénédicte a toujours été fascinée par mon métier de prof de lettres. Nous partageons la même passion des livres. Je sais que son boulot d'éducatrice auprès d'enfants handicapés lui manque. Les mois défilent, les traitements sont longs pour espérer une rémission. Alors elle vit mes journées par procuration en ce moment. J'avoue que j'en rajoute un peu pour la faire rire.

– Ah ! L'affaire Dreyfus !

– Un incontournable du programme, renchéris-je en tournant la tête vers elle.

Elle recommence à fixer le plafond. Peut-être sa façon de faire passer la douleur. Elle semble oublier jusqu'à ma présence. C'est difficile de la voir comme ça, le regard dans le vide. Les premières semaines, elle passait des jours entiers à fixer ce plafond.

– Pas terrible, le programme télé, dis-je en glissant les mains derrière ma tête et en levant le nez à mon tour.

– Quoi ?

– Tu sais que tu as un super écran plat devant toi. Je peux l'allumer.

Elle pouffe.

– Non, je n'en ai pas envie. Ma mère m'a forcée à regarder une émission débile de téléréalité. Les nanas avaient toutes des seins de compét, ça m'a mis les nerfs. Tout pour déprimer une pauvre estropiée qui n'a plus qu'un sein. J'ai préféré éteindre.

– Putain de nichons ! maugréé-je.

– Comme tu dis. Putain de nichons, répète-t-elle en souriant.

Ses mains se referment sur la couette et je la sens envahie d'une certaine mélancolie qui assombrit tout à coup son visage. Je dois détourner son attention, au moins le temps où je suis là. Je cherche quelque chose à dire, mais difficile de demeurer positive et guillerette quand je la vois si mal, si amaigrie et épuisée. Soudain forte d'une illumination, je me racle la gorge façon professeur *old school*, et déclame :

– J'accuse !

Elle papillonne des yeux et pivote la tête vers moi, curieuse. Les mains sur la tête, je fouille dans ma mémoire. J'ai lu ce texte une dizaine de fois aujourd'hui. Tout à coup, les idées fusent :

– J'accuse les nichons de la terre entière d'être les ouvriers diaboliques de nos tourments, en inconscients, je veux le croire, et de poursuivre leur œuvre néfaste tout au long de notre vie.

Bénédicte lève un poing.

– Ça, c'est vrai !

– Tantôt trop petits, tantôt trop gros, trop mous, trop durs, trop ronds, trop tombants…

– En gants de toilette ! crie-t-elle.

– Il en faut certes pour tous les goûts mais il y a toujours un truc qui cloche. J'accuse les hommes de se rendre complices, tout au moins par faiblesse d'esprit, de cette grande iniquité.

– Ça, c'est bien dit.

Je ris bruyamment. Je pense à Aubin et à sa façon d'encenser les miens. Je suis injuste, tous les hommes ne sont pas comme ça. Un peu de mauvaise foi n'a cependant jamais fait de mal en pleine séance de *coaching positive*.

Tante Françoise passe la tête, attirée par le bruit.

– Viens avec nous, Françoise !

Elle avance dans la pièce, ouvre davantage les volets en m'adressant un clin d'œil discret puis prend place dans le fauteuil scandinave. La lumière de cette soirée de fin d'été est douce et donne une jolie teinte aux joues creusées de Bénédicte.

– Sissi, continue, s'enthousiasme-t-elle.

– J'accuse les seins précoces qui pointent à l'école primaire et qui nous font devenir la risée de la cour de récré !

– Oh c'est bien vrai. Tu en pleurais, je m'en souviens.

– J'accuse les mamelons plats qui font de l'allaitement un parcours du combattant et une séance de torture, poursuit tante Françoise.

J'acquiesce en secouant la tête de bas en haut.

– Ne m'en parle pas, j'ai failli finir en dépression post-partum et j'ai mis des années à ne plus regarder la bouche de mes fils avec la peur au ventre.

Les filles se mettent à rire. Je poursuis, galvanisée par ce moment de complicité entre femmes :

– J'accuse le test du crayon d'être la pire machination saugrenue jamais inventée.

Bénédicte se redresse sur ses coudes.

– C'est quoi ce test du crayon ?

– Tu ne connais pas, Béné ? s'amuse tante Françoise, ravie de la voir remuer pour la première fois de la journée.

Je me lève, farfouille dans le tiroir de la coiffeuse et déniche un crayon à paupières que je brandis en annonçant de façon théâtrale :

– Voyez-vous, je ne sais quel esprit malfaisant a un jour eu l'idée d'utiliser cet engin d'un traumatisme absolu pour vérifier la fermeté et la tenue d'un sein.

Bénédicte demeure péniblement sur ses coudes mais lève le menton, intriguée.

– Pas d'inquiétude pour les nénés façon Jane Birkin.

– C'est malin, râle-t-elle avant de rire.

Je glisse le stylo sous mon sein tout en expliquant :

– C'est mon cher et tendre Maxime qui m'a dit un jour alors que je sortais de la douche : « Chérie, je crois que ta poitrine s'affaisse avec l'âge. »

– Oh le goujat ! s'écrie Françoise.

– Il est revenu avec un Bic et me l'a collé dessous.

Bénédicte se laisse tomber, trop épuisée, mais n'en perd pas une miette.

– Et ? Qu'est-ce qui s'est passé ?

– Le stylo n'est jamais redescendu.

– Quel salopard !

– Faites-moi penser à glisser un crayon à papier dans mon sac, gronde Françoise. La prochaine fois que je le croise avec sa dernière conquête au supermarché, je le lui fourre dans les mains en lui proposant de vérifier la tenue de ses testicules.

Bénédicte et moi ouvrons de grands yeux ronds avant d'éclater de rire. C'est tellement peu notre tante de se lâcher comme ça.

– Enfin, je tiens à vous préciser que depuis je fais chaque jour quelques exercices et…

Je cale le crayon sous mon sein et le lâche. Il tombe alors au sol.

Les filles applaudissent et je me régale de voir Bénédicte arborer cette lueur pétillante dans le regard. Elle résiste. Je suis si fière d'elle.

SISSI FACE À SON DESTIN

Les jambes en coton, le cœur au bord des lèvres, je fais les derniers mètres qui me séparent du centre de radiologie. Je lève les yeux sur les dizaines de parapluies roses déployés au-dessus de la rue piétonne en rappel de la campagne pour Octobre Rose. C'est magnifique, surtout avec ce ciel bleu en arrière-plan et les quelques rayons du soleil qui réussissent à se frayer un passage. La gorge asséchée, je me remémore ma dernière visite chez le gynéco. J'appréhendais depuis le printemps, et j'ai eu raison. Penché au-dessus de moi, ses mains froides palpant vigoureusement mon sein droit, le gynécologue m'a annoncé sentir une petite grosseur. Sans être alarmant, il m'a conseillé de passer une mammographie de contrôle compte tenu de mes antécédents familiaux.

Après ce que nous avons traversé ces derniers mois, j'ai paniqué. Je suis morte de trouille depuis.

Le sommeil me fait faux bond. Bénédicte, quant à elle heureusement, répond bien aux traitements, même si elle n'est pas encore totalement sortie d'affaire. Serai-je la suivante de la famille ? Après ma grand-mère, tante Françoise et Bénédicte, peut-être bientôt moi. Satanée spirale génétique. Je sais que je suis une guerrière comme elles, mais la force et la volonté ne font pas tout. Notre grand-mère était un roc, une femme d'un courage incroyable. Cela n'a pourtant pas suffi. Ces derniers jours m'ont permis de comprendre que, depuis son décès et le cancer de Françoise, nous attendons toutes presque avec résignation la prochaine sur la liste. Je ne veux plus subir cela.

– Ça va ma belle ? demande Aubin.

Ma main dans la sienne, je le contemple tendrement. J'ai gardé le secret pendant cinq jours. J'avais peur d'inquiéter tout le monde, surtout Bénédicte, mais très vite, tous ont compris qu'il se passait quelque chose. J'avais perdu mon sourire d'après ma cousine. C'est une chose d'être forte pour Béné, c'en est une autre de l'être pour moi, comme si la femme qui tient sa sœur de cœur à bout de bras depuis des mois n'existait plus. J'ai honte de moi, de me montrer si peu sereine pour une simple mammographie.

Au-delà de ma santé, de ma vie, les enjeux sont si grands. Mes fils que je dois encore élever ; ils ont besoin de moi, les relations entre Tom et Maxime sont si compliquées en ce moment. Je n'imagine pas les laisser tomber, ne plus pouvoir apaiser les conflits et m'occuper d'eux parce que je serais malade. Bénédicte aussi, qui est encore fragile. Elle n'est pas au bout de ses traitements. Il faut que je sois là pour elle. Elle m'a fait promettre de m'occuper de son fils « au cas où ». Cet engagement, je dois le tenir. Et Aubin. Je suis tellement heureuse auprès de lui. Je suis amoureuse. Pas de prises de tête, juste des moments fabuleux partagés. Cela faisait tellement longtemps que je n'avais pas été aussi épanouie dans ma vie sentimentale. Aubin a été le premier à comprendre que j'avais un souci. Je ne supportais pas qu'il touche mes seins qui dissimulent peut-être sous leur forme arrondie le pire des cauchemars. Je me suis mise à pleurer comme une enfant. Comment ne pas douter de l'avenir de notre relation si je devais traverser cette épreuve ? Comment pourrait-il me trouver encore désirable avec un sein martyrisé ? Tant de couples se séparent après ce genre d'épreuves, Françoise l'a subi de plein fouet lorsque son mari l'a quittée après vingt ans de mariage. Mon ventre se tord, mais je fais bonne figure.

– Ça ira mieux quand je sortirai de l'examen.

– Je te laisse là, alors ? demande-t-il avec inquiétude en fixant la porte vitrée du cabinet médical. Tu es sûre que tu ne veux pas que je t'accompagne ?

– Non, ça ira.

– OK.

Ça semble un peu le contrarier. Il a peur pour moi, je le sais. Il souhaiterait être là si je devais encaisser une mauvaise nouvelle. Il me prend dans ses bras et m'embrasse tendrement. Croisant son regard doux, je lui souris pour le réconforter.

– Ça va aller, je t'appelle en sortant.

– Quoi qu'il arrive Sidonie, je serai là, tu ne dois pas en douter. Je ne te promets pas d'être parfait, après tout, je ne suis qu'un homme, mais je serai là, je te le promets.

Je glousse doucement. Il me prend de nouveau dans ses bras et me serre contre lui.

– Je t'aime.

– Moi aussi je t'aime.

La vie serait sacrément chienne de m'infliger une telle épreuve alors que le bonheur vient de toquer à ma porte. Aubin se détache de moi et dit, un doigt pointé vers mes seins :

– Et vous deux, je compte sur vous pour ne pas me laisser tomber !

Un dernier baiser sur mon sourire et il me laisse pénétrer dans le centre de radiologie. Je prends place dans la salle d'attente après avoir donné mon nom à l'accueil et je regarde tout autour de moi. Il n'y a quasiment que des femmes sur les chaises, de tout âge, même si la plupart ont plus de la cinquantaine. Nous nous regardons discrètement les unes les autres. Je ne décèle que de la bienveillance autour de moi, comme une étrange solidarité féminine. Nous sommes toutes là pour la même raison : se faire dépister pour se protéger ou pour agir au plus vite. Ce cancer touche aussi des hommes, mais ça reste en grande partie un combat de femmes.

L'une d'elles s'assied face à moi. Elle lâche un long soupir tandis qu'une opératrice de radiologie la prévient qu'elle va taper le compte rendu de son examen.

– RAS, annonce-t-elle, les larmes aux yeux.

– Super, me contenté-je de répondre en lui souriant.

Je bats la mesure avec mes pieds en attendant mon tour. Quelle idée d'être venue avec une demi-heure d'avance. Mon palpitant résonne contre mes tempes, mes mains tremblent. J'entends la porte s'ouvrir et je lève les yeux. J'en reste abasourdie : tante Françoise et Bénédicte avancent vers moi. Mon cœur se gonfle aussitôt d'amour.

– Qu'est-ce que vous faites là ?

– Tu croyais qu'on allait te laisser affronter ce stress toute seule ? répond ma tante.

Je souris, soulagée de les savoir à mes côtés.

– Ta mère et Nadine sont dehors, elles n'ont pas pu entrer car nous aurions été trop nombreuses.

Mes yeux s'embuent de larmes. Je suis à la fois heureuse et gênée qu'elles aient ressenti la nécessité de me soutenir. Heureusement que chaque femme qui passe une mammo ne se déplace pas avec une telle délégation.

– J'ai peur, lâché-je, les coudes sur mes genoux.

– Je sais ma Sissi, mais la peur n'empêche pas le danger, me dit Béné en agrippant ma main. Je suis sûre que tu n'auras rien. Dans huit cas sur dix, ce n'est rien.

– Depuis quand tu tiens les comptes ?

– Depuis qu'on tente de me transformer en statistique, s'amuse-t-elle.

– Vous devez me trouver ridicule d'être si trouillarde, vous qui êtes si courageuses.

– Bien sûr que non. Nous avons été aussi inquiètes que toi, me rassure Françoise. Comment ne pas l'être quand on passe cet examen ? Pourtant, il est indispensable. Plus les choses sont prises à temps, plus les chances de survie sont grandes. Alors il faut prendre sur soi, et parfois fermer les yeux sur une opératrice qui manipule tes mamelons comme un boucher le ferait avec un jambon dans une trancheuse.

– Oh mon Dieu, c'est tout à fait ça ! réagit une dame face à nous.

La femme qui attend son compte rendu se penche vers moi :

– Ne vous inquiétez pas, celle qui fait les examens aujourd'hui est très douce.

Je souris, soulagée.

– Merci.

La secrétaire m'appelle et je me lève. Je regarde par-dessus mon épaule les deux guerrières de ma famille, celles dont je suis si fière, et toutes ces femmes qui attendent leur tour. Une petite voix dans ma tête me dit que je suis une guerrière moi aussi. Quel que soit le résultat, j'agirai. Test génétique, gène de prédisposition, mastectomie, cette maladie ne conditionnera plus ma vie.

Le médecin se présente alors devant moi. Ça y est, m'y voilà : Sissi et ses seins face à leur destin.

Un parfum de glace à la fraise

Lou Marceau

1

Chloé

Face au miroir, j'hésite entre pleurer, fuir et rire.

Jaune.

Je contemple mon buste meurtri.

Difforme. Couturé. Asexué.

Moche-moche-moche-moche-moche.

Je serre les dents. Fort. Et j'essaie de me souvenir que je n'ai pas le droit de me plaindre. Je suis en vie alors que je devais mourir. Que d'autres n'ont pas eu cette chance. Qu'il n'y a pas que le physique dans la vie… tout ça, tout ça. J'ai juste le droit de la boucler. CQFD.

Facile.

Sauf que moi, je suis une râleuse. Râler, c'est vivre aussi. Et j'ai le droit de penser que je suis moche avec mon sein tout seul qui était quand même beaucoup plus beau quand il était accompagné. Il est comme moi ce sein, en fait. Abandonné et célibataire, à se demander si un jour il trouvera un nouveau compagnon.

N'importe quoi, Chloé. Boucle-la, bouge-toi et arrête de te parler surtout, tu deviens flippante.

Ouais peut-être… N'empêche que c'est celui qui dit qui l'est. Et bam !

J'ai beau essayer de pratiquer le cynisme et le second degré – toute seule mais peu importe –, au fond j'ai vraiment le cœur lourd lorsque je me contemple. Je me scrute, sans pitié. On me disait jolie, avant. Bien foutue, aussi. Désormais quelques ridules d'amertume sont venues s'ajouter aux petits plis nés de mes fous rires et de mes sourires. Je suis une battante, j'ai toujours cru en la vie, en ma victoire possible lorsque l'on m'a annoncé mon cancer. J'ai choisi sans longs atermoiements une ablation partielle de mon sein gauche contre un traitement plus long mais statistiquement moins efficace.

Adieu le cancer.

Adieu le sein.

Adieu le cancer du sein.

Sur le coup, ça me semblait indiscutable.

Dégager cette merde qui n'avait pas sa place dans mon corps.

Vital. Au sens premier du terme. Qu'est-ce qu'un sein par rapport à tout ce qui m'attendait encore alors que je n'avais que vingt-huit ans lorsqu'on m'a annoncé que j'étais malade ? N'empêche qu'aujourd'hui, je suis en vie mais drôlement moche.

Enfin, tu n'es pas si mal et tu restes plutôt sympa comme fille avec tes deux jambes, tes deux bras, ton cerveau râleur mais plutôt bien fait et ton rire communicatif.

Je lève le menton face au miroir. Me défie avant de m'emparer de mon soutien-gorge bleu, celui que j'ai acheté un jour où j'ai décidé que ma vie resterait en couleur. Celui qui contient déjà la prothèse me permettant de marcher la tête haute parce que j'ai essayé de le faire en assumant mon sein unique et que j'ai eu l'impression qu'on ne voyait que ça.

Même sous mon blouson boutonné jusqu'au cou.

De toute façon, aujourd'hui, c'est le début de la fin de mon combat quotidien avec le miroir. J'ai rendez-vous avec le docteur Lepage, une spécialiste de la reconstruction mammaire. J'avais déjà discuté avec elle, avant de prendre la décision de la tumorectomie plutôt que de l'ablation totale. Pour conserver un peu de sein et surtout mon mamelon. J'ai vu les photos avant-après et son travail. Je sais qu'elle ne fera pas de miracle mais je sais que je serai aussi bien que je peux l'être après avoir dû sacrifier un sein pour rester en vie.

J'aurais peut-être dû enlever les deux, cela dit. Histoire d'être symétriquement moche.

Je regarde le soleil qui brille par la grande baie vitrée comme s'il avait oublié qu'on n'est qu'en avril et que l'été doit encore attendre avant de s'imposer. J'enfile une petite robe-chemise en jean que j'adore, la ceinture, glisse dans mes ballerines, m'empare de mon sac et de mes clés, pense à la dernière minute à mes lunettes de soleil que je récupère sur la table basse, retourne ourler mes lèvres d'un rouge pétant et finis par claquer la porte.

Dehors, le parfum du cerisier à grosses fleurs roses du jardin de l'immeuble voisin flotte dans l'air.

Je ferme les yeux. Respire. Souris.

Regarde l'heure.

J'ai prévu d'aller chez le docteur Lepage à vélo.

Mais pas sans passer avant, par le parc de l'Impératrice.

Je m'étais promis de m'offrir une boule de glace au chocolat chez le glacier italien qui y est installé depuis plusieurs générations si je m'en sortais.

J'ai peut-être un sein en moins et perdu mon petit ami dans l'histoire, mais j'ai toujours des potes et une famille aimante qui étaient prêts à débarquer en troupeau avec moi chez la chirurgienne.

Je m'en suis sortie.

J'enfourche mon vélo, ajuste mes lunettes de soleil. Souris, encore.

Je suis en vie. Prête à la reprendre en main.

Ça vaut bien une glace au chocolat chez le meilleur glacier de la ville.

2

Le goût du sorbet chocolat noir de chez Fratelli Gelatti est le même et pourtant il a changé : aujourd'hui, il est meilleur que jamais.

Incomparablement meilleur.

Assise sur un des bancs proches de la petite cahute que la famille de glaciers occupe depuis trois générations désormais, je savoure mes deux boules de glace « chocolat-chocolat » en fermant les yeux. En réalité, *tout* me paraît meilleur.

Plus intense.

Plus jouissif.

Plus sensuel.

La caresse paresseuse du soleil sur mes paupières closes.

Les cris de joie des enfants qui jouent dans le parc et qui s'y ébattent sans jamais respecter le tracé des allées de gravier.

Le chant des oiseaux, qui me donnerait presque l'impression d'être Cendrillon dans le vieux dessin animé de Disney, comme les cris des singes de la petite ménagerie, toujours en place malgré les protestations inlassables des défenseurs de la cause animale.

Le bruissement du vent dans les arbres centenaires, encore un peu frais mais qui ne demande qu'à tiédir, enfin.

Les…

– Tu te fiches de moi en fait ! Tu t'es toujours foutu de moi n'est-ce pas ?

Tout est plus intense, en effet. Les… cris de dépit des amoureuses éconduites aussi.

Hélas.

Pour le côté plus jouissif, on repassera en revanche.

J'ouvre les yeux, comme au sortir d'une sieste trop courte. Face à moi, une jeune femme assez sophistiquée, dont la tenue laisse penser qu'elle travaille dans un bureau sérieux et rencontre des femmes et hommes d'affaires au moins aussi sérieux que son bureau, fixe avec colère un grand type qui la regarde d'un air ennuyé.

– En quoi ne rien te promettre était se moquer de toi, Candice ?

La fille pince les lèvres. Elle ne devrait pas, ça l'enlaidit.

– Et me dire que tu étais célibataire mais que tu espérais rencontrer quelqu'un ou m'inviter à dîner ensuite, c'est ne rien promettre peut-être ?

Je suis partagée entre détourner le regard, voire me lever pour terminer ma glace un peu plus loin. Et rester pour voir comment le type s'en sort. Pour le moment, il a l'allure désinvolte de celui qui s'en fiche. Mains dans les poches, il donne l'impression qu'il est coutumier de ce genre de scènes et que les revendications et la mauvaise foi de la jeune femme ne l'atteignent pas vraiment.

Cheveux un peu en bataille, apparence nette de celui qui travaille mais dégaine cool et sportive malgré tout. Oui, j'imagine qu'il plaît aux femmes.

– Écoute Candice, tu m'as demandé si j'étais célibataire et j'ai répondu par l'affirmative. Ce n'est pas une proposition indécente, que je sache ! Quant au dîner, je te rappelle que tu m'as écrit plusieurs SMS pour que j'accepte de dîner avec toi. Ce que j'ai fait parce que je ne suis pas méchant et que tu es la sœur, plutôt sympa en principe, d'un de mes plus vieux potes. Tu ne peux pas dire que je t'ai harcelée !

La voix du grand type est profonde. Chaleureuse malgré la tournure plutôt tendue que prend la conversation avec la jeune femme énervée. Finalement, je décide de rester. À défaut d'avoir encore une vie sentimentale après une année entre parenthèses, je peux bien vivre celle des autres par procuration. Je m'appuie un peu plus confortablement contre le dossier, baisse mes lunettes de soleil pour jouer plus discrètement aux espionnes. Et reprends un peu de glace pour la peine.

– Ah tu vois ! Tu le reconnais !

L'homme sort une main de ses poches, qu'il fait glisser de son front vers sa mâchoire, comme s'il cherchait à se débarrasser d'un mal de crâne persistant.

– Je reconnais quoi au juste ?

– Que tu me trouvais sympa.

Ce que j'appellerais une analyse tout à fait partiale des faits...

– Je ne vois pas en quoi cela signifiait autre chose. Je n'ai pas été ambigu. Je ne t'ai rien proposé de plus. Et sauf erreur de ma part, on n'a pas couché ensemble, il me semble. Je n'ai pas cherché à t'embrasser non plus ! Je suis désolé si tu as mal compris, mais je pensais qu'on pouvait passer une soirée ensemble plutôt que seuls chacun de notre côté sans que cela prête à confusion. Raison de plus pour en rester là, tu ne crois pas ?

Manifestement, le type est bien trop sympa pour la folle vindicative avec laquelle il se débat. Je l'observe, qui se passe désormais une main derrière la tête, fourrageant dans sa chevelure châtain. Il paraît soudain plus jeune, adolescent presque, mais son geste contracte un peu son biceps sous sa chemise bleu pâle et confirme qu'il n'a rien d'un gamin.

Charmant. Je comprends que la brune ait eu envie d'y croire.

Elle y croit toujours d'ailleurs puisqu'elle vient littéralement de se jeter à son cou, comme si elle espérait le convaincre par un baiser. Je me sens gênée désormais d'assister à sa tentative pathétique et me lève pour contourner le couple. Et retrouver la paix, avant mon rendez-vous, à l'ombre d'un banc vide que j'avise près des chevaux de bois.

Ceux-là mêmes sur lesquels je m'imaginais caracoler, en riant aux éclats quand j'étais gamine, et que je ne pensais pas être aussi heureuse de retrouver aujourd'hui, après les avoir tant snobés depuis l'adolescence.

Je réajuste la bandoulière de mon sac, porte le cornet à ma bouche précisément au moment où je passe à droite du couple, derrière le dos de l'homme. Juste quand ce dernier recule sous l'impact de la gifle que sa copine *a priori* folle furieuse vient de lui administrer. Je voulais du spectacle et de la vie, je suis servie, je crois. Le grand brun recule sans me voir, me bouscule, je trébuche. Et lâche ma glace au sol tandis que la jeune femme quitte précipitamment le parc après une dernière insulte particulièrement fleurie.

Et dire que certains regardent Ici tout commence *alors qu'il leur suffirait de venir au parc avec moi...*

Mes yeux oscillent entre la silhouette de la jeune femme et ma glace répandue au sol. Avant de changer de cible pour glisser d'un torse large sous sa chemise bleu à une mâchoire carrée recouverte d'une barbe de quelques jours, d'aviser deux incisives mordillant une lèvre charnue qui semble hésiter entre confusion et amusement. Et de trouver enfin deux iris vert noisette pétillants qui m'observent avec attention.

Mon cœur s'emballe soudainement et je me morigène intérieurement de surréagir comme une midinette frémissant au premier homme qui passe.

Avec ça, il sent bon. Peut-être que moi aussi, à la place de la fille, j'aurais tenté ma chance.

Avant. Quand me déshabiller n'était pas honteux et que je ne craignais pas d'éteindre tout désir à ces instants où l'on devient si vulnérable.

– Pardonnez-moi, j'ai reculé par réflexe, sans penser que quelqu'un pourrait se trouver derrière moi. Je suis désolé, vraiment ! Je vous rachète une glace bien sûr. C'était quel parfum ?

Cette fois-ci, ses lèvres ont choisi. La gêne s'estompe et il m'adresse un sourire encore un peu contrit mais communicatif. Je garde les yeux levés vers lui, note les fines rides autour de son regard presque doré, lui souris en retour.

– Ne vous inquiétez pas, ce n'est pas grave. J'avais presque terminé de toute façon.

Le type jette un regard circonspect sur la glace à peine entamée qui s'étale désormais à nos pieds.

– Et puis je suis pressée, pas la peine de m'en offrir une autre, je n'aurai pas le temps d'en profiter. Le chocolat, c'est sacré vous savez, je termine dans un sourire pour essayer de le détendre un peu.

On parle d'une glace après tout, pas d'un enfant à tricycle qu'il aurait renversé ! Il semble soulagé, un peu amusé sans doute aussi.

– OK, si vous le dites… J'avoue que je suis pressé aussi, le petit contretemps que je viens de vivre n'était pas vraiment prévu.

Je réprime un gloussement. Après tout, je ne suis pas supposée avoir épié tout le vaudeville qu'il vient de vivre.

– Pas de souci, bonne journée alors !

Et déjà, il s'enfuit pour se diriger d'un pas pressé vers la sortie du parc empruntée par la brune éconduite. Je le suis des yeux quelques secondes. Peut-être que je trouve simplement qu'il a des fesses à croquer. Peut-être que j'espère qu'il se retournera. Il n'en fait rien, je profite encore un peu de ses fesses et de sa haute stature sportive avant de rejoindre le banc ombragé. J'ai une bonne demi-heure devant moi avant de partir pour mon rendez-vous. Même sans glace au chocolat, je compte bien profiter de la douceur de vivre face aux bambins fièrement campés sur leurs chevaux de bois.

3

Tu y es ?

Je lis le SMS de Theana, ma plus vieille amie. Sans grande surprise, elle se souvient de mon rendez-vous avec la délicatesse qui la caractérise depuis qu'elle est venue me consoler en cinquième quand Tom, le garçon le plus populaire de la classe m'avait traitée de sale moche.

Chose que je n'ai pas oubliée lorsqu'il m'a trouvée suffisamment potable en terminale pour me proposer de sortir avec lui. Parce qu'aussi mignon soit-il, c'était vraiment un sale con doublé d'un vrai benêt.

Surtout n'oublie pas : the bigger, the better ! Tu serais fantastique avec un petit 90E.

Bien entendu en écho, Mathilde, la troisième de notre trio infernal, se sent obligée de dire n'importe quoi pour m'éviter toute tension.

« Délicatesse » n'est pas précisément la première qualité qui vient à l'esprit lorsqu'on pense à elle. Je l'adore.

Je glousse, pose mon vélo contre la façade de pierre grise de l'immeuble qui abrite le cabinet du docteur Lepage et tape rapidement sur mon smartphone.

@Theana : Le temps de cadenasser mon vélo !

@Math : Pas certaine que ça cohabite super bien avec mon 85C…

Je vous écris en sortant, lov u girls !

Lorsque j'arrive devant la belle porte en bois massif typique des immeubles du début du XIXe siècle dans notre ville, j'ai le cœur qui bat un peu plus vite que ne l'exigerait le détachement que j'ai affiché dans mon échange de SMS avec mes deux amies. Il faut croire que je suis plus superficielle que je ne le souhaiterais. Et que j'attache plus d'importance à l'apparence que ce que j'ai toujours prétendu. J'ai lu suffisamment d'articles sur le sujet pour savoir que certaines courageuses décident d'assumer leur nouveau corps et de vivre avec leur dissymétrie comme des amazones, fières d'avoir terrassé leur cancer. Alors qu'est-ce que révèle ma présence dans le couloir cossu de ce cabinet de chirurgie esthétique ?

Vouloir rééquilibrer ta silhouette et retrouver un corps aussi proche que possible que celui que tu avais avant cette saloperie, est-ce vraiment de la superficialité ?

Et quand bien même ? N'as-tu pas le droit d'être un peu superficielle après ce que tu as traversé ?

Perdue dans mes pensées, je fixe la secrétaire qui me contemple, attentive, derrière le pupitre de l'accueil. Sa collègue est en train de faire payer une jeune femme ravissante dont je me demande bien ce qu'elle a pu trouver à refaire.

Tout peut-être ? Ce qui expliquerait qu'elle soit ravissante justement !

Un petit raclement de gorge me rappelle que la secrétaire m'a vraisemblablement posé une question.

– Pourriez-vous me donner vos noms et prénoms, mademoiselle ?

– Bien sûr, excusez-moi ! J'étais un peu distraite. Chloé Dubreuil. J'ai rendez-vous à 15 h 15 avec le docteur Lepage.

Un froncement de sourcils accueille ma réponse.

– Ah oui. En effet. Pardonnez-nous, mademoiselle Dubreuil. Nous avons cherché à vous joindre en début d'après-midi mais avions sans doute mal renseigné votre numéro de portable. Le docteur Lepage a été retenue au bloc opératoire plus longtemps que prévu. Néanmoins puisque vous vous êtes déplacée et compte tenu… hum…

Nouveau raclement de gorge.

– … compte tenu, disais-je, du fait que votre situation ne relève pas de l'esthétique de confort, son associée propose de vous recevoir en vous intercalant dans sa consultation de cet après-midi pour vous permettre d'avancer dans votre décision. Libre à vous toutefois de reporter ou même de doubler le rendez-vous d'aujourd'hui d'un deuxième avis du docteur Lepage, nous vous trouverons un rendez-vous très rapidement !

Indécise et un peu fâchée, même si elle n'y est pour rien, je fixe la quinquagénaire qui attend ma réponse en continuant de taper je ne sais quoi sur son clavier. Que lui dire ? C'est le docteur Lepage que je suis venue consulter. Avec qui j'ai réfléchi à mon ablation. Dont les réponses précises et sans pathos m'ont inspiré confiance. Pas l'inconnue qui me recevra à sa place et ne m'a pas connue avant, avec mes deux seins qui cohabitaient harmonieusement et excitaient tellement mon ex qu'il a préféré me quitter lorsqu'il m'a découverte amputée.

Certes.

Mais cela fait des semaines que j'attends ce rendez-vous. Des nuits que j'y pense. Des journées que j'en discute avec les filles. J'ai envie d'avoir une réponse maintenant et de fixer une date d'intervention. Je suppose que l'associée de Mme Lepage peut se prononcer aussi bien qu'elle. Après tout, j'avais choisi la première sur la seule recommandation de mon oncologue à qui j'avais expliqué souhaiter un médecin de sexe féminin plutôt qu'un homme. Pas parce que je la connaissais particulièrement.

Sexiste sans doute. Mais j'avais l'impression que seule une femme pourrait comprendre ce que j'allais traverser.

– Je comprends et vais vous redonner mes coordonnées ! J'accepte votre proposition de maintenir le rendez-vous aujourd'hui avec le docteur Marcange.

Après avoir énoncé soigneusement les dix chiffres de mon numéro de téléphone, je prends place en salle d'attente. En face d'une quadragénaire qui partage manifestement les goûts de Math pour les poitrines volumineuses et siliconées. Et à quelques sièges d'un jeune homme un peu dégingandé dont le nez est recouvert d'un pansement. Ses pommettes sont légèrement tuméfiées et j'imagine facilement qu'il vient pour un contrôle de rhinoplastie. Marrant. Je pensais que seules les femmes avaient recours à la chirurgie plastique. Pas les types habillés comme des skateurs.

Je feuillette, sans y trouver grand intérêt, un tabloïd qui détaille la vie pathétique des Kardashian.

Loin de songer à l'examen qui m'attend, je repense soudain aux prunelles noisette mouchetées de vert du grand type qui m'a bousculée au parc. À son sourire un peu asymétrique qui lui donne tant de charme. À son parfum lorsqu'il m'a approchée. Est-ce qu'*avant* j'aurais accepté sa proposition de m'offrir une glace ?

– Mademoiselle Dubreuil ?

La voix qui me hèle est profonde. Indéniablement masculine.

Et curieusement familière.

Incrédule, je lève le nez de mon magazine.

Et retrouve deux iris vert doré qui étincellent subitement lorsque le grand brun du parc me reconnaît à son tour.

Pendant que ses lèvres dessinent un sourire complice, c'est la nausée qui m'envahit.

Me submerge.

C'est lui, le docteur Marcange que j'ai imaginé trop vite être une femme ? Lui devant lequel je vais devoir me déshabiller ? Lui que j'ai trouvé si charmant, qui semble voir défiler les belles filles avec deux seins dans son boulot comme dans sa vie privée, qui va m'examiner ? Me toucher ? Découvrir, le premier depuis mon opération, combien je suis moche sous la robe que j'étais contente de revêtir, jolie et si pratique pour se déshabiller vite en consultation ? J'ai l'impression que le sang a quitté mon corps, glaçant du même coup chacune de ses parcelles alors qu'il fait si chaud aujourd'hui. Je ne peux pas me lever et le suivre. Et je ne trouve pas plus la force de bouger pour le planter là, avant de lâchement rappeler la secrétaire pour fixer un rendez-vous ultérieur avec le docteur Lepage.

– Mademoiselle Dubreuil ? C'est bien vous ? Le monde est petit, n'est-ce pas ?

Il quitte le seuil de la salle d'attente pour se rapprocher du fauteuil dans lequel j'ai pris place. Cette chaise Bertoia inconfortable et assez snob qui révèle, comme toute la décoration des lieux, combien ses occupants gagnent bien leur vie. Cette chaise qui ne va pas avec l'image que je me faisais de lui. Cette chaise que je n'ai plus envie de quitter malgré son dossier trop rigide et dont je me lève pourtant, comme charmée par sa voix ferme mais calme. Et alors que mon corps n'est plus qu'un tremblement de terre, je lui emboîte le pas dans le couloir aux murs bleu paon en direction de son bureau.

4

Le docteur Marcange prend place derrière un grand bureau de verre.

J'imagine que c'est ainsi que je dois désormais nommer celui que j'aurais clairement préféré voir demeurer une simple rêverie anonyme.

Indécise, je reste debout, entre le chirurgien et la porte qu'il a refermée derrière moi. À défaut de parvenir à le regarder dans les yeux, ou pire, de lui parler, je fixe son bureau. Celui-ci est suffisamment dégagé pour donner une impression de sérieux et d'ordre, suffisamment encombré pour que je m'imagine qu'il est bien occupé entre deux consultations. Un grand tableau d'art contemporain composé de couleurs chaudes orne le grand mur gris derrière lui. Il contraste avec les trois autres murs, nus et blancs, une grande porte-fenêtre ouvragée, le parquet ancien et les moulures au plafond. La pièce est vaste, lumineuse. Et me conviendrait parfaitement pour y habiter…

– Prenez place, mademoiselle.

La voix est neutre, pourtant je jurerais avoir entendu une intonation légèrement amusée. J'imagine qu'il se demande ce que je fiche, campée au beau milieu de la pièce, à ne plus savoir quelle contenance adopter. J'aimerais retrouver une attitude naturelle, surmonter la frayeur que j'éprouve à l'idée de devoir me dévêtir devant lui, avoir enfin le courage de décamper. Mais, une fois encore, je m'exécute et prends place sur une chaise tout aussi XXe siècle que celles de la salle d'attente. Plus confortable cela dit, je pense, en essayant de ne pas la faire pivoter sur elle-même pour chasser ma nervosité.

– Vous aviez donc rendez-vous avec mon associée pour évoquer une chirurgie de reconstruction de votre sein gauche après son ablation afin de prévenir toute métastase ou récidive de cancer du sein.

Comme une idiote, je fixe ses lèvres pleines, note la légère pilosité qui commence à apparaître tout autour. Et acquiesce.

Toujours muette.

Toujours carpette.

– Comme vous le savez, l'objet de cette consultation est de nous assurer de la cicatrisation de votre poitrine et de déterminer ensemble, si le terrain est effectivement favorable, les modalités de l'opération de chirurgie reconstructrice que vous aviez envisagée avant votre ablation. Cela signifie que je vais vous examiner et, si votre souhait est toujours de vous faire opérer, je vais également vous proposer différentes options dont nous pourrons discuter ensemble, bien entendu. Vous n'avez aucune obligation de vous décider aujourd'hui. Ni sur une programmation effective d'intervention, ni sur le choix esthétique de la prothèse.

Je crois que j'opine du chef.

Vaguement.

Avec une seule idée fixe : *Tu vas te dénuder devant cet homme.*

Cet homme séduisant qui t'a plu en prime.

– Je vais vous demander d'aller vous asseoir sur la table d'examen derrière vous, s'il vous plaît.

Et d'enlever votre haut ainsi que votre soutien-gorge si vous en portez un.

Est-ce qu'on peut être plus rouge que rouge ?

– Vous m'en voulez pour votre glace, c'est bien ça ?

Cette fois-ci, je tressaille un peu.

Génial, je ne suis pas complètement tétanisée.

– Euh… Non ? Pourquoi vous me dites ça ?

Un rire amusé, un peu bas, salue ma question.

– Peut-être parce que vous affichez une expression carrément hostile depuis que je vous ai appelée dans la salle d'attente et que vous ne m'adressez pas la parole ?

Je prends une profonde inspiration. Je suis une rescapée d'un putain de cancer. Je ne vais pas me ridiculiser devant un médecin qui n'en a rien à faire de ma tête, en a sûrement vu bien d'autres, et que je ne reverrai plus une fois sortie de son cabinet.

Et je parle des poitrines asymétriques comme des femmes, patientes ou pas.

Et puis il semble vraiment sympa, en plus. En tout cas suffisamment pour essayer de détendre l'atmosphère.

– Aucun souci. Ne vous inquiétez pas. Ma prochaine glace au chocolat m'attend déjà ! je conclus en me dirigeant vers la table d'examen déjà recouverte d'une grande feuille de protection en papier.

– Toujours au chocolat ?

Assise sur le rebord de la table, les jambes ballantes, je lève les yeux vers le chirurgien toujours installé derrière son bureau. Ma main s'arrête sur le premier bouton de ma robe-chemise.

Tu vas y arriver Chloé.

– Toujours au chocolat oui ! Le chocolat, c'est la vie ! je réplique en surjouant l'amusement ironique, comme si de rien n'était.

Comme si je n'étais pas au bord de la syncope alors qu'il semble lire quelque chose sur l'écran de son ordinateur.

– Vous êtes mal à l'aise ?

Il n'a pas levé les yeux. N'a pas changé de ton. Et il vient pourtant de me balancer cette énormité.

– Pas du tout.

Niveau énormité, je me pose là.

– Vous n'êtes pas obligée de rester si vous ne le souhaitez pas. Je comprendrais parfaitement que vous préfériez consulter mon associée plutôt que le sale type maladroit qui vous a empêchée de terminer votre glace. Surtout alors que le chocolat, c'est la vie.

Cette fois-ci, il lève à nouveau les yeux vers moi. Et affiche un demi-sourire pour ponctuer sa remarque. Je bute une fois encore sur le premier bouton mais finis par le glisser hors de la boutonnière.

Au suivant.

– Disons que j'avais choisi le docteur Lepage car c'est une femme.

– Je comprends. Et encore une fois, je le répète : il n'y a aucune obligation.

Et de deux. Ma main glisse vers la troisième boutonnière. Le col de ma robe commence à béer et révèle probablement déjà la dentelle bleue de mon soutien-gorge.

– Ce n'est pas contre vous, docteur. C'est juste que…

Cette fois-ci, j'ai toute son attention. Je me demande s'il avait vraiment quelque chose à consulter sur son ordinateur. Ou s'il fait semblant pour me laisser me déshabiller tranquillement.

– Juste ?

– Juste que je ne me suis pas déshabillée devant quiconque depuis mon opération. Ni femme. Ni homme. À part les membres du service d'oncologie, bien sûr.

Un silence accueille ma réponse. Nouveau regard vers l'écran.

– Votre dossier indique que vous êtes pacsée.

Je manque de lever les yeux au ciel.

– Étais. Mon ex-compagnon préfère manifestement avoir une petite amie sans cicatrices et avec tous ses seins.

Nouveau silence. Que je me sens obligée de combler.

– J'imagine qu'une telle superficialité prouve aux yeux du monde et au moins aux miens que ce n'était pas le bon et que c'est une excellente chose qu'il m'ait quittée le lendemain de mon opération, n'est-ce pas ?

Je m'attends à un nouveau silence. Mais sa voix profonde s'élève :

– En effet.

Mes joues me cuisent un peu. Je pique du nez vers la dernière boutonnière. Une fois ce bouton défait, je pourrais laisser tomber le haut de ma robe autour de mes hanches.

Et passer au soutien-gorge.

Je trépigne d'impatience.

– Je vais devoir vous observer. Et vous toucher. Vous pensez que cela sera supportable ?

Il y a quelques années, j'aurais rêvé qu'un type aussi charmant me propose ce genre de plans. Sauf qu'il y a quelques années, j'étais en apparente bonne santé. Avec une appétence pas du tout honteuse pour le sexe sans lendemain et un corps tonique dans lequel je me sentais bien. Je déglutis mais garde une expression aussi neutre que possible.

– Pas de problème, docteur. C'est pour ça que je suis là, n'est-ce pas ? Je compte sur vous pour me trouver la plus belle prothèse de votre catalogue.

Quatrième bouton.

Le haut de ma robe tombe sur la table d'examen.

Et je me sens plus à poil que jamais dans ma vie.

Comme s'il pouvait lire toutes mes émotions à mesure que je me dépouille de mes vêtements.

J'inspire une fois de plus.

Quand faut y aller...

Et une fois de plus…

Bouge-toi Chloé. Il n'a pas que toi à voir cet après-midi, le charmant docteur Marcange.

Je passe les mains derrière mon dos. Trouve les agrafes de mon soutien-gorge. Les détache. La fine pièce de lingerie se décolle de mon buste. Le poids de la prothèse intégrée dans le bonnet la fait un peu plus tomber du côté gauche. J'imagine qu'il voit déjà tout ce qu'il y a à voir.

Du plat boursouflé. Du couturé.

Mes mains trouvent les bretelles de mon sous-vêtement.

Il est médecin, Chloé. Ce n'est pas ta première fois avec un mec alors par pitié, arrête de faire ta morte de faim. Il s'en fout de tes miches.

Ou plutôt de ta miche.

Lentement, en essayant de réprimer le tremblement qui recommence à me traverser, je les fais glisser.

Ça va bien se passer.

Je dégage mes épaules.

Mes bras.

Je continue de fixer le sol.

Et d'une dernière chiquenaude, je fais tomber mon soutien-gorge et relève les yeux vers le médecin.

5

Alooors ?

J'ai à peine franchi le seuil de la lourde porte cochère pour retrouver la cour et mon vélo que mon téléphone recommence à vibrer.

C'est pas croyable. Elles m'ont mise sur écoute ou m'ont collé une puce GPS en douce.

Forcément.

Mes jambes sont en coton, ma tête me semble vide, comme après un examen ou une compétition.

Contrecoup du stress et de l'adrénaline, j'imagine.

Sauf que j'affiche un sourire un peu idiot quand je compose ma réponse à Mathilde :

On se prend un verre ce soir ?
Ça s'est super bien passé
et j'ai choisi une prothèse anatomique
en poire pour aller avec mon sein droit.
Le docteur Lepage m'opérera
le mois prochain !

« Vous avez la chance d'avoir un sein naturel dont la forme est très proche de celle de la prothèse. On ne verra quasiment pas de différence entre les deux à part les cicatrices. S'il devait y avoir ensuite un affaissement du sein droit avec l'âge, alors il sera toujours possible de compenser par une demi-prothèse pour qu'il conserve une forme proche de votre sein gauche. »

J'ai essayé de rester impassible. Neutre. De poser juste les questions nécessaires. De ne pas prendre pour un compliment ce qui n'était qu'un avis technique et objectif.

Planquez-vous les filles,
la bomba sera de retour en bikini !

Décidément, Math est en grande forme même si je ne suis pas dupe : elle en rajoute pour donner le change, me galvaniser et m'insuffler du courage. Je l'ai vue s'effondrer quand elle a appris la nouvelle de mon cancer. Puis quand on a réfléchi toutes les trois à la décision à prendre. Je sais qu'elle n'est pas que cette grande gueule un peu futile qu'elle se plaît à jouer au quotidien. J'envoie un émoticône qui lève les yeux au ciel mais rien à faire : mon esprit est ailleurs.

Au hasard... Focalisé sur ce sourire en coin qui a illuminé subitement tout son visage lorsqu'il m'a reconnue dans la salle d'attente. Ce sourire qui m'a, pour la première fois après ces mois de combat, donné le sentiment que j'étais prête à revivre pleinement.

Donner l'envie d'aimer.

Chérie... Tu es vraiment en train de citer un titre de chanson de comédie musicale ringarde ?

Je sais que c'est idiot. Que de nombreuses patientes font des transferts sur leur praticien. Que mes pensées qui me portent davantage vers le docteur Marcange que vers ma prochaine opération sont probablement la preuve que j'ai trop regardé *Urgences*, *Grey's Anatomy* et même *Nip Tuck*. N'empêche que j'y pense. La douceur de ses mains. Son regard bienveillant. Compréhensif mais sans exprimer de pitié. Ses gestes tranquilles, mesurés, assurés et dépourvus de tout dégoût.

Comme de toute ambiguïté, ma grande ! Réveille-toi !

Évidemment. C'est un professionnel.

Et moins bandante que moi, on ne trouve pas.

Pourtant la vision de ses mains à peine hâlées contrastant avec ma peau sombre pendant l'examen m'a troublée plus que je ne l'aurais cru. Mon ex était d'origine sud-américaine et notre camaïeu de peaux m'était devenu familier. Je ne suis jamais sortie avec un homme qui ait la peau aussi claire que le chirurgien et j'ai trouvé harmonieux le cheminement de ses doigts sur mon corps. Même si c'était pour trouver les points d'entrée d'une prothèse sur un reste de sein ressemblant à une vieille outre molle. Ou pour m'expliquer en quoi consisterait précisément l'intervention. N'empêche que j'ai été troublée et que je le suis toujours près de quatre semaines plus tard alors que je savoure ma glace au chocolat sur le banc ombragé près du manège de chevaux de bois.

Mon petit sac de voyage est à mes pieds. Il contient les affaires dont j'aurai besoin à la clinique où je suis attendue pour 18 heures. Encore une petite heure avant de m'y rendre, le temps de bouquiner un peu, en profitant de la fraîcheur des arbres alors que le ciel est à l'orage. Mon opération aura lieu demain matin. Première au bloc opératoire. Première à en sortir. Première à me réveiller pour découvrir les messages des filles, de mon frangin ou de mes parents qui viendront nous chercher. Moi et mes *deux* seins.

J'ai beau être toujours troublée, je n'ai pas revu le beau chirurgien, même si ce n'est pas faute de m'être apprêtée lorsque je suis revenue confirmer mon choix à son associée.

Et comme je ne suis pas folle, je n'ai pas appris par Doctolib qu'il consultera demain toute la journée au cabinet, ce qui impliquera donc que je n'ai aucune chance de le croiser à la clinique.

J'imagine qu'il est en train de devenir mon Chris Hemsworth à moi. Une espèce de type tellement parfait qu'il en devient virtuel et rejoint le monde des fantasmes inavouables et un peu honteux. Une fois de plus, je repense à la sensation de sa respiration quand il observait, concentré, ce qui reste de mon sein gauche. À l'accélération subite des battements de mon cœur qu'il devait forcément percevoir sous la fine épaisseur de peau. À ce dernier regard, plus appuyé, lorsqu'il m'a saluée après m'avoir raccompagnée vers le secrétariat. À son ironie empreinte de gentillesse quand il m'a lancé en se retournant, alors qu'il s'éloignait déjà vers la salle d'attente : « N'oubliez pas, mademoiselle Dubreuil : le chocolat, c'est la vie. »

J'ai tellement pris l'habitude de songer à lui que je ne prête pas immédiatement attention à la longue silhouette qui s'approche de mon banc, en direction du glacier et du petit lac immédiatement derrière, sur lequel flottent quelques barques délaissées. Pourtant c'est bien Julien Marcange – puisque tel est son prénom selon Google que, bien entendu, je n'ai pas plus consulté que Doctolib –, une main dans une poche d'un pantalon de toile claire, l'autre qui tient son téléphone, polo ajusté et grosses lunettes de soleil façon pilote qui mangent sa gueule d'acteur. Mon cœur bat soudain plus vite alors qu'il se rapproche de mon banc et semble regarder dans ma direction. J'essaie d'afficher une expression décontractée mais je n'ai pas, moi, de lunettes de soleil pour dissimuler l'expression de mon regard.

Morte de faim.

Et surtout, je lèche une glace ! Comment un geste qui me semblait naturel et automatique il y a quelques secondes à peine me donne subitement l'impression de jouer une allumeuse dans un mauvais film ? J'essaie vainement de paraître naturelle en portant le cornet à ma bouche mais je suis à deux doigts de le jeter sous le banc pour m'en débarrasser. Je fixe le sol, hésitante. Redresse la tête, la glace toujours à la main, prête à le saluer. Mais choisis de m'absorber dans la contemplation de ma boule de glace pile au moment où le beau brun passe devant moi. Comme face à quelqu'un auquel on n'a rien à dire et qu'on préfère éviter pour s'épargner toute gêne. Avis que semble partager le chirurgien puisqu'il ne s'arrête pas mais se contente de tourner son regard invisible dans ma direction pour me saluer en passant, en inclinant la tête au moment où je finis par diriger enfin les yeux vers lui.

Waouh.

Fin du film.

Et vrai vent.

On dit parfois qu'il faut savoir affronter la réalité pour avancer. Je viens de comprendre qu'il n'y avait… rien à comprendre. Je suis une patiente parmi tant d'autres. Et ce que j'ai cru percevoir dans les prunelles claires du trop séduisant docteur n'était que le fruit de mon imagination, après des mois de mal-être et de manque cruel de contacts tendres. Le fameux transfert, je l'ai bel et bien fait au point de m'imaginer une connexion unique qui n'existait pas.

Il doit avoir un truc quand même, à nous attirer comme des mouches. La grande brune la dernière fois, moi aujourd'hui…

N'empêche… J'en pleurerais presque, idiote trop exaltée que je suis.

Machinalement, je goûte à nouveau à ma glace qui menace de se casser la figure sans la moindre aide de ma part, tellement la chaleur déjà caniculaire l'aide à fondre vite. Je la porte à mes lèvres comme s'il s'agissait du remède magique pour faire passer mon amertume. Je la tète presque, et tant pis si j'ai vraiment l'air, cette fois-ci, de passer un casting pour un film porno.

Après tout : le chocolat, c'est la vie. Pas vrai, docteur Marcange ?

– Est-ce que votre boule chocolat accepterait d'être accompagnée d'une boule fraise ?

Debout devant moi, un cornet de glace dans une main, décidément très grand, Julien Marcange relève ses lunettes de soleil dans sa chevelure en bataille avant de m'adresser un regard interrogateur. Ma propre glace toujours entre les lèvres, je le fixe en espérant ne pas ressembler à ce à quoi je sais que je ressemble : une petite truie qui a probablement des traînées de chocolat au coin des lèvres. Il fronce les sourcils. Roule des yeux. Me dévisage, un peu confus alors que j'essaie de me détacher de ma glace tout en nettoyant mes joues aussi discrètement que possible.

C'est mort, meuf.

– OK. Formulé comme ça, ça fait un peu bizarre pas vrai ? Limite pervers même, non ?

Le jeune homme a un demi-sourire un peu maladroit mais espiègle aussi.

Irrésistible.

– Pourtant croyez-moi, quand je l'ai formulée dans ma tête en cherchant comment vous aborder sans vous déranger dans votre dégustation, cette question me paraissait super subtile et particulièrement efficace.

Je déglutis et glousse, et tant pis si j'aurais bien besoin d'une serviette ou d'un peu d'eau. Parce que je sens d'un coup un élan joyeux qui me traverse tout le corps, me donnant l'impression que celui-ci ne sera pas de taille pour absorber et contenir toute cette énergie soudaine. J'observe sa main qui tient le cornet comme s'il brandissait un flambeau. Peau claire toujours, mais plus hâlée qu'il y a trois semaines. Longue et déliée mais forte et virile aussi. Je me racle la gorge tandis qu'il s'empêtre et qu'il devient plus désarmant à chaque instant.

Craquant.

Craquant.

Craquant.

– OK. Je recommence. Vous n'avez rien contre les amateurs de glaces à la fraise ? Parce que personnellement, chocolat-fraise, c'est mon association préférée, figurez-vous…

Et sans attendre ma réponse parce que je suppose que le sourire que je lui renvoie en désignant de la main la place libre à côté de moi en est une assez claire, il franchit d'une grande enjambée la distance qui nous sépare.

Pour prendre place à mes côtés.

La Femme Cancer

Amelia Pacifico

Horoscope du 15 mai pour le signe du Cancer
(21 juin-22 juillet)
Travail : *Jupiter entre en Poissons et vous promet un épanouissement intellectuel enrichissant. Misez sur le long terme et affinez vos projets, car dévoilés trop tôt, ils risquent de ne pas correspondre à leurs objectifs. Pensez à vos supérieurs qui n'attendent que d'être éblouis par vos compétences !*

Je souffle avec dédain en lisant la dernière phrase avant de reprendre une gorgée de ma tisane. Ah, ça, pour avoir été éblouis, ils l'ont été, mais certainement pas par mes compétences ! Non, plutôt par la bombe atomique que j'ai larguée sur leurs dégoulinantes certitudes lors de mon entretien de prolongation de contrat. « Vous êtes celle qu'il nous faut Susie ! » se sont-ils exclamés au début de la conversation, pour finir par un : « Compte tenu de vos révélations, nous allons devoir étudier nos options. » Et bien sûr, ils les ont minutieusement examinées.

Un oiseau se pose sur la balustrade en bois de la terrasse où je suis installée. Je n'arrive jamais à les reconnaître, mais il est drôlement joli, avec ses couleurs chaudes et son œil vif. Grâce à lui, mon esprit s'éloigne petit à petit du cabinet d'avocats qui m'a rendu ma liberté, il y a quelques semaines.

> ***Argent :*** *Arrêtez les dépenses ! Votre budget n'y survivra pas. Discutez en famille des moyens à mettre en œuvre afin de résoudre la situation. La protection de Mercure ne peut pas tout, même si elle vous guide vers d'excellentes solutions de placement.*

Je renifle avec dédain, sur le point de fermer le torchon apporté par ma mère au petit matin. Je ne sais même pas pourquoi je me suis arrêtée sur cette rubrique de charlatans, et pourtant, je ne parviens pas à passer aux recettes de cuisine qui m'attendent un peu plus loin. Un peu comme ce fait divers sordide qui vous force à examiner le moindre détail, juste pour savoir, et parce que ça s'est passé en vrai, dans notre réalité.

Il en a dit de belles, le bonimenteur des étoiles… mon budget ne survivra pas aux dépenses ? Sans blague ! Avec un seul salaire et la vie qui continue en dépit d'un contexte difficile à traverser, tu crois vraiment que mon budget doit être rediscuté, et en famille en plus ? Ah ben oui, attends, je vais dire à mes enfants qu'en plus d'avoir une mère qui ne sera peut-être pas là pour les voir passer leur permis, ils sont obligés d'arrêter les activités qui leur permettent de respirer en dehors de la maison. Pas mal, comme consensus financier, non ? Je secoue la tête, sous le coup de ma frustration du jour additionnée à ce que je traverse depuis plusieurs mois, titillée par chaque mot qui me ramène à ce que ça a changé dans mon quotidien, dans ma vie de femme, et de mère. En proie à ce pincement dans la poitrine si caractéristique depuis « l'annonce », je poursuis ma lecture sans m'en rendre compte.

> ***Vie sociale :*** *Le natif du troisième décan recevra des conseils de la part d'un proche, qui lui permettront de résoudre un problème. Par ailleurs, vous êtes sollicité, mais n'avez envie de voir personne. Ne vous en faites pas, les réseaux sociaux sont là pour ça !*

OK, j'admets qu'il est doué. Je cherche l'identité du rédacteur de la chronique astrologique, et ne découvre qu'un prénom : Rémi. Avec un haussement de sourcil, je fais ma moue de « la Susie qui admet ses torts » tout en pestant de ne pas avoir son nom de famille, friande que je suis de cette mode de fouiner sur le Net à la recherche d'informations supplémentaires. Même si je n'en fais jamais rien, si ce n'est satisfaire ma curiosité.

Cela étant, avec son passage sur les gens que je n'ai pas envie de voir, et l'intérêt des réseaux sociaux, que je fuyais comme la peste et qui maintenant me sont indispensables pour mettre un peu de distance entre les autres et moi, il m'a ralliée à sa cause, le bougre. Sans parler du proche essentiel : ma mère est bien venue aux aurores m'apporter cette barquette de fraises juste parce que je lui ai dit hier que j'en avais envie depuis des semaines, non ? Voilà. Le reste peut donc se révéler instructif.

> ***Amour :*** *La puissance de Vénus place votre couple sous un soleil de renouveau. Kamasutra revisité, film coquin, jouets... Tout est possible. Avec Pluton en bonne place, votre partenaire et vous évoquerez votre futur au travers d'un grand projet : enfant, maison, voyage... tout est permis !*

Mon cœur fait un bond dans ma poitrine, cherchant à sortir par l'issue la plus proche. Je me précipite aux toilettes, mais c'est une fausse alerte. Je ne sais jamais, depuis qu'on m'injecte ce produit du diable dans le corps, si je vais retapisser le sol ou avoir simplement la sensation pendant au moins une journée que tout mon intérieur cherche à se séparer de moi.

Après quelques minutes de respiration contrôlée, la sentence est tombée, il semble que je suis bonne pour avoir envie de vomir jusqu'au soir. Génial. Et ce couillon qui me rappelle à quel point Adil et moi, on pourrait s'amuser si on le voulait. Si on le pouvait… p'tit con. Mes yeux se promènent sur le quartier tranquille où nous sommes installés depuis la naissance de notre aînée. Un secteur où rien ne passe, et où rien ne se passe. Ça permet d'entendre le pépiement des oiseaux et de respirer du bon air, mais quand on ne travaille pas, c'est un peu calme. Avec un soupir, je poursuis ma lecture, désabusée.

> ***Santé :*** *Le protagonisme familial autour de votre santé devient plus facile à vivre à mesure que les jours passent, et c'est bien comme ça, car vous avez besoin des vôtres pour surmonter les difficultés. Vous gardez le moral ! L'astre solaire vous aide à rayonner.*

Je finis par cracher la gorgée de tisane que je tentais d'avaler depuis le mot « protagonisme ». L'incompréhension du début a cédé la place à la stupéfaction, puis à un éclat de rire en bonne et due forme. Je n'ai pas résisté à la pression de mon esprit qui, après avoir été étonné de l'analogie de mon quotidien avec ce passage, est tombé sous le charme de l'ironie des derniers mots. Rémi, chapeau bas, tu es un as de la divination. Rien que pour ça, je vais terminer ta chronique.

Humeur : *La lune dans votre signe exacerbe votre hypersensibilité et amène vos proches à se resserrer autour de vous… il va falloir serrer les dents, et ne pas prendre pour argent comptant les remarques qui vous seront faites. Sinon, vous pourriez les ruminer, ce qui ne fait jamais de bien.*

Mes idées glissent vers ma mère. Ses petites réflexions qu'elle sort sans penser aux conséquences. Son regard sur mon teint, sur les vêtements défraîchis que je porte, son opinion sur mon besoin de renfermement qu'elle réprouve au plus haut point, sur mon caractère lunatique lorsque je suis avec Adil, ou même avec les enfants, que je ne réussis plus du tout à dompter depuis que la maladie s'est invitée dans mes cellules. Lorsque je pose les yeux sur la dernière phrase de la chronique qui concerne les Cancer, j'éclate en sanglots.

Citation du jour : *« Même en enfer, il est bon d'avoir un ami » (Proverbe tchèque)*

On peut dire ce qu'on veut, ces escrocs d'astrologues sont quand même talentueux. Rémi a non seulement réussi à me faire chercher son nom de famille durant plus d'une heure sur Internet, mais en plus, je suis maintenant abonnée à sa newsletter. Depuis, je reçois chaque jour l'horoscope pour un signe différent, et une invitation à « aller plus loin avec lui ».

Le balai à la main pour le rituel du petit coup de propre du matin, je ris toute seule de ce que je mets derrière ses mots, m'imaginant en train de prendre une photo de ma poitrine dénudée, encore rebondie, mais portant les stigmates de la tumorectomie, qui semble suffire selon les médecins. J'imagine la tête de Rémi, recevant le cliché accompagné d'un : « Oui, je veux aller plus loin avec toi, grand fou ! » Hilare, je range la pelle et la balayette, puis me connecte à ma messagerie depuis l'ordinateur. Fidèle au poste, la lettre de l'astrologue est sur ma boîte mail, mettant à l'honneur la journée des Taureau, et avec une offre un peu différente, cette fois : « Recevez le profil de votre signe gratuitement, et sans engagement ! » Il suffit de renseigner son genre, ses dates et heure de naissance sur la page qui s'ouvre en cliquant sur le lien, et le tour est joué. J'hésite.

Jusqu'à présent, mon rapport à l'astrologie s'est résumé à subir les quolibets de mes congénères du collège. La mode s'est un peu calmée au lycée, mais de la sixième à la troisième, j'ai traversé les années avec les mêmes âneries balancées à intervalles réguliers. Tout a commencé par une banale boutade lancée dans la cour de récréation par une copine de l'époque, dont je ne me souviens même plus du prénom.

« Su-sie la cancéreu-seuh, Su-sie la cancéreu-seuh ! »

« Eh Susie, tu nous diras quand tu décideras de te bouffer toute seule ! »

« Susie, c'est quand même pas de pot, de savoir que tu vas mourir avant tout le monde ! »

Tout en replongeant dans mes souvenirs d'adolescente en prise avec un harcèlement des plus classiques malheureusement, je renseigne les informations demandées, et reçois le profil de la femme Cancer en moins de temps qu'il n'en faut pour le dire. La lassitude des trop longues journées passées sans la compagnie d'Adil, Timothée ou Adélie, occupés à leurs quotidiens de travailleur et d'élèves, ont raison de mon aversion pour la discipline mystique. J'ouvre le message censé me délivrer un fidèle portrait de ma personne.

> ***La femme Cancer***
> *Discrète et prudente, elle cherche l'attention sans trop en faire et préfère s'effacer plutôt que de faire des coups d'éclat. Elle a besoin d'être rassurée à chaque instant afin d'apaiser le stress qui la ronge au quotidien.*

Je lis les deux premières phrases à plusieurs reprises, un nœud dans la gorge, puis je tourne mon regard à droite, vers le reflet que me renvoie la porte-fenêtre ouverte sur la nature environnante. Je me revois dans la salle d'attente du radiologue, où la secrétaire qui tapait mon compte rendu me lançait des œillades indiscrètes et équivoques. C'est à ce moment-là, que j'ai su. C'est cette dizaine de minutes, les plus longues de toute ma vie, que j'appelle « la grande annonce ».

Avec un petit sourire à mon *alter ego* dans la vitre, dont les cheveux absents ont été remplacés par un élégant foulard savamment noué, je m'extrais de ces souvenirs qui illustrent le point de départ de cette année totalement folle, à bien des égards. Mon corps, affaibli par l'expérience, mais bien vivant, tremble. Je sais que je suis en train d'éliminer les dernières traces de mon traitement, et que je touche au but. Je le sais, mais au plus profond de moi, la sécurité est de mise. « Prudente », dit Rémi. C'est le moins que l'on puisse dire… Je repose les yeux sur la suite du texte.

> ***Loyale****, la femme Cancer séduit ses proches par sa générosité, sa tolérance et son écoute. Dénuée de jugement, protectrice et dotée d'une ouverture d'esprit rare, elle collectionne les amis grâce à son cœur accueillant, tout en ayant besoin de moments de solitude.*

Lire le paradoxe de toute ma vie dans un portrait d'astrologue me ferait rire si ça ne collait pas aussi parfaitement à la réalité, surtout en ces temps de repli dont j'ai viscéralement besoin. Ma mère ne l'avait pas compris, et a toujours du mal à le comprendre, me forçant à subir ses sempiternelles remontrances alors que je me remets tout juste d'une lutte acharnée contre la maladie. Elle est présente, et me fait beaucoup de bien, mais en même temps, préoccupée par la survie de sa fille, elle laisse peu de place à Adil et aux enfants, ce qui, après des mois de maternage de sa part, alourdit le bilan coût-bénéfice pour moi. Repenser à la patience de mon compagnon me donne envie de lui écrire.

Je t'aime, mon chéri.
Hâte de te voir ce soir…

Le regard attendri, j'envoie mon SMS, qui reçoit une réponse quasi instantanée :

Je t'aime encore plus, ma vie. À ce soir.

Le cœur gonflé à bloc, je sens la chaleur revenir dans mon corps. La lumière au bout du tunnel est proche, et on parle bien du tunnel de la vie, pas de celui qui revient toujours dans les histoires d'expérience de mort imminente. Je suis vivante. Amochée, sans le cheveu, le teint cireux et les muscles faibles, mais vivante. Une bouffée d'énergie me traverse. Je me lève pour récupérer une tasse de tisane dans la cuisine, puis jette un coup d'œil revigoré sur le voisinage paisible.

J'aurais presque envie de sortir acheter du pain à la boulangerie. Presque. Au lieu de me diriger vers la porte, je reprends place devant l'ordinateur, qui m'a vue si souvent depuis ma sortie du centre de radiologie qu'il doit connaître la moindre de mes rides par cœur. La recherche de mots savants n'a plus aucun secret pour moi, ni les sujets qui touchent de près ou de loin au cancer du sein, à ses causes inconnues, aux traitements, aux rémissions, aux récidives, aux thérapies alternatives, aux assurances décès, à l'organisation de funérailles…

J'ai un élan de tendresse pour celle que j'ai été ces derniers mois. La générosité et la tolérance dont le portrait fait état, je ne les ai pas exprimées à mon égard, pas avant de pouvoir à mon tour être écoutée, dans ce bureau dont j'ai refusé de franchir le seuil pendant des semaines. Cette psy a fait des miracles, et en très peu de temps. Grâce à elle, j'ai pu rouvrir mon cœur à moi-même, cessant de me flageller d'avoir laissé l'ennemi malmener mon organisme, de ne pas avoir été capable de chasser l'intrus à coups de bonnes ondes et d'énergie positive, d'une alimentation *ad hoc* et de pensées réparatrices. J'ai pu accepter l'idée que tomber malade ne voulait pas dire trahir les miens.

Une larme au coin de l'œil en dédicace à la merveilleuse thérapeute qui m'a accompagnée sur ce chemin tortueux, je décide de poursuivre ma lecture. Tant qu'à avoir payé de ma personne en consacrant trente secondes au remplissage du formulaire de Rémi, je veux en avoir pour mon argent.

***Lunatique et susceptible**, la femme Cancer peut facilement piquer une colère, bouder ou faire un caprice lorsqu'elle est contrariée, révélant ainsi son humeur changeante. Mieux vaut ne pas se trouver sur son chemin, car elle pourrait bien remettre vos pendules à l'heure.*

Ah, ben tiens ! Prends ça dans la tronche, Susie ! Rémi, tu n'as rien trouvé de mieux pour appâter le client ? Une vérité bien acide à balancer sur un profil astrologique, on fait mieux, quand même, comme argument de vente, non ? La justesse du propos m'irrite, mais ne me touche pas moins. Ni une ni deux, l'image de ma mère et de ses reproches trop récurrents ces derniers mois me revient en tête. Elle qui n'a travaillé qu'à une seule chose dans sa vie, protéger ses enfants et en faire des gens bien, comprendre gentils et respectueux autant que respectables, a le poil hérissé de me voir si dure avec les miens.

Ce qu'elle n'a pas compris, c'est que si j'ai par-dessus tout besoin de sa présence pour ne pas biaiser ma relation avec Adil en la transformant en rapport soignant-malade, je ressens aussi la nécessité de rester vraie avec ma famille, et ce parfois au prix de quelques prises de bec, qui me rappellent que je suis encore là pour les avoir, ces échanges houleux. Je ne cherche pas le conflit à tout prix, ça se passe ailleurs, là où ma mère et sa petite vie bien rangée ne sont jamais allées. D'ordinaire, chaque contrariété à laquelle je cède m'amène à me renfermer sur moi-même. Depuis que je suis passée en mode combattante, chacune m'offre une liberté de parole que je ne m'autorisais pas jusqu'alors. Et dont je ne me passerai plus. Avec parcimonie, cela va de soi. Sortir de convalescence parce qu'on en réchappe ne signifie pas entrer en guerre avec la vie…

Bonjour ma chérie,
comment vas-tu ce matin ?

Comme si elle m'avait perçue par-delà les quelques kilomètres qui nous séparent, ma mère m'envoie son message matinal quotidien. Je prends deux minutes de réflexion pour lui livrer mon ressenti au plus proche de ce qu'il est.

Bonjour maman, ça va
étrangement bien, aujourd'hui,
j'ai comme une envie de « faire »,
même si je ne sais pas encore quoi…

On se voit tout à l'heure !

Échanger de vive voix sera plus simple que retranscrire par écrit l'élan qui tente de se frayer un chemin dans mes habitudes bien ancrées. Les rituels ont été une bouée de sauvetage, depuis la confirmation de la maladie et du traitement adéquat à mettre en œuvre. Sentir quelque chose bouger en moi sur ce point est aussi insolite que galvanisant.

Les smileys qu'elle m'envoie en réponse sont si attendrissants qu'ils me rappellent l'une des conversations avec la psy. Elle m'avait ouvert les yeux sur ce que ma mère traversait de son côté. Elle s'était rapidement comportée en coupable, se reprochant par exemple de ne pas m'avoir donné les bonnes cellules pour rester en bonne santé, ce qui m'avait fait sortir de mes gonds à l'époque. Sur le moment, je n'avais pas compris comment elle pouvait ramener la couverture à elle de cette manière. C'est bien plus tard que sa douleur maternelle et sa peur de perdre son enfant m'avaient effleurée. *Ma petite maman...* avec un sourire affectueux, je repose mon téléphone et reprends ma découverte du profil visiblement sans langue de bois envoyé par Rémi.

> ***Épicurienne**, la gourmandise est une qualité aux yeux de la femme Cancer, tout comme le confort au quotidien, au travers de son choix de vêtements, de son foyer ou encore de sa capacité à fuir les conflits pour ménager sa sensibilité à fleur de peau.*

Je cligne des yeux plusieurs fois, puis pose le regard sur ma tenue du jour. Bas de survêtement molletonné gris, tee-shirt XXL bleu marine délavé, chaussettes de tennis et pantoufles de papy aux pieds. Je relis la phrase et ne peux que me résoudre à admettre la vérité. Le confort, c'est la vie. Mais il faut bien dire que depuis l'annonce, je m'y complais tellement que je suis devenue un nuage humain. Je détaille la pièce à vivre des yeux, m'arrête sur les énormes pots à cookies et à bonbons sur le comptoir de la cuisine, observe le nombre incalculable de tapis qui jonchent le sol et les plantes vertes à profusion qui donnent des allures de serre d'hiver à l'endroit. Un espace cocooning dans son sens le plus pur à mes yeux.

Rémi, tu commences à me bluffer… Enfin, tu continues à m'en boucher un coin serait plus juste ! Parce que là, c'est carton plein, jusqu'à la mise en lumière de ce paradoxe que je me suis résignée à ne plus décortiquer. Je hais les conflits, ils me font l'impression de tremblements de terre qui pourraient m'engloutir tout entière, et pourtant, je ne parviens pas à réprimer mes sautes d'humeur, qui rythment la vie de mes proches. Avide d'en savoir plus sur le sujet, je me précipite sur le paragraphe suivant.

> ***Naïve et imaginative****, elle est crédule dans le cadre des affaires, mais détient de l'or au bout des doigts. Explorer l'art manuel sous toutes ses formes lui sied, en dépit de son refus d'exposer ses créations au regard d'autrui. Elle peut d'ailleurs se passionner pour un sujet et rapidement s'en détacher.*

Je suis légèrement déçue. Pour un astrologue de ton niveau, tu aurais quand même pu me donner quelques clés sur ce fichu tempérament qui fait tourner tout le monde en bourrique, moi incluse, Rémi ! À la place, tu étoffes ton portrait d'un lieu commun vieux comme le monde : la femme est candide en business ! Pardon, la femme Cancer est plus à l'aise dans les activités manuelles que dans le monde des affaires. Si je continue ma lecture, il sera question de vaisselle, de cuisine, d'éducation des enfants et de jardinage, c'est ça ?

Une petite voix en arrière-plan fait la liste des activités entreprises depuis mes six ans jusqu'à il y a quelques mois, et que j'ai rapidement abandonnées. Les sourcils levés, je secoue la tête, agacée. Peinture, piano, poterie, dessin, violoncelle, et même ateliers de graffiti, pour ne citer que ceux auxquels j'ai consacré au moins deux semestres. Plus tard, avec quelques années de plus au compteur, j'ai testé la broderie, le saxophone, le tricot et la couture. OK, je capitule. C'est vrai que les tractations financières, c'est plus le truc d'Adil. Grâce à lui, on a pu obtenir un prêt immobilier à un taux défiant toute concurrence, et auquel on ne pourrait plus prétendre aujourd'hui, avec ce fichu crabe qui a marqué mon dossier d'un symbole indélébile pour dix ans. Il a aussi géré de main de maître les différents corps de métier qui ont rendu notre cocon aussi douillet que je l'avais imaginé. Je te concède ce point, Rémi. Au suivant.

> ***Intuitive et hypersensible****, la femme Cancer ne se livrera que lorsqu'elle se sentira en*

confiance. La délicatesse est le maître mot pour réussir à la faire sortir de sa coquille. Sa mémoire exceptionnelle et son adaptabilité à toute épreuve lui servent à faire face à toutes les situations.

Je suis scotchée. L'astrologie, c'est peut-être pas autant du flan que je le pensais.

Quelques jours plus tard, je me repose en mode loque sur le canapé, pardon, telle une naïade sur son récif, quand le bruit de la porte d'entrée qui s'ouvre à la volée me fait sursauter.

– M'man, dis-lui, toi, qu'Isabella lui a donné son goûter parce qu'elle est amoureuse de lui !

Ma tonitruante fille déboule dans la pièce en jetant son sac au pied du canapé pour s'y asseoir d'un bond à côté de moi.

– Les enfants, un peu de calme ! On avait dit qu'on faisait moins de bruit, aujourd'hui ! ronchonne ma mère qui suit de près un Timothée bougon.

– Elle fait rien qu'à dire qu'elle est amoureuse de moi, et j'ai pas envie.

Le minois partagé entre les larmes et la contrariété, mon fils s'approche à pas de fourmi.

– Bonjour, maman, dis-je en lançant un regard amusé dans sa direction, salut ma puce, coucou mon chat !

J'embrasse ma fille qui me rend mon baiser, puis enlace Timothée pour le réconforter.

– Si Adélie t'embête avec ça, c'est peut-être qu'il y a aussi de l'amour dans l'air de son côté, tu ne crois pas ?

Il m'observe, ses doigts jouant avec les extrémités du foulard que je porterai autour du crâne pour quelques semaines encore.

– Nan ! rétorque-t-il le plus sérieusement du monde. Si je dis oui, ça veut dire que je suis d'accord pour qu'Isabella m'aime et… j'ai pas envie. C'est une peste.

Il chuchote ces derniers mots en ouvrant de grands yeux avant de secouer la tête pour appuyer son désaccord. Je m'esclaffe en découvrant avec tendresse le premier vrai jugement de mon rejeton.

– M'man ! Ça fait trop du bien de t'entendre rigoler ! me lance Adélie, des étoiles dans les yeux.

– C'est vrai, ça fait un moment qu'on n'a pas entendu ce si joli son, renchérit ma mère en s'asseyant dans le fauteuil en face de nous. Pfiou ! Je suis épuisée ! Ils m'ont crevée, à courir tout le long du chemin !

Reconnaissante, je lui souris, me laissant submerger par la bouffée d'amour que cet instant si simple me procure. Le traitement que j'ai laissé derrière moi contribue grandement à ma quiétude, j'en ai conscience.

– C'est du sport, d'accompagner des garnements de six et dix ans, c'est sûr !

– Dix ans et demi ! précise Adélie en levant un index moralisateur.

– Dix ans et demi, ma crapaude, tu as raison… alors, extra de goûter aujourd'hui, Tim ?

– Nan. Je l'ai pas mangé… tiens, c'est pour toi.

Il me tend un sablé. Les hormones, ma progéniture qui rayonne particulièrement en cette fin de journée ou les perspectives médicales au beau fixe… allez savoir, mais le fait est que je suis touchée à un point qui m'empêche de retenir mes larmes.

– Ah ben bravo ! Il fait pleurer maman, maintenant ! le taquine Adélie.

– Arrête d'embêter ton frère… Merci mon chat, ça me fait très plaisir.

– Du rire aux larmes en moins de trente secondes, tu nous caches quelque chose ? lance ma mère en reluquant mon ventre.

J'ouvre à mon tour des yeux grands comme des soucoupes.

– Oh là là, non ! On a bien assez à faire comme ça, maman, non… c'est juste… je ne sais pas… dis-je en regardant par la fenêtre, mon ourson dans une main, celle de ma fille dans l'autre, et mon fils sur les genoux. Je me sens bien, aujourd'hui. Très bien, même.

Mes yeux se posent à nouveau sur elle, sereins. Lorsque Timothée déguerpit dans sa chambre, suivi de près par Adélie qui cherche un nouveau moyen de le houspiller, ma mère se dirige vers la cuisine.

– Oh, mais tu as tout nettoyé ?

Je la rejoins en m'étirant doucement, les mains tournées vers le plafond.

– Nettoyé, rangé, remis en ordre, bref, j'ai repris les rênes, oui, merci maman… merci pour toute l'aide que tu m'as apportée, et bien plus encore.

Je la prends dans mes bras pour la serrer aussi fort que mes muscles qui se ragaillardissent petit à petit me le permettent.

– C'est normal, ma chérie. Je suis bien contente qu'Adil et toi m'ayez laissée faire, murmure-t-elle.

Lorsque je relâche mon étreinte, deux larmes perlent au coin de ses yeux. Nous nous sourions en silence, nos regards s'exprimant bien mieux que nos mots.

Ma mère repartie, je profite de ce que les enfants soient devant l'un des rares dessins animés autour duquel ils ont développé une passion commune pour rallumer l'ordinateur. Rémi a dû m'écrire. En ouvrant ma messagerie, je découvre avec un plaisir non feint que c'est le cas. Il m'avait promis en début de semaine une description fidèle de la maternité à travers le signe du Cancer, ce que je m'empresse de découvrir en cliquant sur le mail.

La maman Cancer, une vraie maman !

Le titre me fait tiquer. Ça équivaut à dire que les mères dotées d'un autre totem zodiacal n'en seraient pas ? J'avoue être partagée entre le scepticisme et la fierté. Je poursuis ma lecture, avide de me faire redorer le blason, et encore une fois, gratuitement !

La maman Cancer n'a qu'un seul but dans la vie : créer et protéger sa famille. Impossible pour elle d'exister sans construire un foyer et y faire naître des enfants. Cela lui permet aussi de sortir de sa zone de confort, car cet être réservé au premier contact s'entoure souvent d'amis déjà ou sur le point de devenir parents, ce qui facilite sa socialisation.

Lire ce passage me rappelle ma chance d'avoir pu fabriquer ces deux êtres de lumière, alors que tant de femmes, Cancer elles aussi, ne l'ont pas. Un rapide tour d'horizon de ma sphère amicale confirme que Rémi a vu juste, encore une fois. Nos fréquentations ont toutes des mioches qui s'amusent avec les nôtres lorsque nous nous voyons.

La femme Cancer est un paradoxe jusque dans sa maternité. Elle n'est que tendresse, douceur et sensibilité à l'égard de ses enfants et subit en parallèle le stress généré par la responsabilité qu'ils représentent et les angoisses de ce que sera demain. La fermeté n'est pas le fort de cette femme-enfant dotée d'un instinct maternel fort, lui permettant une vraie connexion avec sa descendance. Elle fait preuve d'une patience infinie avec ses enfants, mais a besoin d'une figure d'autorité à ses côtés pour imposer l'ordre.

Mes pensées vont vers Adil. Mon tendre mari, lui aussi incapable de hausser le ton, au grand désarroi de ma mère qui nous prédit des moments difficiles à l'adolescence des enfants. Je souris en réalisant que je suis en bonne voie de les traverser, ces affres de la puberté, alors qu'il y a près d'un an, j'étais convaincue de ne pas vivre suffisamment longtemps pour les expérimenter. L'inquiétude de l'avenir dont Rémi parle est juste. Elle a rythmé mes mois de lutte contre la maladie, m'amenant à rédiger mes dernières volontés jusque dans les moindres détails, en rencontrant une charmante organisatrice de funérailles qui a tout acté dans un contrat. La maman Cancer que je suis s'en est retrouvée quelque peu apaisée dans la tourmente qu'était alors sa vie.

– Ma-man ! Adélie dit qu'Isabella veut faire des câlins avec moi, mais moi j'veux paaas !

Je tourne la tête vers le coin télé, un sourire aux lèvres, puis éteins l'ordinateur avant de les rejoindre.

– Bon, qui veut préparer le dîner avec moi ?

Je fais la moue face au reflet que me renvoie le miroir. Si mes cheveux repoussent, ils prennent tout de même leur temps et, surtout, ne ressemblent à rien. Je me revois il y a quelques mois, le jour où j'ai empoigné la tondeuse avec laquelle je coupe les cheveux des hommes de la famille, celle qui m'a permis de garder le contrôle sur la situation. J'ai évité de regarder tomber les touffes au sol, passage après passage, le cœur serré à l'idée de perdre la longueur qui faisait ma fierté, mais la poignée qui m'est restée dans les mains le matin même m'a définitivement décidée. Je ramène mes pensées dans le présent, et constate que le centimètre trois quarts qui se dresse sur mon crâne fait pitié. Je soupire en cherchant une alternative au foulard pour lequel j'ai opté sans aucune hésitation à l'époque. Je me mets peut-être un peu trop la pression, mais nous fêtons notre anniversaire de mariage aujourd'hui, et je sais qu'Adil sera aux petits soins, comme il l'a été toute cette année infernale, et les précédentes, plus douces.

J'ai envie de le surprendre, de l'épater, pour le remercier, lui changer les idées. Il s'est donné comme mission de subvenir aux besoins de la famille afin qu'elle ne manque de rien dans le contexte financièrement difficile qu'a imposé mon cancer du sein. Je lui en suis reconnaissante et maintenant que je parviens à deviner à nouveau mon potentiel de séduction, caché là, quelque part, j'ai envie de le déterrer et d'offrir à mon homme une autre image de la femme qui partage sa vie depuis douze ans et qu'il a vu dépérir pendant des mois. Une étincelle crépite dans mon esprit. J'attrape mon téléphone et cherche le numéro de celle qui pourrait sûrement m'aider.

– Salut, Gigi ! Je t'appelle rapidement pour savoir si tu as encore cette super perruque, tu sais, celle que tu as mise au Nouvel An, il y a deux ans ? Oui, c'est ça ! Le carré plongeant blond ! Super ! T'es un amour ! Après l'école, c'est parfait ! Merci beaucoup !

Quelques heures plus tard, les enfants sont chez leur grand-mère, les vêtements que j'ai sélectionnés un peu plus tôt, enfilés, et la perruque en question, entre mes mains. Je l'ajuste comme je peux face au miroir, en fermant les yeux pour ne pas abandonner en voyant mes grimaces d'effort. Lorsque je pense être parvenue à ce que je souhaite, je lève les paupières et pousse une exclamation de surprise.

– Mais carrément canon, la meuf !

Le blond doré qui contraste avec le brun foncé de ma chevelure naturelle donne un coup de fouet à mes traits. Bien entendu, ceux-ci sont marqués par l'expérience que j'ai traversée, mais je pose un regard si enthousiaste sur mon double que ça joue certainement sur le rendu. Sans attendre, je m'empare de ma trousse de maquillage pour souligner le teint frais que je n'avais pas revu depuis un bail, et termine par une pointe de mascara sur mes cils en repousse. Gainée dans ma petite robe noire à volants qui permet une jolie discrétion au niveau de la poitrine, je suis fin prête lorsqu'il est l'heure de retrouver Adil au restaurant, comme lors de notre première rencontre.

– Tu es sublime, ma vie, *sublime*, susurre-t-il à mon oreille lorsqu'il m'accueille à table. Et terriblement sexy.

Le compliment me touche, et me met mal à l'aise également. Nous n'avons pas échangé sur ce thème depuis des lustres.

– Tu n'es pas mal non plus… même à la sortie du bureau.

Il referme la bouche, coupé dans son élan par ma sagacité. Je sais qu'il avait horreur de ne pas pouvoir repasser à la maison pour se changer lorsque nous avions un rendez-vous romantique.

– Tu me connais bien…

– C'est le moins qu'on puisse dire, après tout ce temps, mon chéri… On est faits l'un pour l'autre, n'oublie pas, dis-je avec un clin d'œil. Rémi me l'a encore confirmé aujourd'hui…

Adil lève un sourcil avec un sourire goguenard.

– Aaah, ce cher Rémi… Alors, qu'a-t-il dit de si juste, cette fois ?

Je ris en me remémorant nos échanges endiablés autour des analyses, et différentes prédictions de l'astrologue qui nourrissait régulièrement ma boîte mail.

– Oh, que nous étions le couple parfait, en toute simplicité, ajouté-je en levant mon verre pour trinquer.

– Si je n'étais pas aussi sûr de ton amour, Susie, je deviendrais jaloux… et dire que tu n'as jamais voulu entendre parler d'astrologie avant cette année, il est super doué, ce type ! s'amuse-t-il avant de prendre une gorgée de son Spritz. Alors, il dit quoi d'autre ?

– Tu permets ? demandé-je en exhibant mon téléphone avec une petite idée derrière la tête.

– Je t'en prie, ma vie, tout ce qui te fera plaisir…

Je glousse comme une dinde. Les jolis mots d'Adil m'ont toujours fait craquer. Je minaude en pianotant sur mon portable, à la recherche du dernier mail de Rémi l'astrologue qui m'a réconciliée avec mon penchant mystique.

– Alors… tiens-toi bien, toi et moi, c'est du lourd !

Adil pouffe en avançant sa main sur la table pour saisir l'une des miennes.

– Je t'écoute…

– « Idéaliste, la femme Cancer a besoin de partager des moments simples, mais romantiques et vrais avec son amoureux, commencé-je en papillonnant des yeux doux vers lui. En revanche, elle peut se montrer déplaisante lorsqu'elle se sent suffisamment en sécurité, son partenaire doit donc incarner un parfait équilibre pour ne pas se laisser marcher sur les pieds tout en offrant la gentillesse dont elle a besoin. »

Je pose aussitôt un doigt sur les lèvres d'Adil, l'intimant au silence, puis continue lorsque je suis sûre qu'il ne fera pas de remarque désobligeante, se cantonnant à son hilarité pour le moment.

– « En recherche d'un guide, elle peut se révéler jalouse et dépendante », bref, passons, ah, voilà : « Elle ne peut réprimer sa tendresse dès qu'elle éprouve de forts sentiments pour l'autre, notamment avec un homme Vierge qui lui offrira une relation équilibrée et harmonieuse », triomphé-je sans vergogne en dodelinant de la tête. « Sa libido est fluctuante », oui bon, merci Rémi pour cette finesse d'esprit, et donc… oui, c'est ça : « Pour la femme Cancer, l'intimité est synonyme de sensualité et de confidences. Elle vit ses rapports comme une sorte de transe, un voyage vers un autre monde. Influencée par la lune, sa sexualité est tournée vers l'oralité. » Ah, on rigole moins, là, hein ?

Le regard ardent que me lance Adil est sans équivoque, j'ai fait mouche. Je ne sais pas encore si j'aurai l'élan pour aller plus loin ce soir, mais le voir réagir à mes mots me transporte déjà.

– Je t'aime, Susie.

– Et moi donc, Adil… merci. Pour tout.

La tristesse qu'il décèle dans mon regard l'encourage à livrer ce qu'il a tu jusqu'à présent.

– Tss, tss, tss… c'est moi, qui te remercie, ma vie, d'être entrée dans la mienne et de l'avoir réchauffée de ta lumière. Tout ce qu'on traverse, ce que tu as enduré, tout ça, ça nous rend plus forts, plus soudés que jamais… tu le sais, hein ? Avec un bras en moins, un œil de verre et une patte folle, je t'aimerai toujours. Toujours.

Son doigt qui caresse le revers de ma main m'électrise, je frissonne des pieds à la tête, et mon cœur est sur le point d'exploser.

Les préparatifs de Noël. Nous y sommes. Habituellement, je suis sous le charme de cette période qui regorge de bons sentiments, de bonnes odeurs et de jolies couleurs. Cette année, je suis littéralement surexcitée à l'idée de pouvoir m'y plonger corps et âme, le premier *a priori* guéri, et la seconde dynamisée par cette expérience que je ne souhaite à personne et que, finalement, je me sens aujourd'hui extrêmement reconnaissante d'avoir traversée.

Le dépôt des enfants à l'école sonne le début des hostilités. Je rentre à la maison pour prendre un solide petit déjeuner, et ensuite, direction le magasin de jouets, l'enseigne de sport et l'ensemble de boutiques dédiées à la cuisine. J'ambitionne une razzia en bonne et due forme pour un Noël indécent. Les comptes ? Je m'en occuperai plus tard, j'ai des gens à remercier… une tonne de gens. En repensant à tout ce monde qui s'est mobilisé autour de moi, respectant mon besoin de solitude, mais prenant des nouvelles régulièrement auprès de ma mère ou d'Adil, ça me donne envie de faire des cadeaux à profusion ! Des cadeaux faits main, de succulentes choses à manger, ludiques, qui viennent du cœur.

Ma tasse de thé à la main, j'ouvre ma messagerie une dernière fois avant le rush des courses. Un nouveau message de mon copain Rémi me fait frétiller la pupille.

Que vous réserve l'année à venir ? Découvrez-le en un clic !*

Je cherche le texte écrit en petits caractères qui se rapporte à l'astérisque et comprends que c'est la dernière offre gratuite de la part de mon astrologue préféré. Avec une drôle de sensation à l'estomac, j'accède aux prédictions qui sonnent la fin de mon aventure avec Rémi.

La femme Cancer dans l'année qui s'annonce. En un mot : Renouveau !

Le terme me va droit au cœur. C'est exactement ce que j'avais besoin de lire après avoir appris de manière certaine que j'avais mis la maladie derrière moi. Je soupire et m'attelle au décryptage des différentes rubriques, me préparant à ne rien comprendre aux influences des différentes planètes et à ne retenir que l'essentiel des messages.

***Travail :** Saturne et Jupiter en Capricorne vous amèneront à chercher LA situation, celle* *qui mettra vos proches à l'abri, et vous vous y employez avec tant de sérieux que ça fonctionnera, et ce dès le mois de juin, grâce à Mars, et à vos efforts, bien entendu.*

Je souris. S'il me manquait un aval pour la débauche de dépenses que j'envisage de faire à crédit, je viens de l'obtenir. Comment ça, me baser sur les dires de Rémi n'est pas suffisant pour faire chauffer la carte bancaire ? Ah, mais si, au contraire ! Je n'ai jamais rien lu de plus juste me concernant que les mots qu'il m'a confiés ces derniers mois… Vas-y, Rémi, *show time* !

Argent : *Mercure est présent en signe d'air cette année, alors contractualisez vos accords pour ne pas vous faire avoir, et prenez le temps nécessaire pour que la situation tourne toujours à votre avantage. Juin et juillet vous souriront, profitez-en ! Vous n'aurez pas de souci à vous faire côté budget.*

Ah ! Voilà ! Je le savais ! Juin pour le boulot, juin pour les finances, CQFD. Il n'y a plus aucun obstacle entre mes achats et moi. Je trépigne d'impatience comme une gamine. Avec une profonde inspiration, je tente de calmer mon palpitant qui s'emballe. J'ai l'impression que c'est déjà Noël.

Vie sociale : *Uranus et Jupiter vous promettent de jolis projets et vos amitiés s'épanouiront en* *juillet et novembre. Pour une fois, cherchez la zénitude plutôt que d'accueillir ce stress constant qui fait votre réputation : votre famille et vos proches sont en sécurité, puisque vous veillez sur eux !*

Une pensée tendre me vient en voyant mes enfants, ma mère, Adil, mes amies, et notamment Nora, que j'ai rencontrée en chimio. Nora, qui se bat encore contre la maladie, et qui dès le départ n'avait pas eu les mêmes perspectives que moi. Ma gorge se serre lorsque je lui envoie, comme presque tous les jours, des ondes guérisseuses que j'espère efficaces pour l'accompagner dans sa lutte. Les yeux humides, je poursuis ma découverte.

Amour : *L'année se présente de manière ultra-positive ! Vous incarnez à la perfection cette douceur et cette féminité qui vous sont propres. Vénus vous donnera envie d'insuffler de la nouveauté dans votre relation, pour encore plus de bonheur. Soyez prête, car la fin d'année s'annonce caliente !*

Un élan de désir me traverse le bas-ventre. Si nous n'avons pas encore réussi à totalement nous reconnecter avec Adil, sa patience, son amour et son soutien sont des clés pour que nous y parvenions dans les prochains mois, j'en suis convaincue. Encore plus après avoir lu mon copain

Rémi. Se retrouver en tant que femme, lorsqu'on se sent diminuée, défigurée, désincarnée, c'est quasiment surhumain, et ça, Adil l'a bien compris. Une bouffée de gratitude s'échappe de ma poitrine dans un soupir. Passons au nerf de la guerre… si pendant toute ma vie d'adulte, je pensais à l'argent quand j'utilisais cette expression, aujourd'hui, elle revêt un tout autre sens à mes yeux.

> ***Santé :*** *Pas de lune pour vous cette année, vous bénéficierez donc de son influence par des signes amis, en février, avril, août et novembre, avec un regain d'énergie. En mars, juillet et novembre, c'est Neptune qui garantira calme et plénitude. Cette année sera douce et sans obstacle majeur.*

Je grignote l'intérieur de mes joues. Il me semble avoir lu dans l'un des horoscopes de Rémi que la lune a un pouvoir certain sur les organes sexuels, notamment auprès des natifs du Cancer… ce qui voudrait dire que mes projets concernant Adil pourraient se concrétiser assez facilement. Cette perspective me met en joie, tout autant que la lecture du mot « douce », qui me propulse sur un petit nuage de félicité. Si Rémi dit vrai, je n'ai pas d'inquiétude à me faire, ce qui me rend plus sereine, créant ainsi un cercle vertueux, j'en suis convaincue.

Envahie par cette désagréable sensation qui nous étreint lorsque l'on regarde l'ultime épisode d'une série que l'on adore, je vois les dernières lignes de l'astrologue se profiler.

> ***Humeur :*** *En bref, bienvenue dans cette nouvelle année influencée par Jupiter et Saturne en Verseau (signe neutre pour le Cancer), des mastodontes qui facilitent le retour à la sérénité ! Uranus en Taureau vous donne envie de déplacer des montagnes et de vous affranchir de ce que l'on connaît de vous. Voyagez ! En Irlande, par exemple, qui vous transmettra son incroyable énergie. Pensez à vous munir de ce carnet qui ne vous quittera plus tant que vous partagerez avec lui vos émotions vécues sur place et dans lesquelles vous vous replongerez avec plaisir plus tard...*

Je suis charmée tout autant qu'intriguée par cette recommandation plus précise au milieu de ces prédictions plutôt généralistes. L'envie de suivre le conseil qui semble avisé est née.

Alors que je me dirige vers le centre commercial, je note en pensée de dénicher les coordonnées postales de Rémi afin de lui envoyer une corbeille de ma composition. J'aimerais le remercier de m'avoir fait passer, dans le regard que je porte sur moi, de Susie, la femme qui a le cancer à Susie, la femme Cancer.

Chasse au crabe

Émilie Parizot

Je la regarde enfoncer ses pieds dans le sable et fermer les yeux, le menton pointé vers le ciel. Elle semble humer l'air marin. Ou alors elle savoure les rayons de soleil sur son visage. Je l'observe du coin de l'œil sans parvenir à m'habituer à sa silhouette si frêle. J'espère qu'elle va grossir un peu. Redevenir comme avant. Je voudrais que le cours de nos vies reprenne, comme si rien ne s'était passé.

Comment est-ce qu'elle fait pour avoir l'air aussi apaisée ? J'ai l'impression de bouillir, moi. Les courbatures à cause des six heures de voiture qu'on a faites la veille pour arriver jusque dans ce coin de Bretagne me tiraillent et j'ai du mal à me détendre. Il le faudrait pourtant, il n'y a rien dont j'aie plus besoin. Le banc de sable qui s'étend à perte de vue, l'écume qui vient lécher les minuscules coquillages agglutinés, la mousse glissante sur les rochers et le mouvement répété des vagues. Tous ces ingrédients devraient me permettre de lâcher prise, il faut juste que j'y mette du mien.

Je retire mes baskets puis mes chaussettes pour enfoncer moi aussi mes orteils dans les petits grains dorés. Leur humidité m'arrache une grimace et, instantanément, des milliers de particules se collent à mes pieds. Inutile d'espérer les enlever, les grains sont trop fins, ils vont rester collés jusqu'à ma prochaine douche. Ça me soûle. La vérité c'est qu'à 8 heures du matin et au mois de mai, la plage de Douarnenez ne me fait pas rêver. L'odeur d'iode me prend au nez et la brise est trop fraîche. Ou alors c'est le soleil qui n'est pas assez chaud. Je regrette le lit moelleux de notre chambre d'hôtel et je crois que j'en veux à Violette d'avoir insisté pour sortir de si bon matin. Ou alors peut-être qu'on aurait dû venir en juin.

J'ai envie de lui demander comment elle fait pour rester plantée là, dans ce sable pâteux. Est-ce qu'elle ne préfère pas qu'on aille boire un chocolat chaud ? La plage sera toujours en place après le petit déjeuner. L'océan ne va pas s'assécher d'ici le milieu de matinée. Et si elle attrapait froid ? Je me tortille sans réussir à me sentir bien. C'est de ma faute, devant la valise tout à l'heure, j'ai hésité longtemps entre le jogging et le jean. J'ai sûrement fait le mauvais choix et ça me met les nerfs en pelote. Les fesses dans le sable, je ne cesse d'étendre puis de replier mes jambes. Ma position est tellement inconfortable que mes pensées sont amères. Ou peut-être que c'est l'inverse, je ne sais plus très bien mais je me tais. Violette a organisé ces quelques jours de vacances avec un enthousiasme que je ne lui avais pas vu depuis trop longtemps et je ne veux pas gâcher son plaisir simplement car je n'arrive pas à le partager.

J'essaie tant bien que mal de donner le change mais dans le secret de mon esprit, j'ai envie de rentrer à la maison. Me blottir sous la couette toute la journée, manger toute la nuit des barres chocolatées qui me feront culpabiliser au petit matin. Et rebelote, comme un éternel recommencement où la vie ne serait constituée que de Netflix, de sucre et d'édredons moelleux.

– Comment tu te sens ?

Elle me pose cette question dans un souffle. Sans ouvrir un œil et toujours la tête levée vers le ciel avec une insouciance insolente. Je me sens… bête. Bête et mal à l'aise dans mon jean trop serré. J'inspire profondément. Je suis à fleur de peau et plus irritable que jamais. Je sens que je pourrais, en une poignée de secondes et quelques mots, foutre en l'air sa sérénité. Alors je me répète en boucle le mot magique. Rémission. Ces neuf lettres qui signifient que le cancer est parti. Il n'y a plus de raison de s'inquiéter, je dois relâcher la pression. Enfoncer mes pieds dans le sable, me perdre dans le clapotis de l'eau et ne penser à rien d'autre qu'au bonheur d'être ensemble. Pas de maladie, d'odeurs médicamenteuses, de doigts entrelacés qui se serrent à se faire mal, de promesses silencieuses, pas de mot compte triple.

Triple négatif.

Mon regard se porte sur la devanture du glacier à rayures roses et blanches, qui se dresse fièrement au bout de la digue. Une serveuse est en train de mettre en place les tables sur la terrasse plus petite que dans mon souvenir et je crois que ce n'est qu'une question de minutes avant que je ne franchisse les quelques mètres qui me séparent de la bicoque.

Un chocolat chaud et une crêpe au sucre, s'il vous plaît.

Non, un crème et deux croissants finalement. Et un plaid, si vous avez.

– Le glacier est plus pimpant qu'avant.

La voix de Violette est fluette. Aussi légère que doit l'être son corps. Elle a l'air fragile et pourtant, une assurance folle émane de tout son être. Elle a ouvert les yeux et observe le glacier, son profil tourné dans ma direction. Et du coup, j'en profite pour regarder ses iris. Souvent, quand je me perds dans leur vert, j'oublie s'il s'agit d'elle ou de moi. On a le même regard. S'il y a une chose, une seule, que la maladie n'a pas affectée chez elle, ce sont ses iris qui paraissent danser en permanence. Ses yeux sont devenus au fil des semaines mon repère le plus sûr. L'aspect de sa personne que le cancer ne pouvait pas abîmer. Ce qui fait que Violette est Violette. Peu importe son poids, peu importe sa coupe, peu importe son appétit, peu importe la force de son sourire, peu importe… sa poitrine.

– Quand je pense à la tonne de glace qu'on a dévorée chez la mère Didou…

Elle pouffe. Ses yeux, eux, sont restés les mêmes. Ma jumelle en qui, pendant vingt-six ans, je me suis vue comme dans un miroir et avec qui à présent je ne partage pour toute ressemblance que le regard. Elle a plus changé en une année que le glacier en douze. Et moi, n'en parlons pas.

Notre entourage a toujours eu du mal à nous différencier, enfants, car maman nous habillait et nous coiffait à l'identique. Adolescentes, on en jouait et c'était assez drôle de se faufiler l'une dans la classe de l'autre le jour des contrôles, la vie nous ayant dotées de physiques identiques mais de capacités intellectuelles complémentaires. Adultes, on ne s'est plus amusées à échanger nos identités. Bien sûr, on l'a fantasmé, mais on ne l'a pas fait. Elle n'est pas venue surveiller ma classe de maternelle à ma place et je ne suis pas allée manipuler des patients dans son cabinet d'ostéopathe. Mais au détour d'une rue ou dans une allée de supermarché, nombreuses sont les personnes qui nous confondent.

Qui nous confondaient plutôt, car aujourd'hui, on ne se ressemble plus et c'est effrayant de voir à quel point nous sommes l'une et l'autre méconnaissables. À chaque kilo qu'elle a perdu, j'en ai pris trois. Et elle en a perdu dix. L'équation est terrible mais ce constat ne me fait ni chaud ni froid. J'assume.

Je me suis vue grossir et n'ai rien fait pour arrêter. Au fil des semaines, les plats industriels bourrés de graisses saturées m'ont apaisé aussi bien l'estomac que l'esprit, les paquets de madeleines engloutis dans la nuit ont été le meilleur des doudous, les bonbons cachés dans mon sac à main et que je grignotais tout au long de la journée furent mon arme secrète pour masquer l'odeur de l'hôpital.

J'ai mangé pour Violette quand elle ne le pouvait pas. J'ai mangé pour Violette quand elle ne le voulait pas. Et même si je déteste mon corps aujourd'hui, c'est grâce à la nourriture que j'ai tenu le coup. J'ai entendu mes parents s'en inquiéter. Mon père s'est dit que c'était peut-être un syndrome dont il ignorait le nom. Une réaction miroir ou quelque chose comme ça. Dans la cuisine, il a soufflé bruyamment pour minimiser le problème face à ma mère qui répétait en boucle qu'elle s'inquiétait.

Souviens-toi quand tu étais enceinte, j'avais fait une couvade. C'est sûrement ce que fait Rose car elle se sent impuissante.

Rien à faire, ma mère avait fini par déclarer que j'étais très fragile et qu'il fallait me parler.

N'essaie même pas.

C'est l'ordre que mes yeux lui avaient intimé quand j'avais fait irruption dans la pièce et avais descendu la moitié d'une bouteille de soda devant eux. Mettant un terme à leur conversation.

Laissez-moi.

Personne ne pouvait alors m'aider. Je n'avais besoin que d'une chose, que Violette guérisse.

À nouveau cette sensation de gorge qui se serre. Je me demande si ce n'est pas un genre de crise d'angoisse car ça devient récurrent ces derniers jours. Je n'ai pas entendu ce que vient de dire Violette mais je crois que ça concerne encore le glacier. J'inspire lentement pour calmer mon rythme cardiaque et m'efforce de reporter mon attention sur la serveuse qui s'affaire au loin. Les souvenirs se remettent en route pendant que j'observe cet endroit incontournable de nos vacances d'été. On devait y prendre une glace au moins tous les deux ou trois jours. Maintenant que j'y pense, ça devait représenter un sacré budget.

Un double cornet chacune et rapportez-moi la monnaie !

Maman nous donnait toujours un billet de vingt francs et parfois, dans l'euphorie, on perdait le trop versé. Alors papa nous sermonnait en disant que l'argent ne pousse pas dans les arbres. On avait la langue glacée et colorée et on s'en fichait.

Violette avait son rituel dans le choix de ses deux boules. Il y a un parfum qui variait au gré de son humeur du moment mais l'autre était immuable : la violette. Toujours. Le goût était immonde mais pour rien au monde elle ne l'aurait avoué, trop fière qu'elle était de commander une glace portant son prénom. Je faisais comme si je trouvais ça nul mais en vrai, je regrettais qu'il n'y ait pas de glace à la rose.

– Tu n'arrivais jamais à te décider et plus la mère Didou te pressait, plus tu paniquais. Tu te souviens ?

Elle a dit ça avec tellement de douceur que j'ai envie de la serrer dans mes bras. Il y a encore un an, je l'aurais fait sans réfléchir. Maintenant, j'ai l'impression qu'il y a une barrière invisible. Je ne suis pas à l'aise avec son corps. Ni avec le mien. Alors je me contente de hocher la tête. Bien sûr que je me souviens. Depuis toute petite, je suis incapable de prendre une décision rapide.

Balance ascendant Balance.

Dans le ventre de maman, j'ai dû rafler une double dose d'indécision. Violette, elle, sait ce qu'elle veut et bien souvent, elle sait ce que je veux aussi.

Tu devrais prendre chocolat et noix de coco, ça fera comme un Bounty. Tu me feras goûter ?

La robe portefeuille te met plus en valeur que la combinaison. Prends-la en bleu !

Si j'étais toi, je choisirais la Clio, elle a quatre portes. Beaucoup plus pratique quand tu transportes les travaux manuels de ta classe.

Comment serait la vie sans elle ? Sans prévenir, mes yeux s'embuent et j'enfonce mes mains dans ce sable que j'essayais de fuir quelques minutes plus tôt. Comme pour m'ancrer à quelque chose de réel et fuir cette pensée effrayante. Une vie sans Violette.

– Rose… je vois bien que quelque chose ne va pas. Arrête de faire semblant. Tu le fais trop mal en plus.

Je déglutis. C'est une invitation pourtant. Le lieu s'y prête, le moment n'est pas mal choisi, et on a même le murmure des vagues en fond, ce serait vraiment trop con de ne pas saisir l'occasion. J'inspire une bouffée d'air afin de calmer les battements de mon cœur qui s'emballe. Mes mains deviennent moites. J'essaie de former des débuts de phrase dans ma tête pour pouvoir lui expliquer ce que je ressens avec, dans l'idéal, une introduction, un développement et peut-être une conclusion. C'est ce qu'on nous a appris en lettres, non ? Exprimer mes émotions, pour qu'elles sortent une bonne fois pour toutes, faire table rase de ces derniers mois et ne plus jamais y revenir. Retrouver notre vie d'avant. Je sens que je vais pleurer. Ma gorge est si serrée que l'air me manque.

Bon, juste une synthèse alors.

Elle passe son bras menu dans mon dos. Alors que je fais désormais deux fois son poids, j'ai l'impression d'être toute petite dans ses bras.

– Le sable colle et j'arrive pas à plier mes jambes comme je veux. Je suis grosse. Grosse, moche et chiante.

Elle rit et pose sa tête sur mon épaule. Elle sait comme moi que ce n'est pas le fond du problème. Je m'en veux tellement. Violette a traversé un enfer, c'est une survivante.

On est de retour sur la plage de notre enfance, c'est censé être chouette. Douze ans que nous n'y avons plus mis les pieds, c'est fou comme le temps est vite passé. Pendant nos quinze premières années, papa et maman nous ont amenées passer chaque mois de juillet dans le camping qui longe cette plage. Un rendez-vous annuel qui a été le théâtre de beaucoup de nos premières fois.

Tout s'est arrêté quand, à seize ans, j'ai voulu passer le Bafa, et à partir de cet été-là, j'ai travaillé tous les suivants. Nous ne sommes plus partis. Parfois, on parlait de la plage de Douarnenez avec nostalgie mais sans projet d'y revenir. Jusqu'à ce que Violette aborde le sujet. C'était au lendemain d'une séance de chimio. Elle l'avait particulièrement mal vécue. Les nausées, les aphtes, le crâne lisse, les aiguilles, elle n'en pouvait plus. Et quand on listait les étapes qu'il y avait encore à passer, tout paraissait sans fin. Je voyais dans ses yeux qu'elle était sur le point de craquer et j'espérais qu'elle ne voie pas dans les miens que je n'en menais pas large. Pourtant, il fallait maintenir le cap et garder le sourire. Au moins en façade. Comme papa et maman. Ne pas faiblir. Il faut qu'on soit forts pour qu'elle se batte. Qu'on croie à l'avenir pour qu'elle l'entrevoie.

« C'est trop dur, je n'en vois pas le bout, elle m'avait murmuré alors que je lui serrais la main.

– Violette, ferme les yeux et oublie cette chambre d'hôpital. Regarde à l'horizon, il y a la ligne d'arrivée, tu la vois ? Qu'est-ce qu'on fera, toi et moi, quand on ne sera plus obligées d'être là ?

– On ira à Douarn. »

Elle avait dit ça sans réfléchir. Comme si elle y avait pensé mille fois.

Pourquoi Douarn ? Et pas New York. Ou Rio.

Et pourquoi pas en fait ?

Peu importe du moment qu'on s'en va.

Promis, on ira.

Cet objectif a été notre ligne de mire pendant ces longs mois de combat. Elle s'est battue comme une lionne et je n'aurais pas mieux fait à sa place. De toute façon, il n'était pas possible d'échanger les rôles. Cette fois, il ne s'agissait pas d'une interrogation à l'école mais de vrais examens auxquels elle ne pouvait se soustraire. La vie avait fait sa distribution et il fallait faire avec.

Toi, tu passes ton tour. Toi approche, tu prendras un triple négatif.

Violette dit que c'est une chance que ce soit tombé sur elle. Elle connaît bien son corps et a tout de suite décelé la petite boule qui gonflait près de son aisselle. « Si ça avait été toi, tu aurais laissé couler, c'est sûr ! » Peut-être qu'en effet, j'aurais laissé traîner, comme cette vilaine carie. Ou pire, je ne m'en serais pas aperçue. Ou beaucoup plus tard.

Depuis sa maladie, il n'y a pas un mois où elle ne m'a pas demandé si je m'étais bien autopalpée. Au début, je ne le faisais pas pour de vrai. J'étais trop en colère pour donner une place au cancer dans ma plus stricte intimité. J'avais deviné sa peur, que partageaient d'ailleurs nos parents, de voir la maladie se déclarer chez moi aussi. Je n'avais pas envie de savoir. Juste de me concentrer sur sa guérison à elle. Au fil des semaines, je l'ai vue souffrir et avoir besoin de moi comme jamais, et finalement, je me suis intéressée à ma santé.

« Violette, comment on fait pour se palper ?

– Tu as plusieurs méthodes, viens, je vais te montrer. »

Depuis, c'est un automatisme. Et chaque mois, je suis soulagée de ne rien sentir de particulier sous mes doigts.

Tout est OK.

Je devrais faire abstraction des algues séchées qui me collent désormais aux pieds, des mèches de cheveux qui me fouettent les joues, du nom du glacier qui a changé, du ciel pas bien bleu et du soleil pas assez chaud.

– Tu te rappelles quand on s'est assises sur les rochers et qu'un crabe m'a pincé le pied ?

Il me faut trois secondes pour que l'image me revienne.

– Mais oui, comment j'ai pu oublier ! Il ne t'avait pas loupée, en plus.

Je frémis en me remémorant le cri et les grosses larmes de ma jumelle.

– Tu as passé le reste de la journée avec un bâton pour essayer de l'attraper. Tu as juré que tu lui arracherais les pinces, elle murmure.

– Et papa a dû me porter pour me ramener au camping à l'heure de l'apéro. Je me débattais dans ses bras et toi, tu as boudé tout le trajet parce qu'on n'avait pas trouvé ce foutu crabe, je poursuis, amusée.

– Ah non, c'était pas ça, le problème. J'étais triste car on avait passé le dernier après-midi des vacances sur ces malheureux rochers au lieu de participer au concours de châteaux de sable.

Je ris.

– On ne l'a jamais gagné de toute façon.

– Peut-être qu'on l'aurait gagné cette fois-là, on saura jamais.

Son ton, dans lequel perce une légère pointe d'amertume, me surprend et je lève les yeux vers elle.

– Tu veux que je nous inscrive cette année ?

Je plaisante mais je vois qu'elle n'écoute pas.

– Tu te rends compte… déjà les crabes en avaient après moi !

Elle a dit ça en regardant l'horizon, comme si elle avait dit qu'elle irait bien piquer une tête. Sa métaphore me glace le sang et à nouveau ma gorge se serre.

– Pourquoi on est ici, Violette ?

Voilà, les mots sont posés. Une partie de mon problème exprimé à demi-mot. Je n'aime pas être ici. Ça me renvoie plus au cancer qu'aux doux souvenirs d'enfance et ce n'est pas ma définition de l'expression « Aller de l'avant ». J'ai l'impression de faire un pèlerinage morbide et je déteste ça.

– Cette fois-là, tu t'es gâché la journée dans une quête absurde. Exactement ce que tu es en train de faire depuis des mois.

Je me mords les lèvres, avec l'envie de protester, de lui crier d'être plus claire ou de la supplier de changer de sujet, mais encore une fois, aucun son ne sort de ma gorge. Nous ne sommes quand même pas venues là pour qu'elle me rappelle cette histoire de crabe et de château de sable. Elle soupire.

– C'est ici que je m'évadais dans ma tête pendant le traitement. J'ai voulu revenir pour voir si ça a changé ou si c'est exactement comme dans mon souvenir.

– Ça n'a pas beaucoup changé, je marmonne.

– Non. C'est nous qui avons changé.

Sa main prend la mienne et même si je sais qu'elle cherche mon regard, je me contente de fixer un point invisible à l'horizon.

– Rose, tu es une Cocotte-Minute prête à exploser, tu crois que je ne le vois pas ? Toute l'attention s'est focalisée sur moi cette année. Grâce à votre soutien, j'ai été tirée vers le haut mais toi, tu es en train de plonger.

Voilà, c'est tout Violette. Cette façon de mettre les pieds dans le plat sans aucune pression. Je déteste soudain ce ton condescendant, sa façon de me regarder à mi-chemin entre la compassion et la pitié, comme si c'était moi la malade. Tout comme je déteste sa coupe masculine et ses vêtements qui flottent.

– Comment ça, je suis en train de plonger ?

J'ai replié mes genoux contre moi, comme pour me protéger. Nos regards sont ancrés l'un à l'autre et je sens le feu monter à mes joues.

– Tu as arrêté d'aller bosser, tu…

– Évidemment que je me suis mise en disponibilité ! Tu n'aurais pas fait pareil ? je la coupe.

– Si, j'aurais fait la même chose et ce n'est pas un reproche. Laisse-moi finir, insiste-t-elle de sa voix calme. Tu as arrêté d'aller travailler alors que ça aurait été ta soupape, tu ne me parles pas car tu penses sûrement que tu n'as pas le droit de m'accabler avec des pensées négatives, mais c'est faux, Rose ! Tu as tout traversé à mes côtés et tu as besoin, comme moi, de te plaindre, de pleurer, de jurer !

Le vent se lève de plus en plus et on distingue la houle qui se forme au large. Je ferme les yeux pour profiter de l'air qui me fouette le visage. Finalement, ça fait du bien. Je n'ai pas envie de pleurer mais les larmes coulent malgré moi.

– Rose… tu as été tellement courageuse pendant tous ces mois, tu ne m'as jamais montré que tu avais peur, et pourtant, je ne t'en aurais pas voulu…

Je laisse échapper un soupir.

– J'ai toujours peur en vrai. Qu'une bourrasque t'emporte. Que si tu bois trop de thé, ton taux de fer descende. Que tu ne manges pas assez équilibré. J'ai toujours peur.

Cette fois, j'éclate en sanglots et Violette se presse contre moi.

– C'est pour ça que tu te réfugies dans la bouffe ? À cause de ces angoisses ?

Ça ne sonne pas comme un reproche. C'est juste une question. C'est la première fois qu'elle ose soulever le problème et je ne sais pas si à cet instant je lui en veux ou lui en suis reconnaissante. Au fond de moi, je me sens libérée d'un poids. Elle est la seule personne qui ait le droit de m'en parler. Ce n'est plus un tabou désormais. Je hausse les épaules.

– Oui.

De sa main délicate, elle me force à la regarder.

– On va s'en occuper. Tu me laisseras t'aider à mon tour ?

– C'est juste de la graisse. Des kilos, ça se perd. C'est pas comme un cancer.

Elle secoue la tête comme si elle avait compris le cheminement de ma pensée.

– Tu sais bien que ça ne marche pas comme ça. Le vrai problème, ce n'est pas ton poids sur la balance, c'est ce qu'il se passe dans ta tête. Il faut que tu ailles voir un thérapeute. Tu dois parler à quelqu'un de neutre. J'ai beaucoup lu sur le sujet, sur ce que traversent les proches d'une personne malade, et fais-moi confiance, il le faut.

Violette et ses lectures psycho et bien-être, ça m'avait manqué.

Je souris et acquiesce. Je lui fais confiance. Toujours.

Et puis, elle seule sait mettre des mots sur mes silences. Ces derniers temps, j'ai le sentiment d'être oppressée. L'accumulation de tout ce qu'on a traversé pèse sur mes épaules et je suis forcée de constater que si ça continue, je vais sombrer. Mes larmes coulent, je les essuie et une traînée de mascara s'étale sur le revers de ma main. Je la regarde en riant.

– Je dois être sympa à voir…

Elle passe ses doigts dans ses cheveux courts.

– On en parle, de mes trois poils sur le caillou ? Grâce à moi, on sait que la coupe à la garçonne, c'est pas pour nous, on voit trop notre gros nez !

Je ne l'ai pourtant jamais trouvée aussi belle qu'à cet instant. Les yeux brillants, les joues creusées, maculées de grains de sable et le sourire radieux. Je l'aime tellement.

– J'ai prévu de reprendre le travail en septembre, je lui annonce pour la rassurer. Ça me laisse quatre mois pour… me ressaisir. Et toi ?

Elle s'allonge complètement sur le sable, me faisant lever les yeux au ciel.

– Quoi, moi ?

Oui toi. Parle-moi aussi.

– Ça te fait peur, l'avenir ?

Parce que moi, j'ai peur sans cesse.

– Non. Peut-être parce que je me suis battue et que j'ai eu l'impression d'avoir une emprise sur quelque chose, contrairement à toi qui étais spectatrice. Je me sens… puissante.

Ça explique cette force qu'elle dégage et qui contraste avec son apparence.

– Tu es puissante, Vio. Tu as toujours été la plus forte de nous deux.

J'étends mes jambes dans le sable. L'humidité va s'emparer de mon jean en entier mais j'ai l'impression de ne plus y être sensible.

– Chaque femme a un super-pouvoir, ne te sous-estime pas… D'ailleurs, sur la route hier, j'étais contente qu'on soit parties à l'aventure rien que toutes les deux, et j'ai eu une idée…

Sans savoir pourquoi, je souris.

– Tiens donc, à la façon dont tu amènes ça, je sens que ça va pas me plaire, si ?

Elle pouffe.

– J'espère que si. Je veux aller dans les collèges et les lycées mener des campagnes de sensibilisation. Et j'aimerais que tu m'accompagnes…

Celle-là d'aventure… Mon soupir parle à ma place. Moi qui espérais mettre tout ça derrière nous, j'ai l'impression que je n'ai pas fini d'en entendre parler, du cancer. C'est vrai que Violette n'a jamais eu peur d'aborder le sujet. Peut-être que c'est sa thérapie à elle. Mais je reste sceptique sur son projet et ne vois pas bien quel rôle je peux tenir.

– Tu veux sensibiliser les jeunes femmes au cancer du sein ? Tu penses que tout ce qui est mis en place avec Octobre Rose, tout ça, ne suffit pas ? Et puis, tu n'es pas censée te ménager ?

Les médecins ont été clairs. Pour se donner toutes les chances, Violette doit y aller mollo, rester à l'écoute de son corps, sinon… Voilà, une vague d'angoisse m'assaille à nouveau. Cette fois, je décide de l'accueillir en inspirant profondément.

Une, deux, une, deux, ça va mieux.

Sans plus réfléchir, je m'allonge à côté d'elle et plonge mes yeux dans le ciel.

– Ce serait juste une fois par semaine, ne t'inquiète pas. Je me suis dit que tu pourrais m'aider à créer des supports visuels et m'accompagner pour raconter notre histoire. Dire aux jeunes femmes qu'on peut tomber malade avant trente ans, que c'est une réalité. Que l'autopalpation peut sauver. Et qu'être accompagnée permet de remporter des batailles.

Sa voix me berce et peu à peu, mon rythme cardiaque revient à la normale.

– Je vais y réfléchir, je réponds, sincère. Ce ne sera pas trop dur pour toi de revenir sur ton combat ?

– Si je peux contribuer à ma petite échelle à sauver des vies, ça me fera surtout du bien.

Il y a autre chose qui me trotte dans la tête depuis des semaines. La seule chose dont Violette ne parle jamais et je ne sais pas si c'est bon ou mauvais signe.

– Et ta poitrine ? Je veux dire… tu aimerais faire quoi ?

S'il y a un trait physique dont on a toujours été fières Violette et moi, c'est de nos seins. Ronds, pulpeux et de belle taille. J'ai vu à plusieurs reprises le regard que ma jumelle jetait à mon décolleté et malgré sa reconstruction mammaire qui a été immédiate, je sais que sa poitrine ne sera plus jamais la même.

– J’ai fait des recherches, il y a des tatoueuses qui réalisent de magnifiques dessins. J’en ai repéré une… si tu voyais ça ! Elle s’appelle Maria et est à Marbella, ce qu’elle fait est incroyable. Des motifs floraux d’une finesse… je te montrerai.

– Marbella ? Carrément… ton goût pour la simplicité m’avait manqué. Tu te rappelles que c’est l’italien qu’on a étudié à l’école et que la seule chose qu’on connaisse de l’Espagne, c’est la sangria ?

Elle éclate de rire et rien que d’entendre ce joli son, les poils se hérissent sur mes bras.

– Il va falloir que j’apprenne quelques mots pour me faire comprendre, tu as raison. Au pire, ça nous fera de nouvelles anecdotes à nous raconter, plaisante-t-elle.

Les minutes défilent sans que ni l’une ni l’autre, nous ne prenions la parole.

– Violette…

– Hum…

– J’ai envie d’un croissant mais je sais pas si c’est mon angoisse ou ma faim.

Elle pouffe et roule sur le côté.

– T’es con.

Une demi-heure plus tard, je souffle sur la tasse chaude que je tiens entre mes deux mains. Malgré l’heure matinale, Violette a demandé à la serveuse une glace à son prénom mais ils n’en font plus. Une histoire de goût trop chimique, qui ne se vendait pas bien. Elle s'est mordu la lèvre sans rien dire et je lui ai adressé un sourire entendu.

– On peut l'avouer maintenant, que c'était atroce ? je la taquine.

– C'était pas mauvais…

– … mais c'était pas terrible, je conclus.

Il s'écoule deux heures, peut-être trois, au rythme des « Tu te souviens quand… » et « Tu te rappelles… ». Jusqu'à ce que la discussion s'essouffle et que seul le bruit des vagues vienne combler le silence. Le vent est tombé et l'odeur de la marée ne me soulève plus le cœur.

– Tu veux qu'on fasse quoi maintenant ? elle finit par me demander.

J'hésite. Et non en fait, je n'hésite pas. Ça fait bien trente minutes que je me suis décidée, mon téléphone en main.

– Un road trip.

Elle lève les yeux au ciel.

– On retourne à l'hôtel se changer et on va se balader en centre-ville ? demande-t-elle en s'étirant.

Je me lève et tout mon corps se tend sous l'élan d'une détermination nouvelle, comme si mon ascendant venait de passer de Balance à Taureau. Ou qu'on m'avait servi une louche de rhum dans mon chocolat chaud.

– On retourne à l'hôtel… faire nos valises. Je viens d'annuler notre réservation pour le reste de la semaine. Pendant que tu faisais ton monologue sur l'élection de Miss Camping où on s'était ridiculisées, j'ai établi notre nouvel itinéraire.

Bouche bée, elle m'observe sans savoir si je plaisante ou pas.

– OK… et on va où ?

– Il faut qu'on soit à Bordeaux ce soir. J'ai réservé une chambre dans une maison d'hôtes où ils servent un foie gras exquis, il paraît.

Son péché mignon. Elle secoue la tête et se lève à son tour, en riant.

– N'importe quoi.

Je passe le bras autour de ses épaules.

– Promis, je ne mens pas. Et ce n'est que la première étape. Si on s'en sort bien, on sera à Marbella dans cinq jours.

Les yeux écarquillés, elle éclate d'un rire sonore.

– Qu'est-ce que tu racontes ? Si c'est vrai, Rose, tu me fais rêver…

Ce qui est fou, c'est que normalement, je suis la plus raisonnable de nous deux. C'est elle, l'intrépide ! Je suis incapable d'expliquer ce qui me prend mais je suis sûre de moi et elle le voit dans mes yeux alors que les siens pétillent. Je veux faire des folies, ne pas me poser de question, vivre l'instant présent. Nous n'avons aucun impératif pour rentrer à la maison, aucune obligation de rester en vacances ici. J'ai envie de fuir la routine de chez nous et les vieilles histoires de Douarn. Sentir un vent nouveau et respirer un grand coup.

– On a besoin de se créer de nouveaux souvenirs, non ? je souris.

Je la regarde avancer vers la voiture, d'un pas plus vif que jamais. Elle s'arrête soudain pour m'observer.

– Je n'arrive pas à croire qu'on parte en Espagne sur un coup de tête ! Non mais Rose, on va faire quoi une fois là-bas ?

– Tout ce qu'on veut ! Rencontrer cette Maria et commencer à se renseigner pour ton futur tatouage. Et bronzer, putain ! Tu sais qu'il fait 27 degrés à Marbella aujourd'hui ?

Elle plisse les yeux et attrape mon bras.

– Mais alors qu'est-ce qu'on fait encore ici ?

Plus tard, alors que la voiture quitte la ville de Douarnenez, Violette regarde dans le rétroviseur du côté passager.

– Tu crois qu'un jour, on reviendra ? Avec nos futurs enfants ?

L'idée me plaît. Je nous vois bien revenir ici avec nos familles. Violette sera réconciliée avec sa poitrine sublimée d'un dessin que j'aurai en rappel quelque part sur le corps. Peut-être sur le pied, tiens. Comme ça, je le regarderai tandis que je l'enfoncerai dans le sable qui sera plus chaud car on viendra en juillet. On s'élancera sur la digue, chasser le crabe. Et puis on ira commander des cornets de glace à nos enfants qui ne porteront pas de prénoms de fleurs. Enfin, on finira la semaine en participant au concours de châteaux de sable et peut-être que cette fois, on le gagnera.

Cancer en rémission, patins à roulettes et mec canon

Carène Ponte

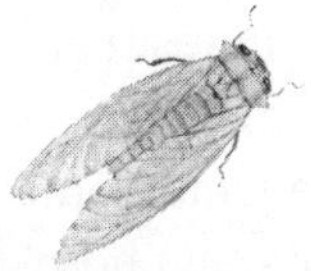

À quarante ans, le cancer, on regarde ça de loin, on ne sent pas vraiment concerné. Parce qu'on se dit qu'on est jeune et qu'il n'y a pas de raison. Je ne suis en plus pas du genre hypocondriaque. Pas comme Julie, ma meilleure amie depuis la fac, qui, au moindre symptôme, se précipite sur Doctissimo. Que m'a-t-elle sorti déjà une fois au téléphone entre deux sanglots ? Ah oui, qu'elle avait sans doute contracté une maladie sanguine très rare colorant la peau de ses cuisses en bleu, une maladie tellement rare qu'elle n'en avait trouvé aucune trace sur tous les sites qui composent sa barre de favoris. Il s'est avéré au final que ladite coloration était due à un jean de mauvaise qualité qui avait déteint sur ses jambes. Il y avait de quoi flipper quand même, m'a-t-elle affirmé, non sans un sourire entendu.

Je ne me suis pas méfiée lorsque mon médecin traitant m'a proposé un contrôle technique complet pour mes quarante ans.

– Et si en plus du frottis, on se faisait une petite mammographie ? C'est plus tôt que les recommandations, c'est vrai, mais ça ne peut pas faire de mal.

Non, je ne me suis pas méfiée.

Le jour de l'examen, j'étais plus focalisée sur le fait qu'on allait écrabouiller mes seins, qui n'avaient rien demandé, entre deux plaques de Plexiglas, que sur le résultat. Je me souviens même d'avoir posté un message humoristique en story sur Instagram. À aucun moment je n'ai pensé qu'il pourrait y avoir quelque chose.

Et pourtant…

J'ai commencé à me dire que quelque chose ne tournait pas rond lorsque la manipulatrice radio est revenue dans la salle pour faire d'autres clichés, puis lorsque l'échographiste s'est éternisé sur mon sein gauche, en silence, les traits crispés. Le verdict est ensuite tombé, il y avait une masse. Il fallait poursuivre l'exploration, faire une biopsie.

– T'inquiète Alix, c'est sûrement juste un kyste, m'avait dit Julie pour me rassurer en me servant une première Caïpirinha.

Venant d'elle, la sincérité du propos m'avait paru plus que douteuse. Et de fait, après la troisième Caïpirinha, elle étouffait ses sanglots. Je crois même l'avoir entendue murmurer un « Je ne veux pas que tu meures… » on ne peut plus encourageant.

Après la biopsie – acte tout à fait sympathique qui consiste à voir une aiguille s'enfoncer dans son sein au son d'un merveilleux « Détendez-vous » lancé nonchalamment par un médecin à qui on a juste envie de briser les deux genoux –, le simple kyste-normal-qui-ne-fait-pas-peur avait laissé la place à une tumeur-cancéreuse-maligne qu'il faut retirer. Bizarrement, les « C'est bien, on prend ça à temps », « Plus c'est dépisté tôt, meilleures sont les chances de réussite » et autre « Dis donc ton médecin, elle a eu le nez creux » n'ont eu aucun poids face aux « cancer », « tumeur », « chimiothérapie » et autres mots qui rapportent vachement de points au Scrabble mais vous font pleurer dans la vraie vie.

Alors que je suis dans la salle d'attente de l'oncologue, je repense à tout ce parcours depuis dix-huit mois. L'ablation de la tumeur, les séances de chimiothérapie, les vomissements qui les accompagnent, les cheveux qui commencent à rester sur la brosse avant de tomber par poignées dans la douche… Et la peur, omniprésente, celle de ne pas être assez forte, celle de devoir partir trop tôt sans rien avoir eu le temps de faire de tout ce que l'on aurait voulu.

Je ne compte plus les « Si j'avais su » que j'ai pu penser. « Si j'avais su, j'aurais fait construire cette piscine au lieu de changer de voiture », « Si j'avais su, je serais partie à New York au lieu de remplacer le ballon d'eau chaude. » Je vais mourir, certes avec de l'eau chaude chaque matin, mais sans avoir vu la statue de la Liberté… Lors d'une de mes journées d'intense déprime, quelques jours après m'être rasé entièrement le crâne pour mettre un terme à la version pelade, j'ai même souscrit un contrat obsèques.

À quarante ans.

– Madame Carpentier ? C'est à nous !

Je l'observe quelques instants avant de me lever mais c'est peine perdue. Rien sur son visage ne me donne d'indications. Je réajuste ma casquette sur mes cheveux, ou plus exactement mes frisottis en repousse et je le suis.

– Bon, bon. Ça fait combien de temps ? me demande-t-il.

6 mois. 183 jours. 263 520 minutes.

– Nous nous sommes vus, la dernière fois, le 18 janvier, enchaîne-t-il après avoir retrouvé la date dans mon dossier. Alors, comment vous sentez-vous ?

Comme un homard au-dessus d'une marmite d'eau bouillante, pensé-je immédiatement. Quelle question ! Ce n'est pas comme s'il avait peut-être entre les mains de quoi me faire repartir pour un tour de manège. Et un tour de manège qui dure six mois et vous fait vomir et perdre vos cheveux, ça ne donne pas vraiment envie. Personne ne fait la queue pour monter dans ce manège-là.

– Je me sens… bien.

Le souci, c'est que je ne peux plus faire confiance à cette sensation. Parce que je me sentais bien aussi avant cette mammographie.

– Tant mieux, tant mieux.

Je le regarde sortir plusieurs feuilles d'un dossier, il les tient devant lui et les consulte attentivement, l'une après l'autre, sans rien dire. Comme ces médecins dans les séries médicales, qui accrochent des clichés sur des parois lumineuses avant de reculer d'un pas et d'observer en silence, une main sur le menton, c'est encore mieux.

Mais tu vas me les donner, ces résultats ! ai-je envie de hurler.

– Bien, bien.

Je n'avais jamais remarqué qu'il aimait doubler les mots. C'est peut-être un genre de code.

– Tout ça m'a l'air plutôt bon, lâche-t-il enfin. Les marqueurs tumoraux sont normaux, ce qui veut dire qu'il n'y a pas eu de récidive depuis le traitement… Pas de symptôme particulier de votre côté ?

– Non, non.

Il me regarde par-dessus ses lunettes. Je n'ai pas fait option cancéro, mais moi aussi je peux le faire.

– Alors, tout va pour le mieux, affirme-t-il en rangeant les feuilles avant de se lever.

– Euh… Comment ça ?

J'ai soudain l'impression de manquer d'air. Qu'est-ce qu'il a dit au sujet des marqueurs tumoraux ?

– Il n'y a plus de cancer, madame Carpentier. Vous êtes en rémission.

Plus de cancer. Rémission. Plus de cancer. Rémission. Plus de cancer. Rémission. Les mots tournent en boucle dans ma tête.

– Vous êtes sûre que ça va ? s'inquiète-t-il.

– Oui. C'est juste que c'est… rapide. Après des mois d'angoisse, de traitements, là tout de suite en l'espace de cinq minutes, c'est… rapide.

Je viens sans doute de dire quelque chose de drôle parce que ça le fait rire.

– Si vous voulez, je peux me rasseoir et vous faire un cours sur l'évolution de l'oncologie ces vingt dernières années… Pour faire un peu plus long que cinq minutes.

– Non ! l'interromps-je. Ce ne sera pas nécessaire.

Plus de cancer. Rémission. Plus de cancer. Rémission.

Je me lève à mon tour, il me tend la main.

– J'espère ne plus jamais vous revoir ! me lance-t-il avec un grand sourire.

– J'y compte bien !

Dans la vie, il n'y a pas beaucoup de situations dans lesquelles deux personnes se souhaitent avec joie et sincérité de ne plus se revoir. La fin d'un rendez-vous avec un oncologue en est une.

Plus de cancer. Rémission.

Une fois dans ma voiture, je compose le numéro de Julie qui décroche avant même la fin de la première sonnerie.

– Alors ?

– Alors…

Et là, sans pouvoir ajouter quoi que ce soit, je fonds en larmes.

– Merde, merde ! crie Julie.

Elle aussi, visiblement, connaît le code secret.

– C'est pas grave, poursuit-elle. Il y a plein de gens qui s'en sortent après plusieurs chimios, je suis sûre que ce sera le cas pour toi. Il faut juste ne pas perdre espoir !

– Julie, tu ne comprends pas, dis-je entre deux sanglots. C'est fini.

– Arrête tes conneries, ce n'est jamais fini !

– Si, si c'est fini.

Mes sanglots se transforment peu à peu en crise de fou rire.

– Il n'y a plus de cancer ! suis-je enfin capable de dire à voix haute. Plus. De. Cancer. Je suis en rémission !

– Whaaat ?! Et tu ne pouvais pas le dire plus tôt ? Je te jure que si j'étais à côté de toi, je te tuerais de mes propres mains ! Plus de cancer ? C'est fini ?

– Oui, c'est fini. Je te signale que c'est ce que je te dis depuis dix minutes.

Elle se tait quelques instants.

– Tu sais ce que ça veut dire ?

– Plus de cancer ? Oui, je sais ce que ça veut dire : plus de chimio, plus de crâne qui reflète le soleil, plus de…

– Je ne te parle pas de ça, me coupe-t-elle. Tu te souviens de ce qu'on a écrit au début de tout ça ?

– Non… De quoi est-ce que tu parles ? tenté-je de mentir avec tout l'aplomb dont je suis capable.

Mais c'est peine perdue. Julie, évidemment, ne peut pas avoir oublié. Et d'ailleurs, ce n'est pas le cas.

– Plus de cancer, ça veut dire, liste de défis à relever ! Je nous commande des sushis pour ce soir et on décide par quoi tu vas commencer. Ça va être trop bien, ma poule !

Je n'ai pas le temps de répliquer qu'elle a déjà raccroché.

Je ne sais plus vraiment comment l'idée nous est venue. Après plusieurs verres, ça, c'est certain. Julie est celle avec qui je passe tous mes vendredis soir. Même quand je suis en couple, c'est notre rituel. Et comme je n'ai pas été en couple depuis un bail, et elle non plus, ça ne pose de problème à personne, au final.

C'était la veille de la première séance de chimiothérapie. J'avais une trouille d'enfer. Boire de l'alcool n'est sans doute pas recommandé avant ce genre de traitement, mais moi et ma tumeur dans le sein gauche, on avait décidé que ça n'avait pas grande importance. Je crois que c'est Julie qui a suggéré qu'il nous faudrait une alternative au contrat obsèques. Quelque chose qui ne planifierait pas mes funérailles mais mon retour à la vie. Histoire de rétablir une sorte d'équilibre. Ça paraissait brillant. Surtout avec de l'alcool dans le sang. C'est comme ça qu'on a établi une liste-de-choses-à-réaliser-quand-le-cancer-aura-été-vaincu-sa-mère.

– Je savais que j'avais eu raison de garder cette liste, me dit Julie alors qu'elle avale un sushi. Pas moyen de te faire confiance, tu l'aurais brûlée à la moindre occasion.

Elle semble ravie. Moi beaucoup moins.

– Bon par quoi est-ce que tu veux commencer ? demande-t-elle en balayant le document des yeux.

Pour être honnête, je n'ai plus aucune idée de ce que nous avons pu écrire sur ce bout de papier. Je sais qu'il est inutile d'essayer de convaincre Julie de fêter cette rémission avec un simple ciné, alors je me résigne :

– Autant faire ça dans l'ordre, soupiré-je.

– Comme tu voudras, alors le premier souhait c'est : « Rouler une pelle à Heath Ledger. »

J'éclate de rire.

– Est-ce que tu sais comment faire ressusciter les morts ? Parce que sinon, ça risque d'être compliqué.

– On devait en tenir une bonne quand on a écrit ça, rigole-t-elle à son tour. Bon, je pense qu'on peut supprimer également « Marcher sur la lune », « Devenir la première femme présidente de la République française » et « Gagner une médaille d'or aux jeux Olympiques ». Sauf si la glandouille sur Instagram devient une discipline olympique…

Je reprends espoir. Peut-être qu'il n'y a rien de possible sur cette liste ? Peut-être qu'au final, on va pouvoir célébrer ma rémission sans risque pour ma dignité…

– Ah tiens, j'en ai un qui me paraît bien.

… ou peut-être pas.

Rares sont les moments dans la vie où l'on souhaite de la pluie, beaucoup de pluie, des trombes d'eau… Avec un peu de tempête si possible. Juste assez pour empêcher…

– Tu es sûre que c'est ce que j'ai écrit sur ce fichu bout de papier ? demandé-je pour la centième fois à Julie, sait-on jamais que parapente ne se transforme soudain en parapluie. C'est bien aussi d'ouvrir un parapluie, c'est pratique en cas de pluie, et nettement moins dangereux.

– Affirmatif ! « Faire un baptême de l'air en parapente », c'est bien ce qui est inscrit.

Misère.

Je lève de nouveau les yeux vers le ciel, désespérément bleu et sans nuage. Pas la moindre goutte de pluie à l'horizon. Si on ne peut même plus avoir confiance en une météo pourrie, où va le monde ? Je pose la question !

– Pourquoi est-ce que j'ai noté un truc pareil alors que j'ai peur du vide, tu veux bien me le dire ?

– Peut-être justement pour le dépassement de soi ? Maintenant que tu as vaincu le cancer, tu peux vaincre ton vertige, m'encourage Julie, qui, force est de constater, n'est attachée avec personne et ne s'apprête pas à sauter dans le vide. Facile.

Encore un coup des livres de développement personnel, tiens ! Et si j'avais envie de rester avec mes peurs après tout ? Et si je l'aimais bien, moi, cette peur, qu'elle m'était réconfortante ?

– Allez-y, commencez à courir, m'enjoint le moniteur dans mon dos.

Mes jambes, ces traîtresses, se mettent aussitôt en mouvement. Julie tape des mains et, telle une Josiane Balasko, les fesses dédoublées par des sangles aussi inesthétiques qu'inconfortables, je crie :

– J'y vais, mais j'ai peuuur !

Au bout de quelques mètres à peine, je sens mon corps s'alléger et mes jambes courir dans le vide. La sensation est aussi incroyable qu'effrayante.

– Détendez-vous et profitez du paysage ! me crie le moniteur.

– Vous avez fait parapente option gynécologie ? lui demandé-je aussi sec.

– Pardon ?

– Non, rien. Ne lâchez pas les manettes surtout !

Étrangement, je n'ai pas le vertige. L'absence de lien avec la terre ferme sans doute. Et l'incroyable se produit : je me détends ! Comme quoi, c'est toujours plus facile quand il n'y a pas de spéculum dans les parages. Le paysage est sublime. Pour l'occasion, Julie a choisi Annecy et son lac, « ça ajoute l'option de la noyade en cas de pépin », avait-elle ajouté pour achever de me convaincre. Son humour est souvent incompris, on se demande bien pourquoi.

Je n'arrive pas à détacher les yeux du lac, cette étendue bleue si calme dans laquelle se reflète le soleil. Je crois que je n'ai jamais rien vu d'aussi beau. Les minutes s'égrènent, je me laisse envahir par la quiétude de l'altitude. Je me sens sereine… Euh… C'est moi ou on se rapproche dangereusement de cette étendue bleue si calme dans laquelle se reflète le soleil ? « Eh oh, dans mon dos, il faut tirer sur les manettes pour remonter, on tombe là ! » ai-je envie de crier, mais aucun son ne parvient à franchir la barrière de mes lèvres tant je suis tétanisée par toute cette eau dont le volume grossit à vue d'œil.

– Levez les jambes bien haut et laissez-moi faire ! me crie l'homme qui tire les ficelles de cette aventure.

Dans un contexte différent, cette petite réplique aurait eu de quoi m'émoustiller. Dans un contexte différent… Je m'exécute et relève les genoux aussi haut que les sangles me le permettent. Je sens la voile virer et ce n'est plus le lac que j'ai en ligne de mire, mais le sol, bien dur et caillouteux. Un atterrissage dans l'eau m'apparaît soudain beaucoup moins hostile qu'il y a quelques secondes. C'est toujours pareil quand on vole, on s'inquiète pour le décollage, on envisage les pires scénarios, mais on oublie toujours un peu que si l'on parvient à décoller, il faudra à un moment donné atterrir. Et ce moment, c'est maintenant. Je ferme les yeux, J'entends déjà le bruit de mes os qui se brisent.

– Et nous y voilà, annonce le moniteur alors que ses pieds viennent de se poser sur la terre ferme.

J'ouvre un œil, aucun os de jambe apparent, je peux souffler et ouvrir le deuxième.

– Alors, alors ? me questionne Julie qui a rejoint le lieu d'atterrissage en voiture, elle. C'était comment ? T'as eu mal au cœur ? Raconte !

– Si tu avais eu le courage de faire un baptême en même temps que moi, tu le saurais !

– Tu plaisantes ! Faut être fou pour faire ça !

– Ou avoir vaincu un cancer, répliqué-je avec un clin d'œil. Je suis bien contente d'être de retour sur le plancher des vaches, cela dit, parce que maintenant, rien de ce qui m'attend sur la liste ne peut être pire.

Alors que je prononce cette phrase avec toute la conviction nécessaire, je passe mentalement en revue les défis à venir… et je réalise que rien n’est moins sûr.

Je ne compte plus le nombre d’heures que j’ai passées à rêver devant cette paire de patins à roulettes. Ceux que l’on voyait dans les séries américaines à la mode que je regardais avec envie sur mon lit lorsque j’étais ado, allongée sur le ventre. J’aurais donné n’importe quoi pour vivre la vie d’une Kelly Taylor ou d’une Brenda Walsh, les palmiers de Beverly Hills, les fêtes sur la plage, le regard ténébreux de Dylan McKay…

Et les balades en patins à roulettes !

Le modèle qu’on enfile comme une paire de chaussures, avec de jolies couleurs. Et pas ceux avec des lanières que tu mets par-dessus ta propre paire de baskets. Comme ceux que j’avais reçus pour mes quatorze ans.

– Tu as l’air déçue ? m’avait demandé ma mère après l’ouverture de la boîte. Ce n’est pas ce que tu nous as dit que tu voulais pour ton anniversaire ? Des patins à roulettes ?

Si, si… Sauf qu’il y a patins à roulettes et patins à roulettes… Ce n’est pas avec ces trucs en métal que Dylan va se retourner sur moi dans la rue.

Il faut croire que j'en gardais une intense frustration puisque j'ai écrit en bonne place sur ma liste post-cancer : « Être capable de faire une chorégraphie en patins à roulettes (des vrais, ceux des filles de Beverly Hills, et pas ceux en métal moche que l'on peut agrandir au fur et à mesure). »

– Montre un peu ? me demande Julie alors que j'admire mes merveilles dans leur boîte depuis au moins vingt minutes.

Je sors le patin droit et le lui tends avec la même délicatesse et précaution que je prendrais pour une paire de Louboutin (mince, j'aurai dû inscrire ça aussi sur ma liste maintenant que j'y pense). J'ai choisi un modèle turquoise, avec des lacets roses. Une pure merveille. S'il n'y avait les roulettes en dessous, le bonheur serait parfait. Parce que, je ne sais pas pourquoi, mais à quarante ans, l'aspect roulant de l'objet m'angoisse plus qu'il ne me fascine. On peut peut-être considérer que les avoir achetés coche la case de la liste ?

– Je t'ai trouvé une super chorégraphie sur Youtube hier, un truc qui déchire. Je vais te filmer pendant que tu l'exécuteras, on va faire un malheur sur TikTok.

Non, visiblement on ne peut pas…

Julie clique sur une vidéo. Aussitôt se matérialisent devant mes yeux deux filles en micro-short tout en jambes musclées et galbées, les pieds sertis de précieux patins à roulettes ressemblant aux miens. « Vous êtes prêtes les girls ?! lancent-elles, enjouées. Vous aviez l'habitude de shaker votre booty, grâce aux patins à roulettes, on va shaker son body ! » Est-ce que j'ai vraiment envie de shaker mon body ? À choisir, je le mettrais plutôt sur un canapé (pour ne pas l'agresser), sous un plaid (pour qu'il n'ait pas froid), avec un épisode du *Jeu de la dame*, une petite coupelle de cacahuètes (pour l'énergie, évidemment) et un bon verre de vin blanc (les cacahuètes ça donne soif, c'est bien connu). Mais ça n'a pas l'air d'être au programme des deux hystéros du patin.

« Allez, on se move, on se move, les girls. Twist à droite, twist à gauche, on cambre, on contracte les abdos et promis, on aura deux petites pêches parfaites pour twerker sur la plage cet été ! » Pourquoi est-ce que j'ai noté « patins à roulettes » ? Alors que j'avais toute la latitude pour écrire « chaussons » ou « tongs », non il a fallu que j'écrive patins à roulettes… « On plante, on saute, on plante, on saute, twizzle, twizzle, on n'oublie surtout pas ses abdos, on gaine, on gaine… »

On tombe, on se blesse, on est plâtré…

– Ça va être d'ENFER ! s'enthousiasme Julie, alors qu'elle se dandine en rythme sur la musique de la vidéo. J'ai hâte de te voir shaker ton body, Alix.

– Avoue que ça te fait plaisir de me voir souffrir !

– J'avoue… Je me félicite chaque jour de cette soirée alcoolisée au cours de laquelle est née cette brillante idée de liste, dit-elle avant d'éclater de rire et de couper définitivement la chique aux deux peroxydées de Youtube en stoppant leur vidéo. Ça fait du bien quand ça s'arrête, non ? Allez vas-y, essaie-les, me demande-t-elle en me rendant mon patin droit.

Je m'exécute non sans une certaine émotion. L'adolescente en moi tape des mains et sautille. L'adulte, elle, prend déjà mentalement rendez-vous chez le kiné. Ils me vont parfaitement. Je les admire sous tous les angles. *Fais rouler mes pieds...*

– Tu sais qu'à un moment, il faudra te mettre debout ? me lance Julie.

– Pourquoi toujours vouloir précipiter les choses ? Prenons un peu notre temps. C'est comme pour les mecs, jamais le premier soir, c'est ce qu'on dit.

– Mais pas toujours ce qu'on fait…

– Oui, bon, d'accord. Mais là, c'est différent.

Elle me regarde, soupçonneuse, et soudain elle s'écrie :

– Tu ne sais pas faire de patin !

– N'importe quoi ! me récrié-je. Tout le monde sait faire du patin, non ? D'accord, je ne sais pas en faire, voilà ! Tu es contente ?

– Et dire que tu m'as caché ça toutes ces années. J'envisage notre amitié d'une tout autre façon à présent, me dit-elle sérieusement avant d'éclater de rire.

J'étais tellement déçue de ceux que j'avais reçus pour mon anniversaire que j'avais, en représailles, rangé la boîte tout au fond de mon armoire pour ne plus jamais la ressortir. Résultat, à quarante ans passés, je ne me suis jamais mise debout sur roulettes. Alors que je cherche à rassembler mon courage, je suis frappée par une évidence :

– Il est écrit sur la liste : « Faire une chorégraphie en patins à roulettes » ? Il n'est pas du tout écrit qu'il faut être debout sur les patins à roulettes ! AH AH !

– Tu n'essaierais pas de te défiler par hasard ?

– Pas du tout, loin de moi cette idée. C'est moi qui ai écrit cette liste et je sais très bien ce que je voulais dire par « chorégraphie en patins à roulettes ».

J'attrape mon téléphone, parcours ma playlist et choisis *I'm so Excited* des Pointer Sisters. Je pousse le son à fond, puis je m'allonge sur le canapé, les jambes en l'air, les patins toujours à mes pieds, et je me mets à les remuer en rythme tout en chantant à pleins poumons :

I'm so excited, and I just can't hide it, I'm about to lose control and I think I like it!!

Les yeux fermés, je secoue la tête dans tous les sens, remue les bras, les jambes, croise et décroise mes patins, et je chante, je chante, comme si j'étais seule au monde, comme s'il n'y avait rien de plus important en cet instant. Lorsque la musique s'arrête, je suis en nage et essoufflée. Je me redresse, Julie est debout et m'observe, les larmes aux yeux.

– C'est la plus belle chorégraphie en patins à roulettes que j'aie vue de toute ma vie !

Je n'ai jamais vraiment eu de chance avec les hommes. Il faut dire que j'ai toujours eu le chic pour m'enticher de ceux qui n'étaient pas faits pour moi. Entendez par là des hommes qui en réalité ne voulaient pas de moi et vous mesurerez l'étendue du chantier. Je collectionne les « Je préfère qu'on reste amis » ou leur variant tout aussi peu satisfaisant : « Je t'apprécie trop, j'ai peur que ça gâche tout », j'en ai plein mes placards, des phrases comme celles-là ! C'est comme ça que je me suis traîné un béguin pour Antoine, le beau gosse du lycée, pendant près de trois ans, sans jamais oser le lui dire. J'aurais fait n'importe quoi pour sortir avec lui. Lui sortait avec chacune de mes copines. Puis il me racontait. En détail. J'étais sa meilleure amie, celle avec qui l'on se marre, pas celle dont on est amoureux.

– Je vais me ridiculiser…

– Pas plus que d'habitude je dirais, me réconforte Julie.

– Qu'est-ce que je vais lui dire ? « Oui, allô, c'est Alix, tu sais, la fille que tu n'as pas vue depuis des années ! Comment vas-tu ? » Franchement, il va me prendre pour quoi ?

– Présenté comme ça ? Je dirais, une fille désespérée et en manque de sexe.

– Tu vois ! On va rayer cet appel de la liste. C'est préférable.

– Ah non ! s'exclame aussitôt Julie. Tu n'as pas le droit de faire ça. C'est contraire au règlement.

– Quel règlement ?

– Celui de la liste des défis post-cancer. Je l'ai déposée chez un huissier de justice, tu peux en faire la demande si tu ne me crois pas.

Elle semble si sérieuse qu'un instant je pense qu'elle dit vrai. Mais ça ne dure pas et elle finit par rire.

– Si tu voyais ta tête ! Ce n'est qu'un coup de fil, Alix. Il doit bien y avoir une raison pour que tu aies inscrit : « Appeler Antoine et lui avouer que je l'aimais comme une dingue » sur cette liste.

– L'alcool ! Voilà la raison.

– Tu ne me feras pas avaler ça. Ce mec, tu l'as eu dans la peau pendant des années. Tu m'en parlais souvent, d'ailleurs, quand on s'est rencontrées. Tu n'en as probablement pas terminé avec lui, c'est pour ça que tu l'as mentionné sur la liste.

– De toute façon, je n'ai même pas son numéro. Je te rappelle qu'au lycée, nous n'avions pas de téléphone portable. Et il y a peu de chances qu'il vive encore chez ses parents, et des Antoine Margensac, il doit y en avoir plusieurs dans l'annuaire, alors…

– C’est lui ? me coupe Julie en me montrant un compte Instagram sur son téléphone.

Il n’a pas changé, malgré les années. Toujours ce sourire contagieux avec ses deux fossettes qui me faisaient fondre.

– Oui… C’est lui.

– C’est qu’il est plutôt canon, le Antoine ! siffle-t-elle, admirative, alors qu’elle fait défiler ses photos. Envoie-lui un message !

Les souvenirs affluent aussi vite que les images devant mes yeux. Nos parties de cartes pendant les cours d’espagnol, nos crises de rire, nos samedis soir chez moi, à tenter de trouver un chauffeur pour nous emmener en boîte de nuit…

– Je suis désolée, mais je ne peux pas faire ça.

– Pourquoi ? Tu viens de te taper plusieurs mois de chimio et tu ne peux pas envoyer un simple message à un vieux copain ?

– Tu veux boire quelque chose ? je propose soudain en me levant du canapé. Je meurs de soif.

Quand Julie me rejoint dans la cuisine quelques minutes plus tard, je suis en train de découper des rondelles de citron vert.

– Ça ne va pas ? C’est moi ? J’ai dit ou fait quelque chose ?

Je suis la première étonnée par les larmes qui roulent sur mes joues.

– Eh, Alix, dis-moi ce qu’il y a, me demande Julie, paniquée, en se précipitant pour me prendre dans ses bras.

Il me faut quelques instants pour me recentrer et analyser ces émotions qui m'ont prise par surprise, il faut bien l'avouer.

– Toute cette histoire de liste, c'était drôle au début et puis là… Je ne sais pas, c'est comme si le cancer n'avait pas vraiment quitté ma vie. Comme si chaque *item* de la liste me le renvoyait avec force, en pleine figure. Je crois… je crois que j'ai besoin de tourner la page, d'aller de l'avant. De ne plus penser à tous ces mois pendant lesquels cette foutue maladie n'a pas quitté mon esprit une seule seconde. Ne me demande pas pourquoi aujourd'hui, pourquoi maintenant… Je n'en ai aucune idée.

– Tu n'as pas à donner d'explications, ce qui compte c'est ce que tu ressens. Je ne te souhaite rien d'autre que de tourner cette saloperie de page et d'en écrire une toute nouvelle toute belle.

Je souhaite à tout le monde d'avoir une Julie comme la mienne dans sa vie. Présente dans les bons moments comme dans les mauvais. Je termine de servir nos verres et nous retournons nous asseoir dans le salon.

– Dommage que tu n'aies pas repris contact avec Antoine le beau gosse quand même, soupire-t-elle.

– Ah, mais je vais le faire !

– Je ne comprends pas. Tu viens juste de dire que…

– Que j'avais envie de tourner la page, oui, mais après avoir envoyé un message à Antoine.

Je crois qu'il est parfait pour m'aider à ça. Je vais lui mettre un mot, il va me répondre « Désolé mais je préfère qu'on reste amis », et voilà, il refermera avec cette fantastique réplique la page « J'ai vaincu un cancer ».

Julie me regarde, je devine qu'elle ne comprend pas tout. Moi non plus, à vrai dire. Mais soudain, j'ai très envie d'envoyer ce message. Et de reprendre une vie normale. Sans plus attendre, j'attrape mon téléphone et ouvre mon application Instagram. Antoine Margensac. Cela faisait longtemps que je n'avais pas pensé à lui. Je clique sur l'onglet Écrire et je rédige un message que j'envoie aussitôt, sans même me relire.

Antoine,
C'est moi, Alix. Je ne sais pas si tu te souviens de moi mais nous étions amis au lycée. Alix, la fille qui te battait systématiquement au Président ! ☺
Tu dois te demander pourquoi je t'envoie ce message après tout ce temps... Il se trouve que j'ai eu récemment un cancer du sein et juste avant ma première chimio, je me suis engagée à faire un tas de trucs si je m'en sortais. Dans cette liste il y avait : « Appeler Antoine et lui avouer que je l'aimais comme une dingue. » Comme je n'ai pas ton numéro de téléphone, j'utilise Instagram. Alors, voilà... J'en pinçais pour toi, et pas qu'un peu !

J'espère que tu vas bien. Et que tu t'es amélioré aux cartes.

Je fais lire le message envoyé à Julie et, alors que je m'apprête à éteindre l'écran de mon téléphone et à trinquer à ce nouveau départ, je les vois. Les petits points de suspension qui clignotent.

– Merde, il est en train de répondre.

Je ne m'y attendais pas. Pas du tout. Mais qu'est-ce qu'il fait sur Instagram à cette heure-là ? Il n'a donc pas de vie ? Et ces trois petits points qui n'en finissent plus de clignoter alors que je suis en train de dangereusement me déshydrater.

Et puis soudain, sa réponse.

Alix ! Tu penses que je me souviens de toi ! Comment pourrais-je t'avoir oubliée ? Tu fais partie des meilleures années de ma vie.
Désolé pour... ton cancer. Je me sens un peu con de ne rien trouver de plus intelligent ou réconfortant. Mais c'est sincère.
Alors comme ça, tu en pinçais pour moi ? Pourquoi est-ce que tu ne me l'as jamais dit ? Parce que bon... Si ma mémoire est bonne, je suis sorti avec chacune de tes copines dans l'espoir de te rendre jalouse... Sans succès. Et toi, tu me parlais tout le temps d'un certain Mathieu. Je me demandais ce que tu pouvais lui trouver, à ce naze...

J'ai toujours cru que tu ne me voyais que comme un ami et que tu ne voulais pas risquer de tout gâcher...
Partante pour un dîner ? Je t'invite ! Mon numéro : 06 45 78 33 12.
PS : Je dois avoir un jeu de cartes quelque part chez moi. On pourra faire quelques crapettes.

Incrédule, je lève les yeux vers Julie qui n'a pas perdu une miette du message.

– Demande-lui s'il a un copain canon ! Même s'il est un tout petit moins canon que lui, ça ira, je m'en contenterai.

Puis, elle éclate de rire et presse sa main sur la mienne. Je dois sourire comme une idiote.

Un cancer en rémission.

Et maintenant… Antoine Margensac.

Du monde au balcon

C. S. Quill

1

Installée sur mon minuscule balcon parisien, j'ai une vue splendide sur une tour Eiffel illuminée. Elle scintille de mille feux, tantôt en rouge, tantôt en rose, tantôt en blanc, pendant que j'avale des gorgées d'alcool à même la bouteille. Je m'amuse d'ailleurs à boire au rythme des changements de couleur. *C'est l'éclate, youpi !* Vu mon alcoolémie, je pourrais presque croire que c'est la vraie, si une enseigne « La tour est folle » ne gâchait pas tout. Sans compter les néons formant les lettres S.E.X.S.H.O.P. qui clignotent juste en dessous. *Il n'y a pas à dire, la vie parisienne m'avait manqué.*

Je scrute le jeu de mots d'un regard morne. J'étais prédestinée à vivre ici, on dirait. Non parce que je suis friande d'accessoires coquins, mais à cause de mon nom de famille. Alice Latour. Fraîchement collé sur une boîte aux lettres centenaire. Je devrais plutôt dire « recollé » sur cette foutue boîte aux lettres ! J'ai réintégré tout récemment l'appartement qui appartient à mes parents et dans lequel j'ai habité quand j'étais étudiante. Un magnifique salon-chambre-kitchenette meublé avec dégoût, dans lequel je suis forcée de revenir après ma rupture, alors que je m'étais juré de ne jamais y remettre un pied. « Jamais ! » ai-je crié à l'époque en claquant la porte avec mon don inné pour la théâtralité. Malgré les souvenirs désagréables rattachés à cet endroit, c'était ma seule solution le temps de me retourner.

– Les mecs sont tous les mêmes, je grommelle en contemplant le message lumineux qui me fout la migraine.

J'aurais pu rester à Toulouse, j'aimais bien cette ville, mais le risque de finir en garde à vue pour vendetta passionnelle était trop grand. *Latour est folle...* Ouais. Folle de rage, plus précisément ! Je bois une énième longue gorgée, avant de pointer la bouteille de gin devant moi.

– Damien, tu mériterais d'être pendu tout là-haut par les bouilles, les curnes… Rha ! Les couilles ! je crache enfin correctement en direction de l'enseigne. Émasculé par Latour, espèce de petite pourriture imm…

Je m'interromps en pleine malédiction quand j'entends un bruit provenir du balcon de droite. *Qui ose déranger mon scénario machiavélique ?* Je tourne la tête et me fige, bras tendu. *C'est pas vrai !*

– Je t'en prie, continue, chuchote l'homme en train de s'installer dans un transat orange.

La bouche encore ouverte, je lorgne son balcon mitoyen, pas plus grand que le mien. Un simple muret d'un mètre nous sépare, agrémenté d'une jardinière ayant connu des jours meilleurs. Jours dépourvus des crottes du chat de la voisine de gauche. Toute observation futile est bonne pour prendre le temps de canaliser mes pensées. *Je ne savais pas que ce chien galeux vivait encore ici !* Il ne me manquait plus qu'un voisin que je ne supporte pas pour apprécier mon nouveau départ.

– Fais comme si je n'étais pas là, il murmure poliment en décapsulant une canette.

Facile à dire ! Il se décalerait à peine qu'il serait sur mes genoux !

– Tu… Je ne…

Je ferme les yeux et prends une vive inspiration. L'oxygène qui atteint mon cerveau se transforme en vapeur d'alcool. Je suis bourrée.

– Ton interruption m'a fait perdre le fil de mon sort, je soupire en me détournant de lui.

– Espèce de petite pourriture imm… je l'entends me souffler.

– Ah ! Oui, merci. Pourriture immonde ! je crie si fort qu'un chien aboie quelque part.

J'aspire le goulot de ma bouteille entre mes lèvres. J'ai trop bu, mais pas assez pour effacer la traîtrise de mon petit ami. *Ex-petit ami, au temps pour moi.* Notre relation aurait commencé il y a dix-huit mois, la semaine prochaine. Un record alors que je ne pensais plus pouvoir m'attacher à quelqu'un. J'étais si fière d'avoir vaincu l'angoisse de la première année. Et surtout, d'avoir dépassé le temps pendant lequel Damien était resté avec son ex. Puéril, je sais, mais c'était devenu ma mission après avoir croisé cette pleurnicharde insupportable. Le karma m'a rattrapée, il m'a quittée pour se remettre avec Victoire. *Elle porte bien son nom, la garce !*

– « Je me suis rendu compte que j'étais encore amoureux d'elle », je répète ses mots d'une voix suraiguë. La bonne blague !

J'avale encore de l'alcool et tape mon front contre la bouteille. Je ne devrais pas évoquer ça devant mon démon de voisin, mais je ne suis pas connue pour être une ivrogne silencieuse.

– « Désolé, Alice », je poursuis sans pouvoir m'en empêcher. « Si j'étais amoureux de toi, je n'aurais pas recouché avec Victoire », je continue à blablater comme une hystérique. « Si j'étais amoureux de toi… » Rha !

Je me relève, tangue un peu, puis pars vers la cuisine pour trouver de quoi éponger mon estomac.

J'attrape un paquet de chips, avant de reprendre ma place dans mon énorme pouf d'extérieur. Il est si volumineux qu'il occupe tout le balcon. Je m'y laisse choir dans un bruit de polystyrène écrasé. J'ouvre le sachet et plonge la main à l'intérieur.

– « Si j'étais amoureux de toi… », je le singe pour la vingtième fois. Tous les mecs sont des cons, j'articule en haussant les épaules, la bouche pleine de chips. Et vas-y que je te dis des mots d'amour, que je t'assure que ton petit cul est super excitant, et que ta bolognaise est meilleure que celle de ma mère, avant de te larguer en un claquement de doigts.

Même si lui au moins m'a donné une raison pour expliquer cette rupture. Pas comme Gabriel, le premier à m'avoir brisé le cœur. *Stop ! Ce n'est pas le moment de repenser à ça !*

– Ça m'avait manqué, déclare une voix rauque.

Il est encore là, celui-là ?

– C'est un plaisir de revoir enfin ma nouvelle voisine, il enchérit.

Un plaisir ? Mais bien sûr ! Je tourne lentement la tête vers le type encore installé sur son transat et le toise en mâchant une chips après l'autre. Les lumières rouges du sex-shop éclairent son visage par intermittence, révélant un homme plus âgé que la dernière fois que je l'ai vu. Je plisse les yeux pour le détailler et un bref souvenir refait surface dans mon esprit.

– C'est pas toi que j'ai failli écraser avec ma camionnette de location, avant-hier ?

– Je suis étonné que tu me reconnaisses ! Enfin, je suis surtout surpris que tu m'aies seulement remarqué ! il ricane en jouant avec la visière de la casquette sur sa tête. Quoique pour être tout à fait honnête, ma première pensée a été que tu voulais attenter à ma vie.

Il me semblait effectivement avoir eu une hallucination. J'ai quitté cet appart il y a six ans, je n'aurais pas cru retrouver le même voisin. Et je m'en serais surtout bien passée !

– J'ai bonne mémoire, j'ironise en forçant un sourire.

– Je n'en doute pas, Alice Latour.

Je lève un sourcil.

– Je suis surprise que tu te souviennes de mon nom, je ricane en reproduisant son ton.

– Quand bien même je l'aurais oublié, je t'ai entendue le hurler au téléphone la semaine dernière. Dans le couloir, derrière la porte de mon appartement. Au moins une douzaine de fois. Ton problème d'électricité s'est arrangé ?

– Ah ! Oui, c'est bon, ils ont fini par comprendre que je ne m'appelle pas Agnès Labour.

Il rit doucement en étendant ses jambes et poursuit :

– Tu as terminé de t'installer ?

– Je n'arrive pas à intégrer que tu vis encore ici, je lui balance plutôt que de répondre à sa question. Si j'avais su, j'aurais planté une tente en bord de Seine ! Le voisinage aurait été moins pénible.

– Ce n'est pas un coin très sûr pour une nana seule.

Il ne l'a pas cherché, mais son dernier mot résonne douloureusement dans ma tête. *Seuuullleee !*

– Qu'est-ce qui te fait croire que je suis seule ?

– Tu ne l'es pas ?

– Regarde par toi-même ! Les hommes se massent sous ma fenêtre tant ils espèrent obtenir ne serait-ce qu'un signe de ma chaste main ! je rétorque en désignant les trois types qui patientent en bas.

En réalité, ils attendent de pouvoir pénétrer dans les salles vidéo du sex-shop, à défaut de pénétrer une vraie personne. Mon voisin se marre franchement en jetant un coup d'œil vers eux, avant de revenir sur moi.

– C'était bien tenté, mais tu viens de maudire ce pauvre Damien sur trois générations, alors je ne te crois pas.

J'avais déjà oublié qu'il a assisté à mon drame sentimental. Difficile de le louper, cela dit, vu la configuration de nos balcons.

– Attends, tu as dit « ce *pauvre* Damien » ? je réagis tout à coup en me redressant tant bien que mal. Il m'a assuré qu'il m'aimait, pour ensuite me tromper avec son ex ! Il m'a juré qu'il m'aimait, avant de me balancer que s'il avait été amoureux, il n'aurait pas fait ça ! Ce « pauvre trouduc de schizo de Damien », ouais ! je crache en pointant mon voisin du doigt.

Je fais une pause, me mords la joue et reprends plus calmement. Enfin, avec le calme d'une harpie bafouée.

– Ça ne m'étonne pas, vous êtes tous les mêmes ! Pire, vous vous protégez les uns les autres comme une meute de hyènes sanguinaires ! Tu te sens lié à lui, avoue-le !

– Je vois que les années n'ont pas eu raison de ta fougue verbale.

– Eh oui ! Je te criais déjà dessus par le balcon à l'époque !

– Tu n'imagines pas à quel point ça m'a manqué.

– Pas à moi ! Je ne sais même pas pourquoi j'te parle de ça ! j'assène en avalant une rasade. D'ailleurs, c'est plutôt toi qui m'écoutes à mon insu comme une vieille commère !

– Tu hurles ton désespoir comme une banshee[2] alcoolisée, difficile de ne pas participer.

– Je ne suis pas désespérée ! C'est fini, cette époque. Maintenant, je vomis mon amertume pendant une soirée où l'alcool coule à flots et le lendemain, *pfiout* ! terminado !

Je conclus mon mantra avec une vague de gin.

– J'ai donc la chance incommensurable de pouvoir vivre cette unique soirée aux premières loges ?

– Pourquoi ? T'as l'intention de rester là toute la nuit ?

– Eh bien… Maintenant qu'on est réunis par le destin, je peux te donner mon avis si tu veux me raconter les détails.

2. Créature de la mythologie celte. Magicienne.

La surprise m'incite à recracher le liquide que je viens de faire entrer dans ma bouche.

– T'es sérieux ? Tu m'as pourri la vie quand j'habitais là, je ne vais pas discuter de ça avec toi !

– On peut faire une trêve exceptionnelle… Je ne suis plus le même, tu serais étonnée !

– Désolée, mais j'ai effacé de mon esprit le court laps de temps durant lequel on a partagé un étage.

– Table rase, encore mieux !

– Tu peux toujours courir.

– Crois-moi, je suis disposé à écouter tout le mal que tu penses de ce Damien jusqu'à… disons 2 heures du matin, il me propose en lorgnant sa montre.

– Waouh ! Mais quelle générosité ! Où est passé le type qui se moquait de tout et surtout de moi ?

– Ces dernières années m'ont fait mûrir, il argue en coulant un regard dans ma direction.

Un fou rire nerveux me surprend et semble ne plus vouloir s'arrêter.

– Il manquerait plus que tu me proposes ton amitié, je parviens à formuler.

Il se redresse, fait glisser sa casquette à l'envers et cale ses coudes sur ses genoux. *Alerte ! Alerte ! Il a précisément la tronche d'un mec sur le point de faire ça !*

– Pour ma part, ces dernières années ne m'ont pas rendue amnésique ! je lui coupe le sifflet en remuant la tête.

– Les gens changent, il assène en m’adressant un sourire. Parfois, ils se rendent même compte d’un tas de trucs.

– Quel genre de Turcs ? je l’interroge spontanément. De trucs ! Non, tu sais quoi, *ça* ne m’intéresse pas le moins du monde, en fait.

– Dommage…

Il se réappuie contre son transat, face aux néons, et ne dit plus un mot. De mon côté, il m’a déconcentrée et m’a coupé toute envie de brûler l’âme de Damien par la pensée. *Génial ! Ça va devoir attendre demain soir !*

Après deux essais pathétiques pour m’extirper du pouf, je le contourne maladroitement et avance vers la baie vitrée.

– C’est déjà terminé ? il s’étonne sur un timbre rieur.

– Ouais.

– Tu m’as promis une nuit entière de venin ! Je suis très déçu !

– Je reviendrai à un moment où tu n’es pas là.

– Ce fut un réel plaisir de te revoir, chère voisine.

– Ce n’est pas réciproque, je chantonne en entrant dans le salon.

– Eh Alice !

– Quoi ? je grogne sans me retourner.

– Si j’étais amoureux de toi, je me lèverais aux aurores demain matin pour t’acheter une boîte d’aspirine.

Il ose reprendre les mots de Damien ! *Enflure !*

– Va te faire voir !

– Bonne gueule de bois !

Je claque la fenêtre et, en trois enjambées, j'atteins mon canapé. Contre toute attente, le sommeil brave mon ivresse et je tombe comme une mouche. Tant mieux, ces retrouvailles imprévues auraient pu me filer une insomnie.

2

Vautrée sur mon matelas comme une étoile de mer au fond d'un étang, j'assiste, léthargique, à une partie de tennis entre mon estomac et mon cerveau. Nadal *versus* Federer en vingt-trois sets. Je rampe hors de mon lit et tends un bras misérable pour entrebâiller la fenêtre. J'inspire l'air parisien et grimace. Ce n'est qu'ensuite que j'ouvre un œil. La luminosité qui enflamme mes rétines me soutire un feulement animal. La seconde d'après, je me prends un ace en plein dans le ventre et cours jusqu'aux toilettes. Jeu, set et match. Mon estomac vient de perdre ce tournoi et se vide entièrement.

– Je vais mourir… je m'entends grogner en serrant la cuvette entre mes mains.

Note à moi-même : ne plus jamais boire autant. Jamais !

Je farfouille dans un carton, à la recherche de n'importe quel médicament pouvant soulager mes maux de tête. Je suis maudite, il n'y a là que des boîtes vides qui me narguent. Je marche à quatre pattes vers mon lit et m'adosse contre le sommier. Je tire sur mes chaussures que j'enfile sans chaussettes et glisse une main sous ma table de nuit pour récupérer mes lunettes de soleil. Parée pour affronter le monde extérieur, pressée d'atteindre la pharmacie du quartier, je traîne des pieds jusqu'à ma porte d'entrée. *Bon sang, ce trajet va être un enfer !*

– Courage, Alice. Tu peux le faire.

J'ouvre le battant en prenant une grande inspiration, le claque derrière moi et me retourne pour mettre un tour de clé. Au moment où j'essaie de viser la serrure, je remarque un petit sac pendu à la boule au milieu de ma porte. Je m'en empare et, au premier coup d'œil, je reconnais l'objet de mon obsession matinale. Je regarde tout autour de moi, mon esprit ralenti pédale encore dans le gin. Quand je survole les portes voisines, le déclic se fait.

– Non, mais je rêve ! je gronde en secouant la tête.

Mauvaise idée ! Je tangue et me rattrape à la poignée. Je récupère le sachet béni des dieux et, avant de rentrer dans mon appartement, j'envoie un doigt d'honneur sur ma droite. Il a eu le culot d'aller au bout de sa connerie. *Si j'étais amoureux de toi, je t'achèterais de l'aspirine !* Il n'a pas changé, il se fout de ma gueule ! J'hésite à sonner chez lui pour lui jeter le sac à la figure, mais je suis trop malade pour m'y résoudre.

Je me penche au-dessus de l'évier, avale un cachet, ferme la fenêtre, tire les rideaux et plonge sous ma couette.

– Adieu monde cruel, je baragouine contre mon oreiller avant de sombrer.

Lorsque j'émerge d'un rêve étrange dans lequel Chuck Norris me propose une course en karting contre Barack Obama et Kim Kardashian, il fait nuit. Je meurs de soif en entrant dans ma douche, mais il y a des priorités. Quand l'odeur de ma cuite a laissé place à un doux parfum de savon, je vide deux grands verres d'eau. J'ouvre ma porte-fenêtre en grand pour aérer mon appartement et observe les immeubles en face.

– Tu as survécu ? j'entends une voix grave m'interpeller.

Ah non ! Pas encore ! Je sors la tête de chez moi et repère aussitôt mon voisin. Il est installé à la même place qu'hier soir, dans son transat, et a la même casquette vissée sur le crâne. Son coude est posé sur le petit mur qui délimite son balcon et le mien. Je me tâte pour retourner à l'intérieur, mais je refuse de lui faire ce plaisir.

– Est-ce que je vais devoir subir ton existence chaque fois que j'aurai envie de prendre l'air ?

– Qu'est-ce que j'y peux ? J'ai adoré notre conversation de la nuit dernière, j'y reprends goût très vite ! Celle d'aujourd'hui sera à coup sûr tout aussi animée et je trépigne déjà d'être à demain pour savoir si tu vas me balancer quelque chose à la figure histoire de pimenter le tout.

– Tu dois vraiment avoir une vie dépourvue d'intérêt pour te réjouir de si peu.

– J'ai une vie, c'est déjà pas mal. Merci de la divertir.

Tout en me parlant, il trace des ronds dans l'air avec sa bouteille de bière, au rythme de la musique qui s'échappe de son salon. La vision de sa boisson me donne envie de me jeter dans le vide et il le devine sans peine.

– Les cachets t'ont fait du bien ?

– Je ne comprends pas à quoi tu fais allusion, j'élude en prenant place telle une reine sur mon pouf.

– Bien sûr, il ricane en levant sa bouteille vers moi pour trinquer à ma santé.

Il bâille à s'en décrocher la mâchoire, puis pioche dans un paquet de chips que je n'avais pas remarqué.

– Tu en veux ?

Je mime un haut-le-cœur.

– Merci, mais non merci. Je fais une pause salutaire. Un jeûne pour cajoler mon pauvre estomac traumatisé.

Il hoche la tête et bâille encore.

– Grosse journée ?

Je ne viens quand même pas de porter un intérêt à son quotidien ?

– On peut dire ça, il embraie avant que j'aie pu retirer ma question. Et je t'ai entendue geindre toute la nuit dernière, il ajoute en me lançant une œillade de biais. Si je ne t'avais pas vu picoler et injurier mes congénères, j'aurais pu croire que tu prenais ton pied.

– Je suis triste d'apprendre qu'avec toi, les filles « geignent » quand elles grimpent aux rideaux. Tu devrais peut-être faire évoluer ta technique.

Il pouffe et avale une nouvelle poignée de chips.

– Tes oreilles se rappellent certainement que c'est faux.

– Si tu crois que mon cerveau a la place pour ce genre de souvenir, tu délires.

Le silence tombe entre nous et je contemple le ciel noir au-dessus de ma tête. Les seuls bruits qui résonnent sont ceux des voitures défilant en contrebas et de l'individu à mes côtés, qui mâche bien trop bruyamment.

– Où est l'alcool prévu pour le deuxième round visant à mettre KO ton ex ?

– Ça ne sera pas pour ce soir. À cause de toi, j'ai bu pour rien hier et là, il n'est pas concevable pour mon organisme d'ingurgiter la moindre goutte d'autre chose que de l'eau.

Pour autant, même sobre, mes pensées s'orientent vers Damien.

– Je vois que tu orchestres quand même ta vendetta, il devine.

– Ouais. S'il avait été amoureux de moi, il aurait eu un avenir moins incertain.

– Si j'étais amoureux de toi, je te dirais de plutôt te concentrer sur le tien, d'avenir. Le temps passe trop vite pour le gâcher avec des choses comme ça.

– Ne recommence pas, je gronde. Et si tu t'apprêtes à m'expliquer qu'il y a des trucs plus graves dans la vie, merci de bien vouloir déménager.

– Merde… T'as encore des cartons vides à me filer ? Parce que oui, y'a des choses carrément plus graves dans la vie !

– J'ai le droit de me morfondre à la suite d'une rupture, d'accord ! Je pense que j'ai suffisamment donné de ce côté-là. Entre les Damien et les Gabriel, j'ai du crédit pour une bonne dizaine d'années !

– C'est vrai, Gabriel a été une belle enflure, je l'entends chuchoter.

Je suis stupéfaite qu'il parle de lui de cette façon. C'est d'ailleurs la première fois qu'il prend mon parti et pas le sien. *C'est forcément un piège !*

– Ouais, une sacrée foutue enflure qui m'a jetée du jour en lendemain sans me fournir la moindre explication. Mais bon, t'étais là, tu te rappelles, je n'ai pas besoin de te raconter.

– Je m'en souviens comme si c'était hier. Allez, j'te propose de faire un combo, ce soir : maudire deux ex pour le prix d'un. Je suis prêt à doubler la dose pour t'aider à les incendier.

– J'ai déjà mis son compte à Gabriel depuis belle lurette, il m'indiffère ! C'est le tour de Damien maintenant. Tel est l'ordre cosmique dans l'univers de Latour.

– D'accord.

– Quoi d'accord ? Je ne t'inclus pas là-dedans ! J'ai des amis pour ça !

Je recommence à frapper mentalement Damien dans les burnes. *Comment est-ce que j'ai pu être aussi naïve, nom de Dieu ? Je lui ai accordé ma confiance et mon amour, tout ça pour quoi ?*

J'ai vraiment besoin de mener à bien mon déversement de colère, j'attrape donc mon portable et ouvre la conversation avec ma meilleure amie. J'appuie sur le micro et lui laisse un mémo vocal.

– Non, mais on est d'accord que c'est un gros connard ?

– T'es du même avis que moi ? Il mérite une inflammation de l'anus ?

– Je crois que Victoire va se rappeler combien il est bidon et le jeter tel un déchet.

– Game over, c'est tout ce qu'on lui souhaite.

Je lui laisse une bonne dizaine de monologues à la suite, mais elle n'en écoute aucun. Super, elle doit être occupée alors que j'ai besoin d'une oreille disponible et entièrement acquise à ma cause, pour les quatre prochaines heures. Ou bien elle dort, vu qu'il est 1 heure du matin. Je soupire et grommelle dans mon coin. Mon voisin se racle la gorge pour attirer mon attention. Les éléments se liguent contre moi pour qu'il n'y ait que lui à disposition ! Je lorgne mon écran, mon voisin, mon écran à nouveau… *Non Alice. Tu ne vas pas t'épancher sur ta rupture avec lui. Tu ne vas pas…*

– Bon OK, je suis d'accord pour que tu partages ma nuit d'aigreur sentimentale ! Mais je te préviens, y'a de grandes chances pour que ce soit la pire soirée de ta vie.

– J'en ai pleinement conscience ! il s'exclame en se frottant les mains.

– T'aurais fait un truc pareil si t'avais été amoureux de moi, sérieux ? j'explose sans crier gare, en le menaçant avec mon téléphone.

Il observe mon arme de fortune, avant de faire remonter ses yeux sombres sur mon visage.

– Euh…

– Quelle question idiote ! J'ai tenté, mais tu te rends bien compte qu'on ne peut pas discuter de ça !

Il me détaille en souriant, pendant de longues secondes, si bien que ça en devient gênant. Puis il pose sa bière et son paquet de chips sur le sol. Sidérée, je le vois sauter sur ses pieds et brasser l'air avec une épée invisible.

– Si j'étais amoureux de toi, je le provoquerais en duel pour te laver de cette offense ! il s'égosille tout à coup.

– Si tu prononces encore cette phrase, je t'étouffe.

– Donne-moi son adresse ! il continue en se prenant pour Zorro.

– Il vit à Toulouse…

– Ah ! C’est trop loin pour un voyage à cheval. File-moi plutôt son adresse IP ! J’ai les moyens de transformer sa vie numérique en cauchemar.

– Tu te moques de moi.

Il me sourit. *Bon sang, mais ce gars sourit tout le temps, c’est insupportable !* Je suis certaine qu’il a une vie hyper-cool et ça m’énerve un peu. OK, beaucoup.

– Tu me scrutes bizarrement, est-ce que je dois flipper ? il me questionne en arquant un sourcil. Je n’ai remarqué aucun objet à portée de ta main, que tu pourrais m’envoyer dans le front, mais je commence tout de même à m’inquiéter… Est-ce que tu tiens vraiment à ton téléphone ?

– Je ne suis pas violente, tu devrais le savoir !

– Comme je te l’ai dit hier, les gens changent parfois.

– J’étais simplement en train de penser qu’un type qui sourit tout le temps n’a jamais dû être trahi comme je l’ai été.

Bim, dans les dents !

– Je suis au regret de vous contredire, mademoiselle Latour. Pour votre gouverne, j’ai été trahi moi aussi.

– Le karma existe donc vraiment ! je scande en levant les bras au ciel.

– T’es sacrément rancunière.

Je me tourne vers lui pour le fusiller du regard, mais dès lors que mes yeux se posent sur son visage triste, je m’en empêche. Chose incroyable :

il parvient à me faire ressentir de la culpabilité. *Giflez-nous, mon empathie maladive et moi.* Son ton n'était pas réprobateur, mais il a raison sur le fond. Je suis un peu trop véhémente alors que tout ça, c'est du passé. J'avais réussi à tourner la page de cette période de ma vie et tout ce qu'elle comportait, du coup, je me sens stupide et immature.

– Oublie ce que je viens de dire. Je suis désolée, je soupire.

– Répète pour voir ?

– N'abuse pas.

– Waouh ! Je ne m'y attendais pas. J'accepte tes excuses, même si ce n'était pas un reproche.

– J'espère bien que tu les acceptes, non, mais ! Tu me dois bien ça !

– Je te dois bien ça, il acquiesce dans un souffle.

Durant une longue minute, aucun de nous ne pipe mot. Pour ma part, ma curiosité s'enflamme. Je lutte, je lutte, je lu…

– T'as envie de me raconter ?

Je devine déjà ce qu'il va répondre. Non.

– Oui, j'en ai envie.

Je m'étrangle avec mes certitudes, et accessoirement avec ma salive.

– Ah bon ?

– Oui.

– Pourquoi ?

Il plonge ses prunelles marron dans les miennes et je frémis.

– Parce que quand j'étais amoureux de toi, je ne l'ai pas fait, et que c'est mon plus gros regret.

3

J'entends mon souffle se bloquer. Il lui faut cinq bonnes secondes avant de repartir. Je ne m'attendais pas à ce qu'il remette cette histoire sur le tapis. Pas comme ça, pas après la façon dont ça s'est fini entre nous. Quand il a rompu avec moi, mon monde s'est effondré. Il était mon premier amour, tout allait bien, on avait un équilibre parfait, on était sur la même longueur d'onde… C'était il y a six ans, mais j'ai l'impression soudaine que c'était hier. J'ai eu un mal fou à me reconstruire après ça. J'ai quitté Paris, je me suis inscrite à la fac de Toulouse et j'ai attendu que mon cœur arrête de me tourmenter. Il m'a fallu deux ans pour envisager de sortir à nouveau avec un garçon, puis deux de plus pour accepter une vraie relation… avec Damien. *J'ai vraiment bon goût pour les mecs, c'est pathétique.*

– Alice, je…

– Non ! Gabriel, je refuse d'avoir cette conversation aujourd'hui, je me débine en dépliant mes jambes pour déguerpir. C'est trop tard, je suis passée à autre chose depuis longtemps.

En réalité, j'ai continué jusque très récemment à me demander ce qui était arrivé pour qu'il détruise tout ce qu'on avait construit en deux ans. Pour autant, je n'ai pas envie d'obtenir cette réponse. Je me suis habituée à vivre sans elle. Sans lui.

– Bonne nuit, je souffle en me relevant.

– Attends.

– Je suis fatiguée et j'ai froid, je rétorque en ouvrant la porte-fenêtre.

Alors que l'un de mes pieds se pose dans mon salon, j'entends une succession de bruits. D'abord celui de Gabriel qui saute par-dessus le muret, puis celui de ses semelles atterrissant sur ma terrasse, suivi de celui d'un grand con s'affalant par terre. En guise d'apothéose, un *paf* résonne dans mon dos et il se met à neiger… du polystyrène. Je me retourne et le découvre à plat ventre sur mon pouf éventré.

– T'es toujours aussi adroit ! je cingle en hochant la tête avec appréciation.

Je retire les flocons qui viennent se loger dans mes cils, avant de caler ma hanche contre l'encadrement. Je croise les bras sur ma poitrine et hausse un sourcil. Je l'observe s'appuyer sur ses coudes et recracher une flopée de petites billes blanches.

– J'adorais ce pouf… Assassin.

– Tu pourrais au moins me demander si je n'ai rien de cassé.

– Arrête ton cinéma, mon meilleur ami a amorti ta chute et l'a payé de sa vie. T'as intérêt à être en un seul foutu morceau après ce carnage !

Il se retourne sur le dos et m'adresse une œillade désabusée.

– Bon, eh bien, sur ce, salut ! je récite en me remettant en mouvement.

– T'es sérieuse ? il se révolte en essayant d'attraper ma cheville. Je viens de passer à deux doigts de me défenestrer pour que tu m'écoutes et tu vas me lâcher comme ça ?

C'est l'hôpital qui se fout de la charité !

– Oh ! Tu veux qu'on évoque la façon dont tu m'as lâchée il y a six ans sans me donner la moindre explication ? Quand je t'ai supplié de me parler et que tu es parti sans te retourner ?

Je me mords la langue pour ravaler les vulgarités que j'ai follement envie de lui jeter à la figure.

– Oui, c'est précisément ce que je veux ! S'il te plaît ! Je n'aurais jamais osé revenir vers toi après le mal que je t'ai fait, mais te voilà, emménageant à nouveau dans l'appartement voisin, c'est ma chance de pouvoir tout t'expliquer !

Une part de moi tient à comprendre, tandis qu'une autre n'en a aucune envie. J'oscille entre les deux, pourtant je demeure irrémédiablement immobile.

– Tu ne t…

Je m'interromps aussi sec en le voyant soulever son tee-shirt sans raison.

– Je rêve ! Tu penses que me montrer ton torse va jouer en ta faveur ?

– Ça a marché, à l'époque !

Je secoue la tête, mais ne le contredis pas. C'est effectivement de cette façon qu'il m'a draguée. Faible femme que je suis !

– J'avais dix-huit ans !

– Regarde mieux, Alice. C'est important.

Je braque mes yeux sur ses abdos. Ils sont toujours attirants, mais je ne vois pas où il veut en venir. S'il pense pouvoir sortir une bouteille de chantilly et me proposer de la vider sur son torse en guise de drapeau blanc, il se plante. Son raclement de gorge me fait migrer plus haut. C'est difficile d'observer son corps, j'avais réussi à l'évincer de mon esprit, mais les souvenirs refont surface très facilement. Je ferme les paupières de toutes mes forces et avale ma salive.

– Allez, Malice ! Un petit effort !

Oh ! Il utilise le surnom qu'il me donnait. C'est un coup bas, mais qui fonctionne encore. J'ouvre un œil, puis le second. Au départ, je ne comprends pas ce qu'il me montre, avant de remarquer un changement de taille.

– C'est quoi ? je m'inquiète en m'agenouillant près de lui.

Sans pouvoir m'en empêcher, je pose mon pouce sur son pectoral gauche et longe la cicatrice qui le barre, jusqu'à finir sur son téton.

– Qu'est-ce qui est arrivé à ton téton, bon sang ?

Je pince sa peau sans comprendre. Il a tout bonnement disparu ! Laissant en lieu et place un trompe-l'œil sacrément bien fait. Un faux téton tatoué, c'est quoi cette histoire ?

– Il y a six ans, on m'a diagnostiqué un cancer du sein.

Pardon ?

– Du sein ?

– Du sein, oui.

– Chez un homme ?

– Je me souviens avoir posé la même question au médecin. Mais ouais, les hommes aussi peuvent avoir un cancer du sein.

Je n'en savais rien.

– Il y a six ans, tu dis ? T'es en train de m'expliquer que tu m'as quittée pour ça ?

– En effet.

– Mais enfin, pourquoi tu m'as rien dit ?

– Cette annonce a fait voler en éclats tout mon équilibre. Développer un putain de cancer à vingt-deux ans a été un sacré coup dans la tronche... Je ne l'ai pas supporté. Je n'ai pas pu me résoudre à t'en parler. Je ne voulais pas vivre ça avec qui que ce soit, alors je t'ai rejetée. Je ne pouvais pas imaginer qu'il y ait cette merde qui plane au-dessus de nous, ni que tu te fasses du souci pour moi. Tu étais si bienveillante et douce et moi, j'étais en colère, Alice. Quand je l'ai appris, je n'ai aspiré qu'à de la solitude. Qu'on me foute la paix, en somme, et que personne n'évoque ce sujet. Ça me semblait plus facile de faire le vide autour de moi.

Je ne trouve pas d'adjectifs pour exprimer les émotions qui tourbillonnent en moi. Je suis à la fois terriblement vexée qu'il m'ait tenue à l'écart d'un événement aussi grave, et également triste pour lui qu'il ait dû traverser cette épreuve seul.

– Je ne sais pas quoi te dire, je réussis à articuler. Égoïstement, j'ai envie de te traiter de sale con pour ne pas m'avoir jugée à la hauteur de ça. Mais qui peut prédire la réaction de quelqu'un qui tombe malade ?

– Le cancer était juste au-dessus de mon cœur. C'est comme s'il s'était insinué jusqu'à lui pour étouffer mes sentiments pour toi. Il y avait le cancer et moi, aucune place pour le reste. Tout le long de mon traitement, je n'ai pas regretté de t'avoir maintenue loin de ça. J'étais dans ma bulle de ressentiment…

– Est-ce que tu vas mieux, maintenant ?

– Oui, je suis en pleine forme. Et justement, quand j'ai guéri, quand on m'a annoncé que j'allais bien, je n'ai eu personne avec qui fêter ça, personne avec qui partager ma prise de conscience sur le fait que la vie ne s'était pas arrêtée à cette mauvaise nouvelle. Et là, j'ai compris mon erreur.

Il pose sa main sur la mienne, je sens les battements de son cœur juste sous ma paume et le mien s'emballe.

– J'ai compris que je n'aurais pas dû te quitter à cause de ça. J'ai compris qu'il ne fallait pas baisser les bras avant de s'être mis à courir vers la ligne d'arrivée.

– J'aurais adoré secouer une énorme bouteille de champagne pour qu'elle t'explose à la figure.

Mentionner de l'alcool ravive ma nausée. Je me redresse sur mes jambes et m'accoude à la rambarde. J'aspire de grandes goulées d'air, pour faire passer ça et le reste.

Je l'entends se relever et sens sa présence dans mon dos.

– Tu m'en veux ? il murmure.

– J'en veux au Gabriel d'il y a six ans. Celui qui se tient derrière moi avec son téton tatoué est quasiment un inconnu.

Ma remarque lui tire un éclat de rire.

– Tu n'as pas tort. Cette épreuve m'a beaucoup coûté, mais elle m'a surtout transformé. Si je fais le bilan, je suis content des leçons que j'ai pu en tirer. Sur moi, sur les autres… sur toi.

– Sur moi ? je m'étonne en pivotant vers lui.

– Ouais, il répond en posant ses mains de part et d'autre de mes bras.

Il penche la tête sur le côté et m'adresse un autre de ses sourires.

– T'es toujours aussi belle, Malice.

– T'essaies de me draguer, là ? je me moque en fronçant les sourcils.

– Si j'étais amoureux de toi, c'est précisément ce que je serais en train de faire. Tu crois que ça marcherait ?

– Si j'étais encore amoureuse de toi, je commencerais par te faire payer un lourd tribut pour m'avoir brisé le cœur. Je suis peut-être douce et bienveillante, mais ne crois pas que tu pourrais t'en tirer aussi facilement. Cancer ou pas.

– Ça me va, je n'ai pas envie d'être défini par ça, même si ça fera toujours partie de moi. Du coup, qu'est-ce que tu me proposes ?

– De te balancer mon genou dans les…

– Brouilles ? il termine à ma place en riant doucement. J'ai déjà un téton en moins, si tu pouvais me laisser mes deux burnes, je t'en serais éternellement reconnaissant. Et puis, je t'ai déjà sacrifiée toi, est-ce que ce n'est pas suffisamment cher payé ?

Je retrousse la lèvre pour qu'il comprenne que j'évalue son argument.

– Quoi d'autre ? il insiste face à mon silence inquiétant.

– S'il y avait une chance que je retombe amoureuse de toi, je te préviendrais que le chemin serait long et tortueux.

– J'ai connu ça, je n'ai pas peur.

– Je te mettrais en garde que si tu devais à nouveau me mettre à l'écart…

– Tu brûlerais mon âme par la force de ton esprit.

– Et qu'il faudrait me séduire comme si nous venions de nous rencontrer.

– Un dîner devant la tour Eiffel, ce serait une bonne idée ?

– Ce serait un bon début.

Il hoche la tête et s'éloigne aussitôt en direction de son balcon.

– Qu'est-ce que tu fabriques ? je lui lance, alors qu'il escalade plus calmement la jardinière. Je n'ai pas fini de t'énumérer ma longue liste d'exigences !

– Je vais préparer ce fameux dîner, pardi !

Il désigne la « Tour est folle » derrière moi, avant de s'engouffrer chez lui.

– T'aimes toujours le risotto ? j'entends sa voix me crier.

Je cligne des yeux plusieurs fois, bouchée bée. Ma mâchoire se décroche totalement quand il réapparaît avec un Tupperware et deux fourchettes. Je suis dépassée par les événements et ma mine interloquée lui tire une moue rieuse.

– Si j'étais amoureux de toi, j'aurais tout préparé depuis des heures en espérant que tu acceptes.

– Et si je te disais non ?

– Je retenterais demain, le jour suivant et encore celui d'après.

Il revient de mon côté et braque son regard dans le mien.

– Alors, qu'est-ce que t'en dis ?

Blackbird

Valentine Stergann

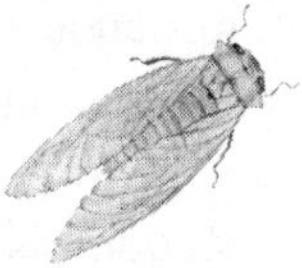

CHOC

CHU de Reims – 21 mai

– Emy !

La voix de ma mère n'est qu'un murmure. Tout est flou autour de moi. Il n'y a plus que tout ce blanc qui me donne le tournis.

– Mademoiselle Vaucamp, est-ce que ça va ?

Non.

– EMY !

Ma mère attrape mon bras avec vigueur. Mes yeux se posent sur son visage blême. Un long frisson serpente le long de ma colonne vertébrale quand je prends conscience qu'elle pleure.

C'est un cauchemar.

– Ça va… soufflé-je.

En réalité, je suis accablée. Je me suis peut-être voilé la face, mais je pensais que la vie nous laisserait enfin tranquilles. On a déjà traversé trop d'épreuves, là, c'est le coup de massue. Je commence à connaître les oncologues. Ce n'est pas la première fois que je dois faire face à leurs mauvaises nouvelles. Je me rappelle tous ces moments passés à l'hôpital, avec mamie, ou plus récemment avec maman. Ces souvenirs me donnent la nausée. Je me lève d'un bond et commence à faire les cent pas dans la pièce. La main sur la poitrine, je prends conscience du battement irrégulier de mon cœur. Je suffoque.

– Mademoiselle Vaucamp…

Je ferme férocement les yeux pour ignorer la voix du médecin. Combien de familles sont ressorties de ce bureau avec une épée de Damoclès au-dessus de la tête ? Maman se lève dans mon dos. Elle cale une main réconfortante entre mes omoplates et murmure :

– Tout va bien se passer, ma chérie.

Je sais très bien ce qu'il va nous raconter. Quand maman a appris que son gène BRCA1 avait muté, je me doutais que ma prise de sang indiquerait la même anomalie. Cependant, tant que l'oncogénéticien ne me l'avait pas clairement énoncé, ça me paraissait abstrait. Aujourd'hui, c'est une réalité. *Douloureuse. Affolante. Terrifiante.*

Développer un cancer du sein n'est plus une probabilité, il s'agit désormais d'une quasi-certitude.

Mamie est morte de cette maladie, maman lutte depuis des années déjà. Le vilain crabe rôde autour notre famille et cherche à nous dépouiller.

Et je serai sa prochaine victime.

Dans ma tête, la voix de mamie tente de m'apaiser, comme souvent : *« Sois forte, Blackbird*[3]*. »* C'est le surnom qu'elle me donnait quand j'étais enfant. Sa chanson préférée des Beatles. Mais aussi parce que mes cheveux ébène sont aussi noirs que le ramage d'un merle. J'ai passé des journées entières à écouter cette mélodie en sa compagnie, surtout lors des derniers instants. Je me souviens particulièrement de vacances dans le Sud, quand les notes se mêlaient au chant des cigales.

– Écoute le docteur Collard, s'il te plaît.

Je serre vigoureusement la main de ma mère. J'ai besoin de sa force. Quand mamie est décédée, il y a presque vingt ans, elle ne s'est pas laissée abattre. Même le jour où elle a appris qu'elle était malade à son tour, elle n'a pas cillé. Je suis sûre que chaque matin, elle regarde la mort droit dans les yeux et lui adresse son plus beau doigt d'honneur.

– Je… commencé-je, la bouche sèche.

Mes lèvres se referment d'instinct. J'aimerais parler, mais j'en suis incapable.

– Je sais que la nouvelle est rude, annonce le médecin, mais nous étions préparés à cette éventualité.

---

3. « Merle » en anglais.

– C'est… c'est compliqué, oui.

Mon mot est très mal choisi, pourtant aucun autre ne vient. Le docteur Collard continue de parler pendant une dizaine de minutes et évoque différentes prises en charge possibles. J'ai déjà l'impression d'être malade. Pourtant, si le gène BRCA1 augmente le risque de cancer du sein et celui des ovaires, il ne me condamne pas. Je peux éventuellement tirer mon épingle du jeu, non ?

– Nous pouvons réaliser une surveillance stricte, comme pour votre maman.

– Ça ne m'a pas empêchée de tomber malade, l'interrompt-elle. Je ne veux pas que ma fille prenne un tel risque. Ma mère et ma tante sont décédées de cette saloperie, je vais peut-être y passer aussi. On essayait de croire à des coïncidences jusqu'ici, mais il faut se rendre à l'évidence.

Sa fatalité m'arrache un soupir, tandis qu'elle persiste :

– Tout nous laisse penser qu'Emy développera un cancer, et vous préconisez la surveillance ?

– La décision revient à votre fille, indique le médecin.

Je croise son regard et lui adresse un timide signe de tête. Maman tourne les yeux vers moi avec un petit air de chien battu, celui qu'elle utilise dès qu'elle veut m'amadouer. Mais cette fois-ci, il ne s'agit pas du programme télé ou du menu de la semaine. On parle de ma santé. De mon avenir.

– Il est aussi possible de réaliser une mastectomie prophylactique, indique le médecin. Elle peut être combinée à une ovariectomie.

Si j'ai appris une chose pendant toutes ces années à fréquenter les hôpitaux, c'est que plus les mots sont barbares, plus ça sent mauvais. Tandis que ma mère hoche vigoureusement la tête, j'entrouvre les lèvres avec peine. La gorge douloureuse, je finis tout de même par dire :

– Une ablation des seins et des ovaires, c'est ça ?

Le docteur Collard approuve. J'ai vingt-huit ans et ce médecin m'annonce que, pour préserver ma santé, l'une des solutions est de subir deux lourdes opérations qui ne seront pas sans conséquences sur mon avenir.

– Ce n'est pas une décision à prendre à la légère. Vous devez avoir toutes les cartes en main pour faire le bon choix, c'est pour cette raison que je vais vous adresser à plusieurs confrères.

« Toutes les cartes en main… »

Pourtant, j'ai l'impression d'avoir le jeu le plus pourri de l'univers.

CULPABILITÉ

Vitalys communication – 24 mai

J'ai passé mon samedi sur le canapé. Dimanche, j'envisageais le même programme, mais maman a débarqué. Je lui ai fait promettre de ne pas parler du rendez-vous avec le docteur Collard et nous sommes ensuite allées nous balader dans la campagne.

Comme si de rien n'était.

Je me déteste de lui faire subir un truc pareil. Ma mère a déjà trop fréquenté la mort, elle ne mérite pas de vivre avec la culpabilité d'avoir transmis ce gène merdique à sa fille. Et pourtant, comme toujours, elle est le courage incarné. Son sourire devrait m'insuffler de la force, mais étrangement, il pèse lourd sur mes épaules.

Ce matin, j'arrive au travail avec des cernes de 10 kilomètres de long. Ça fait trois nuits que je ne dors pas, l'angoisse me ravage. J'ai beau essayer de ne pas y penser, un tas de questions me hantent.

Pourquoi moi ?

Qu'ai-je fait pour mériter ça ?

Je cherche le coupable, mais existe-t-il vraiment ?

– Vitali veut te voir, me lance Jessica, ma collègue.

Après avoir déposé mes affaires dans mon bureau, que je partage avec Karim et Yolande, mes deux boute-en-train préférés, je m'empresse de traverser le couloir afin de me rendre dans l'antre de Vitali Conti. À l'instar de son nom aux sonorités italiennes, cet homme est un véritable appel au voyage. J'ai été sous son charme dès que j'ai croisé son regard noisette et ses bouclettes brunes. Au Noël de la boîte, on s'est retrouvés en fin de soirée, seuls et trop bourrés. Et ce qui devait arriver… est arrivé : on s'est embrassés. Puis j'ai pris conscience de ce que je faisais. Je me suis redressée d'un bond avant de quitter précipitamment la salle. C'est une règle de vie que chaque femme devrait respecter : ne *jamais* coucher avec son patron. Je m'acharne à la respecter depuis ce dérapage, même si ses beaux sourires et ses regards en coin ne me laissent pas de marbre. Après avoir toqué à la porte, j'entends la voix rauque et chantante de Vitali me convier à entrer :

– Emy ! Installe-toi.

Chez Vitalys, tout le monde se tutoie. À mon embauche, j'ai tout de suite apprécié cette ambiance bon enfant. Pour vendre nos services aux entreprises et les aider à monter des stratégies de communication en béton, notre bonne humeur est notre meilleur argument. Je m'installe dans un fauteuil sans un mot, puis mon patron me parle à vitesse grand V d'un client important qui vient de faire appel à nous.

– Je tiens absolument à ce que tu prennes en charge ce dossier.

Je devrais être heureuse que Vitali me fasse à ce point confiance. Je devrais être fière d'être dans ses petits papiers. Pourtant, je ne ressens pas la moindre émotion. Aujourd'hui, je n'ai goût à rien. Même ses beaux yeux bruns ne m'éblouissent pas. Vitali fronce les sourcils. Il quitte son fauteuil pour venir s'installer à mes côtés, puis pose sa main sur mon accoudoir, un air compatissant sur le visage.

– Qu'est-ce qui ne va pas, Emy ?

Sa question me sidère. J'ai croisé une dizaine de collègues depuis ce matin, personne n'a rien remarqué. Mais lui… Toujours à l'écoute de ses employés, il est à la fois conseiller et confident. Et on dirait qu'il lit en moi comme dans un livre ouvert.

– Le week-end a été un peu compliqué.

Ma voix éraillée est emplie de larmes. Les doigts de Vitali glissent de l'accoudoir jusqu'à mon avant-bras. J'ai un mal fou à contenir un frisson. J'aimerais tant que cette proximité et son regard intense me fassent oublier mes tracas.

– Si tu as besoin d'en parler, tu…

Je le coupe en retirant mon bras.

– Tu es mon patron. Je ne suis pas ici pour partager mes petits tracas du quotidien.

Ma voix est trop abrupte. Il fait pourtant simplement preuve de compassion, mais je préfère ignorer sa moue déçue. J'attrape le dossier qu'il a laissé entrouvert sur le bureau, puis me lève pour rejoindre la porte. Lui n'a pas bougé. Fébrile, je m'apprête à sortir quand sa voix chaude retentit de nouveau dans la pièce :

– Pourquoi ai-je l'impression que ce n'est pas seulement d'un « petit tracas du quotidien » qu'il s'agit ?

Je me fige, la poitrine secouée par un souffle court. Je m'en veux d'être aussi transparente.

– Ça va aller, m'obstiné-je.

Les documents plaqués contre moi, je peine à trouver une respiration cohérente. Dans mon dos, je l'entends se lever et avancer vers moi.

– S'il te plaît, Vitali…

Ma supplication le fait s'arrêter.

– Le moment est sans doute très mal choisi, reprend-il, hésitant. Mais… j'aimerais beaucoup que nous dînions ensemble un de ces jours.

Effectivement, le moment est mal choisi.

– Je vais y réfléchir.

Vendredi encore, j'aurais dit « oui » sans hésiter. Là, je suis à deux doigts d'éclater en sanglots. Je quitte le bureau dans la précipitation et cours jusqu'aux sanitaires. Une fois enfermée, je laisse les larmes dégringoler sur mes joues. Je devrais être heureuse. Pourtant, la proposition de Vitali a un goût amer. Je ne crois pas être en mesure de m'en réjouir. Je ne suis même pas sûre d'en avoir le droit.

***

Rue du Colonel Fabien – 26 mai

– Le gène quoi ? braille Lolita.

Une chose est sûre, ma meilleure amie n'a pas été dotée du gène de la discrétion.

– BRCA1.

– On dirait un robot de *Star Wars*, mais moins cool que R2D2 ou C-3PO.

Le petit rire que je laisse échapper me fait un bien fou. Quand Lolita se met à me questionner, je me surprends à lui répondre avec un certain détachement. Je lui parle des deux options qui s'offrent à moi : la mastectomie préventive ou la surveillance stricte.

– Ta mère a choisi la surveillance, non ?

Dès que Lolita évoque maman, les vannes s'ouvrent. Je me mets à pleurer sans même m'en rendre compte. Elle m'attire contre elle sur la banquette et me berce longuement. La question de ma meilleure amie me ramène à mes doutes. La surveillance me contraindra à des examens *a minima* tous les six mois, avec l'angoisse de la découverte d'une tumeur. La mastectomie, elle, me privera de ma poitrine, mais réduira presque à néant le risque de développer le cancer du sein.

– Tu veux faire quoi, toi ?

– J'en sais rien.

– Tu n'as pas à prendre de décision aujourd'hui.

– Si je ne me fais pas opérer, maman va me détester.

Lolita arbore une moue stupéfaite.

– On parle bien de Rosalie Roussel, véritable maman poule qui n'a d'yeux que pour sa fille ?

Un ricanement m'échappe.

– Elle ne te détestera jamais, crois-moi. C'est à toi et à toi seule qu'appartient ce choix. Personne ne pourra le faire à ta place.

Je souris tristement. Ma meilleure amie a toujours été présente pour moi, même dans les pires moments. Je me souviens d'elle à la cérémonie de crémation de mamie, alors que nous n'avions que huit ans. Elle a été la première à danser quand *Allumer le feu* a commencé à résonner dans la salle. Je me rappelle notre fou rire face aux regards de stupeur. L'humour de ma grand-mère ne l'a jamais abandonnée, même dans l'au-delà. Si certains y ont vu du mauvais goût, nous savions que mamie voulait que cette chanson de Johnny l'accompagne. « Parce que les sourires sont plus forts que les pleurs », disait-elle. Si mamie me voyait en train de chialer, nul doute qu'elle me mettrait un coup de pied aux fesses.

– Je m'en veux d'avoir ce foutu gène, Lolita. Je suis sûre que maman culpabilise, elle aussi. Elle doit se dire que tout ça, c'est de sa faute. Alors qu'au final, c'est juste la faute à pas de chance. Mais moi, je n'ai pas envie de lui causer plus de souci. Elle doit garder le moral pour affronter son cancer.

Lolita m'écoute sans m'interrompre. Quand j'ai terminé de parler, elle me sourit, puis se penche pour poser ses lèvres sur mon front. Je sais ce que ça signifie. Je suis la seule à pouvoir prendre cette décision. Et je suis dans une merde noire.

COLÈRE

Vitalys communication – 15 juin

– Est-ce que tu peux arrêter de mâcher ce chewing-gum comme une vache qui rumine de l'herbe ?

Yolande plaque sa main sur ses lèvres.

– Euh… désolée, souffle-t-elle, embarrassée. Je vais faire attention.

Quand je prends conscience de mon agressivité, je deviens rouge écarlate et bredouille quelques excuses.

– Emy, Vitali te demande, lance Jessica depuis le couloir.

Je rassemble les éléments du dossier que m'a confié mon patron, puis me dirige d'un pas décidé vers son bureau. Je n'arrête pas de ressasser le moment où il m'a invitée à dîner. Il y a quelques jours, j'aurais sauté de joie. Pourtant, aujourd'hui, je ne parviens pas à m'en réjouir complètement. Pourquoi fallait-il qu'il choisisse ce moment-là ? Question timing, il a fait fort ! Mon moral est au plus bas, et ma vie amoureuse n'est de toute évidence plus ma priorité. Depuis un mois, je passe toutes mes soirées à palper mes seins dans le but de déceler la moindre masse suspecte, mais à part ça, j'en suis au même stade. Aucune décision de prise. Lolita a beau me dire qu'Angelina Jolie a fait une mastectomie, je n'y trouve aucune source de réconfort.

Quand j'arrive dans le couloir, Vitali est déjà à la porte de son bureau. Un sourire radieux illumine son visage, mais ça me donne envie de partir en courant. La joie des autres m'irrite au plus haut point ces derniers temps. Je lui accorde un sourire formel avant d'entrer et commence à farfouiller dans mon dossier afin de lui montrer mon avancée.

– J'ai ciblé plusieurs contenus qui pourraient leur convenir et…

– Emy, je ne t'ai pas fait venir pour ça, me coupe-t-il. Je tenais à m'excuser pour l'autre jour. Je n'ai pas agi avec professionnalisme quand je t'ai invitée à dîner. Je suis…

Je l'observe en silence, blasée. C'est pour ça qu'il voulait me parler ? Vitali baisse les yeux et le haut de ses pommettes se met à rougir. J'ai beau être énervée, je trouve ça plutôt mignon.

– Emy, je…

Il passe une main sur son front, embarrassé.

– J'ai bien vu que tu m'ignorais ces derniers jours. Difficile de t'aborder à la pause, tu ne m'adresses plus un seul regard.

Une certaine tristesse flotte dans sa voix, mais rien qui puisse effacer l'agacement qui m'envahit.

– Tu sais, je peux entendre que tu ne veuilles pas sortir avec moi. Ce n'est pas parce qu'on s'est embrassés que tu me dois quoi que ce soit. Ça ne changera rien entre nous au travail, je suis capable de faire la part des choses.

– Ce baiser n'était qu'un moment d'égarement.

Même si Vitali essaie de garder la tête haute, je devine que mes propos l'accablent. Ses épaules s'affaissent et ses yeux évitent les miens.

– J'imagine, oui, murmure-t-il.

Histoire de reprendre contenance, il se saisit du dossier que j'ai posé sur le bureau.

– Alors, ces contenus ?

Cette fois, j'ai envie de lui arracher les yeux pour baisser si vite les bras et ne pas se battre pour obtenir ce dîner avec moi.

Foutue contradiction.

Cependant, je fais taire la tornade qui se forme en moi et ouvre la pochette cartonnée. Moi aussi je dois rester professionnelle, peu importent mes soucis.

***

Rue du Petit-Hutin – 20 juin

Ce midi, maman déjeune à la maison. Elle m'a assuré qu'elle se sentait plutôt bien malgré sa chimio en début de semaine. Ma mère est une battante. Je devrais sans doute en prendre de la graine. Moi, je ne suis même pas malade, et je passe pourtant toutes mes soirées à déprimer sur mon triste sort.

Je suis ridicule.

Durant le repas, je prends garde à ne pas parler de mon rendez-vous de demain avec le chirurgien qui m'expliquera en quoi consiste la mastectomie.

– Tu me manques, souffle maman entre deux bouchées de savarin.

Les yeux baissés sur mon assiette, je prends conscience que je l'évite, elle aussi. J'ai ignoré plusieurs de ses appels, prétexté être occupée pour ne pas lui rendre visite. La vérité, c'est que j'ai peur, que je suis lâche et que je culpabilise de lui faire endurer une nouvelle épreuve.

– Lolita m'a téléphoné hier, annonce-t-elle. Elle m'a dit pour Vitali.

Je manque de m'étouffer avec une bouchée de mon dessert.

– Et ? argué-je d'un ton âpre.

Ma mère frappe la table avec sa serviette.

– Et j'aimerais savoir ce que tu fabriques, Emy !

Sa voix est montée dans les aigus. Elle ferme les yeux une demi-seconde, se pince l'arête du nez, puis reprend :

– Tu as toujours *apprécié* ton patron. Tu me l'as déjà dit. Je ne peux pas croire que tu aies refusé son invitation à dîner. Ça ne te ressemble pas.

Mon sang bouillonne et mes joues cramoisies ne sont plus que le reflet de mon agacement.

– Ça ne te regarde pas, en fait.

Maman ouvre grands les yeux, estomaquée. Il est rare que je lui parle avec autant d'agressivité. Malgré ma colère, sa main se pose sur la mienne en bout de table.

– Emy, je pense que tu n'es pas dans ton état normal. J'ai respecté ton besoin de distance et de silence, mais je pense qu'il faut qu'on en parle. Tu ne crois pas ?

– Non.

Fermée comme une huître, je plonge le nez dans mes restes de crème chantilly.

– Ma toute belle… chuchote maman. Tu vas subir une opération difficile et…

Je retire ma main, abasourdie. Ma mère a toujours été ainsi, convaincue que ses décisions sont forcément les meilleures. C'est pour cette raison qu'elle n'a pas envisagé un seul instant que je puisse refuser l'intervention et privilégier la surveillance.

De toute manière, le choix parfait n'existe pas. Je pense même qu'il est impossible à faire. Chaque option a son lot de « pour » et de « contre ».

– Qui te dit que je vais me faire opérer ?

Ma mère croise les bras sur sa poitrine, le visage meurtri par la déception.

– Ne me dis pas que… C'est insensé, Emy !

Mon visage dans les mains, je pousse un long soupir de rage.

– Je ne sais pas encore ce que je vais faire, OK ? Tu dois bien te douter de ce que ça représente pour moi. J'ai vingt-huit ans et on me parle d'une ablation des deux seins et des ovaires.

– L'ablation des ovaires peut être faite d'ici quelques années. Le temps que tu fondes ta famille si tu le souhaites.

Je ne sais même plus si je désire avoir des enfants. Je trouverais ça presque égoïste de ma part de mettre un gamin au monde tout en sachant que je peux lui transmettre ce foutu gène.

– Quel homme voudra fonder une famille avec une femme qui a subi une mastectomie, dis-moi ?

Ma question quitte mes lèvres avec amertume.

– La reconstruction se fait en même temps que l'ablation, ma chérie !

Elle a pensé à tout. Et bien entendu, elle a raison. Je me suis moi-même renseignée sur Internet à ce sujet.

– Alors il est là, le problème pour Vitali, n'est-ce pas ?

Les mots de ma mère me percutent de plein fouet. Figée pendant de longues secondes, je prends conscience de leur véracité, puis je fonds en larmes sans crier gare.

– Le problème est partout, maman ! Je ne vais certainement pas me lancer dans une relation maintenant. Je ne veux entraîner personne là-dedans. Ce serait égoïste.

– Tu te mets des barrières inutilement. Tu es effrayée et c'est normal. Mais si cet homme t'apprécie, il acceptera ce que tu traverses.

Une pointe de rancœur me dévore.

– Comme papa ?

Ma question la laisse coite. Papa est parti quelques semaines après avoir appris la maladie de son épouse.

Foutu lâche.

Elle ouvre les lèvres à plusieurs reprises, sans prononcer le moindre mot.

– Ou peut-être que je dois te rappeler que papy est mort d'épuisement avant mamie ?

Ma mère secoue la tête, les larmes au bord des yeux.

– On ne sait pas si la crise cardiaque de papy était liée à…

– Moi, je sais, la coupé-je fermement. Parce que dans cette maladie, il y a aussi tous les dommages collatéraux dont on ne parle jamais.

J'imagine les grands yeux tristes de ma grand-mère qui observe la scène de là où elle est.

« Ne sois pas si dure, Blackbird. »

Les larmes roulent en cascade sur les joues de ma mère. Je m'en veux de la rendre si triste, mais je suis désormais incapable de contenir ma colère.

– Ton résultat d'examen est une chance, poursuit-elle. Des milliers de femmes ne savent pas qu'elles vont développer un cancer du sein et ne peuvent pas agir. Toi, si.

– Une chance ? Comment tu peux dire une chose pareille ? C'est une véritable malédiction.

Malgré les horreurs que je lance, maman se lève et m'enlace pour me serrer contre elle de toutes ses forces. Nos sanglots se répondent à n'en plus finir. Je me déteste d'agir avec autant d'amertume.

– Pense à mamie.

L'argument suprême.

Si elle avait encore été là, ma grand-mère m'aurait remise à ma place. Souvent, je ressens sa présence près de moi, surtout quand j'ai de grandes décisions à prendre.

Comme aujourd'hui.

Le jour de son décès, maman a prononcé ces mots qui résonnent beaucoup en moi désormais : « Mamie persistera dans ton cœur et dans le mien. » En cet instant, c'est elle qui nous encourage à nous serrer les coudes et à ne pas nous laisser aller à la colère.

– Je suis désolée, maman.

Je la serre si fort dans mes bras qu'elle pourrait étouffer.

L'amour sera plus fort, quoi qu'il arrive.

NÉGOCIATION

CHU de Reims – 21 juin

La peur me ronge de l'intérieur. J'appréhende. Je sais que le médecin ne me forcera en rien, toutefois je suis effrayée à l'idée d'entendre ce qu'il a à me dire. De prime abord, le professeur Grangier ne paie pas de mine. Une cinquantaine d'années, grisonnant, tout maigre, avec une petite barbiche.

L'adage « l'habit ne fait pas le moine » lui convient à ravir. Il pose ses coudes sur son bureau, puis cale son menton par-dessus ses poings. Il reste un long moment à m'observer, les yeux plissés.

– Vous dormez combien d'heures par nuit ?

Sa question me prend de court.

Si j'avais une hygiène de vie irréprochable, peut-être que ça suffirait pour garder éloigné le crabe qui rôde autour de notre famille ?

– Huit habituellement, quatre en ce moment.

De toute manière, ça ne sert à rien d'arranger la vérité. Mamie mentait tout le temps à son oncologue, mais il finissait toujours par démêler le vrai du faux. « N'essayez pas de paraître plus forte que vous ne l'êtes, madame Roussel, lui a-t-il dit un jour. Le cancer ne fait aucune distinction entre les gens, il s'attaquerait même aux super-héros s'ils existaient. »

– Il va falloir que vous dormiez, mademoiselle Vaucamp.

Je déteste me faire disputer comme une petite fille. Néanmoins, je sais qu'il a raison, alors je me contente de hocher la tête avec un maigre sourire.

– Vous n'êtes pas malade. Et croyez-moi, ça fait plaisir à voir ! Mon confrère, le docteur Collard, m'a demandé de vous parler de la mastectomie préventive. Je ne vous dirai pas ce qui est bon ou mauvais pour vous parce que vous êtes la seule à le savoir.

Je relâche mes épaules, soulagée.

– Je vous avoue que ça me rassure.

– Certains de mes collègues sont échaudés à l'idée de retirer du tissu sain, mais ce n'est pas mon cas. Une fois que vous aurez toutes les informations en main, vous saurez prendre la bonne décision.

J'ai envie de le croire, moi aussi.

– Le suivi psychologique sera indispensable si vous choisissez de vous engager vers la mastectomie préventive. Il ne faut pas prendre cette intervention à la légère, elle impactera votre mental, ainsi que votre vie.

– Merci pour votre franchise, professeur.

Pendant plus d'une demi-heure, il prend le temps de m'expliquer, à l'aide d'images en 3D, chaque étape de l'opération.

– En ce qui concerne la reconstruction, elle peut être immédiate, mais elle n'est en rien obligatoire. Certaines femmes choisissent de ne pas reconstruire. La balle est encore une fois dans votre camp.

Le médecin me montre ensuite des photos de seins reconstruits, de toutes tailles et de toutes formes.

– Vous pouvez me les refaire plus gros que ceux que j'ai actuellement ? Ça pourrait peser dans la balance quand je ferai mon choix !

Le médecin me renvoie une moue amusée. Je me sens soulagée d'un poids, et pourtant, je ne sais toujours pas si j'aurai un jour recours à cette opération.

– Il faut que vous sachiez que vous n'aurez plus les mêmes sensations, et que la reconstruction ne pourra pas reproduire votre poitrine à l'identique. Il y aura forcément des différences.

– Et des cicatrices… soufflé-je.

– Il y en aura, mais elles s'estomperont avec le temps.

Nous discutons encore quelques minutes, puis la consultation prend fin. La main tendue vers moi, il m'adresse un dernier sourire réconfortant :

– La décision n'est pas facile à prendre, mais laissez votre cœur vous guider, mademoiselle Vaucamp.

Mon cœur…

Je l'ai trop mis en sourdine ces derniers temps.

***

Vitalys communication – 22 juin

Mais qu'est-ce que je fiche devant le bureau de Vitali ? Je devrais rebrousser chemin. Jusqu'ici, j'étais convaincue que sortir avec son patron était la pire chose à faire. Et c'est sans doute vrai… Pourtant, je m'apprête à plonger à pieds joints dedans. Tout ça parce que le médecin m'a demandé de suivre mon cœur, et que la première chose que j'ai vue devant mes yeux, c'est le visage de Vitali. Je n'ai pas pensé un seul instant au choix que je vais devoir faire d'ici quelques semaines, j'ai simplement songé à la possibilité de poser à nouveau mes lèvres sur celles de mon patron. Quelque chose de futile, mais de primordial.

Parfois, je me demande comment aurait été ma vie si le cancer n'avait pas rôdé autour de notre famille. Si mamie était toujours là, elle me dirait sûrement de prendre le taureau par les cornes et de ne pas laisser mon destin me filer entre les doigts.

Je sursaute quand la porte s'ouvre sur mon patron, armé de son plus beau sourire.

– Emy, entre !

Je le suis jusqu'à son bureau, les joues rougissantes.

Et si je me prenais un râteau ?

– Tu as des questions par rapport au dossier Rigaud ? me demande Vitali en s'installant dans son fauteuil.

J'entends sa question sans réellement l'écouter.

– Ce n'était pas un moment d'égarement.

Vitali fronce les sourcils, interloqué. Il paraît réfléchir à mille à l'heure, quand soudain, un éclair de génie le foudroie :

– Tu parles de…

Il ne termine pas sa phrase, embarrassé.

– Je parle de notre baiser à la soirée de Noël.

Ses joues virent au rouge tandis qu'il fait mine de remettre en place quelques papiers sur son bureau.

– J'ai voulu l'effacer de ma mémoire parce que tu es mon patron et que ce n'est pas « convenable », mais aujourd'hui, j'ai bien envie de t'embrasser encore, tu comprends ?

Vitali m'observe comme un poisson qui se serait échappé de son bocal.

– Oh.

Son manque de loquacité m'arrache un rire. Je ne suis pas peu fière de mon petit effet.

– Tu acceptes mon invitation à dîner, alors ? se reprend-il.

Le sourire complice que nous échangeons me met du baume au cœur. Pourtant, une force inconnue me donne un coup de poing dans la poitrine.

Si j'avais laissé Vitali entrer dans ma vie plus tôt, aurait-il tourné les talons à l'annonce de mes résultats médicaux ? M'aurait-il soutenue ?

Je ne peux pas le faire monter sur ce navire sans qu'il soit au courant que nous risquons le naufrage.

– Je sais qu'un dîner n'engage à rien, mais je veux être honnête avec toi au cas où notre histoire deviendrait sérieuse.

– Ce que j'espère.

Je pique un fard, troublée par son aveu. Je suis heureuse de savoir que nous sommes sur la même longueur d'onde.

– Ma vie n'est vraiment pas simple en ce moment.

– Est-ce que tu as assassiné quelqu'un ?

La surprise doit se lire sur mon visage car Vitali éclate d'un rire clair.

– Alors je prends le risque du compliqué, Emy.

ACCABLEMENT

Rue du Petit-Hutin – 25 juin

Vitali a tout de l'homme que j'attendais. Il est attentionné, drôle, intéressant. Notre rendez-vous s'est déroulé sans temps mort, nous avons passé une merveilleuse soirée. Au moment de nous quitter sur le pas de ma porte, il dépose un baiser au coin de mes lèvres. J'apprécie qu'il ne précipite pas les choses, cependant j'ai envie de plus. Je ne veux plus perdre de temps. J'ai été indécise trop longtemps. La vie ne doit pas se résumer à faire des choix prudents pour se préserver.

Se préserver de quoi, de toute façon ?

Parfois, à force d'attendre le bon moment, on en oublie de faire confiance à l'instant présent. Aujourd'hui, je choisis l'imprudence et l'impatience. Je retiens Vitali par le col de sa chemise et l'attire contre moi. Son air surpris est tout à fait adorable. Je mordille ma lèvre inférieure pendant quelques secondes avant de venir l'embrasser avec la fureur des premiers baisers. C'est maladroit, ça me brûle de l'intérieur, mais j'adore ça. Je glisse mes mains sous sa chemise. Je me fiche de passer pour une fille facile.

– Tu es sûre ?

Mon regard fiévreux lui répond. Nous pénétrons dans l'appartement, accrochés l'un à l'autre. Peu importe s'il est mon patron, je saute à pieds joints dans cette relation. Nous savons tous les deux qu'un lien spécial nous unit. Il est temps de l'assumer de la plus belle des manières. Nos vêtements s'éparpillent du salon jusqu'à ma chambre. Lorsque nous sommes nus l'un en face de l'autre, je constate que ses beaux yeux noisette naviguent sur mon corps. Sur ma poitrine, inévitablement. Les mains de Vitali caressent la moindre parcelle de mon anatomie, mais chaque fois qu'il effleure mes seins, tout mon corps se raidit d'appréhension. J'ai beau l'avoir désiré durant des mois, je ne parviens pas à déconnecter mon cerveau. J'appuie mes gémissements pour ne pas pleurer.

Je me hais.

La douceur de ses gestes et sa tendresse devraient m'aider à me laisser aller, mais l'extase escomptée n'est pas au rendez-vous. Vitali dépose un tendre baiser sur mon épaule et entoure mon corps de ses bras réconfortants. J'enfonce mon profil dans l'oreiller, histoire de dissimuler mon trouble. Quelques minutes passent avant qu'il ne me demande d'une voix timide :

– Tu veux que je rentre chez moi ?

– Surtout pas.

Je n'ai aucune envie de me retrouver seule face à moi-même.

Nous restons silencieux, nus l'un contre l'autre. Il ne faut qu'une quinzaine de minutes pour que la respiration de Vitali devienne régulière et lourde.

Pour ma part, je peine à trouver le sommeil. Je ressasse. Je repense à ses mains sur mes seins, au plaisir mêlé d'amertume que je ressentais quand il les embrassait. Je songe aussi à ses sourires lorsqu'il les cajolait, à ses prunelles teintées de désir. Une larme tombe sur le drap. J'aimerais être capable de ne pas pleurer dans un tel moment, mais c'est plus fort que moi. Ravagée par les sanglots, j'essaie de rester discrète pour ne pas le réveiller. Hélas, Vitali gigote dans mon dos. Quand il prend conscience de mon état, il allume la lampe de chevet et me contraint à lui faire face. Ses sourcils se froncent d'inquiétude et ses yeux sombres se heurtent aux miens.

– Tu veux bien me dire ce qui t'arrive, Emy ?

Sa tendresse me fait pleurer un peu plus encore. La gorge nouée de larmes, je lui explique sans détour, les iris fixés sur le haut de son torse afin de ne pas perdre le fil, sans m'arrêter une seule seconde. Je termine, essoufflée, sans oser le regarder. Je le sens m'observer en silence, réfléchissant. Il cale son index sous mon menton pour m'intimer de lever la tête, ce que je fais, timidement, les yeux rougis. Lorsque nos regards se croisent, je remarque que les prunelles de Vitali sont aussi larmoyantes que les miennes.

– Je suis désolée.

Désolée de me montrer si faible.

– Tu n'as pas à te sentir coupable de quoi que ce soit. C'est normal que tu sois accablée par cette nouvelle.

J'essuie mes larmes et lui adresse un petit sourire.

– Tu es certaine de ne pas savoir ce que tu veux, tout au fond de toi ?

La question de Vitali me surprend, même si elle est légitime. Je n'ai pas besoin d'y réfléchir longtemps pour avoir une réponse.

– Je pense que je le sais depuis le début. Mais ça me fait flipper.

Le visage solaire de mon bel Italien est une véritable bénédiction.

– Ma mère a stressé tous les six mois pendant des années, à chaque mammographie, à chaque IRM, à chaque échographie. C'était invivable. Et le pire dans tout ça, c'est qu'on lui a tout de même diagnostiqué un cancer du sein il y a cinq ans. Elle n'arrête pas de se battre depuis.

– Tu ne veux pas subir la même chose, n'est-ce pas ?

Vitali a tout compris.

– La mastectomie est une solution radicale, mais plus sûre, oui. Je sais que c'est bête, pourtant l'autre jour je suis tombée sur un reportage à propos d'une influenceuse qui donnait un prénom à ses seins et ça m'a fait prendre conscience qu'ils font *vraiment* partie de moi.

Vitali ne se moque pas et je ne peux que lui en être reconnaissante.

– Plus je me prépare à l'ablation, plus ça prend la forme d'une amputation dans ma tête. J'ai peur de ne plus être la même sans ma poitrine, de ne plus être désirable.

Ma tête cachée entre mes mains, je rougis de honte. Vitali retire mes doigts pour que je le regarde de nouveau.

– N'aie pas honte, Emy.

– Je ne peux pas prendre cette décision à la légère. C'est irréversible. Il n'y a pas de marche arrière possible. Si mes seins reconstruits ne me plaisent pas, je ne peux pas les ramener au magasin et retrouver les anciens.

Vitali caresse tendrement ma joue.

– Et je n'arrête pas de lire ces articles qui racontent que les prothèses sont dures comme du béton, que je n'aurai plus jamais les mêmes sensations, et que le résultat esthétique laisse parfois à désirer… Et en même temps, je me dis que cette opération peut me permettre de retrouver une vie normale, sans l'ombre de la maladie au-dessus de moi. Je me sens bête, si tu savais…

Il embrasse mes doigts.

– Tu n'es pas bête, loin de là. Tout ce que je vois, c'est une femme incroyablement courageuse. Terriblement intelligente. Excessivement drôle. Merveilleusement adorable. Et crois-moi, il ne m'en faut pas plus pour te désirer.

Mon cœur rate un battement. C'est beau comme il cherche à me rassurer.

Et j'ai bien envie de le croire.

ACCEPTATION

CHU de Reims – 27 novembre

Le réveil est difficile. Je suis encore dans les vapes suite à l'anesthésie. Mon premier réflexe est de toucher ma poitrine, même si elle est entourée d'un bandage. Les médecins m'ont prévenue que la douleur risquait d'apparaître dans les heures à venir, mais ça ne m'inquiète pas. Maintenant que je suis réveillée, j'ai l'agréable sensation d'avoir pris la bonne décision. Près de moi, maman dort sur un fauteuil. Ses traits sont tirés, elle a dû tomber de fatigue. Alors que quelqu'un frappe à la porte, je me redresse dans mon lit. Le professeur Grangier, accompagné du docteur Collard, apparaît dans l'embrasure. Maman sursaute, essuyant un filet de bave au coin de ses lèvres.

– Madame Vaucamp, vous êtes réveillée, parfait ! Tout s'est très bien passé. Il ne reste plus qu'à vous reposer. Madame Prioult, votre psychologue, viendra vous voir d'ici ce soir.

Un soupir commun de soulagement résonne dans la chambre. Après quelques explications supplémentaires, je les remercie chaleureusement pour leur suivi et leur bienveillance. Alors que le professeur Grangier quitte la pièce, le docteur Collard rejoint ma mère et lui annonce :

– J'ai reçu vos résultats d'examen, madame Roussel. J'aimerais en discuter avec vous.

Maman me lance une œillade paniquée. Je la regarde partir, aussi terrifiée qu'elle, mais surtout impuissante. J'ai l'habitude des moments d'allégresse balayés par les mauvaises nouvelles. Je me souviens encore du jour où j'ai appris que mamie était condamnée. C'était le jour de la kermesse de l'école.

La joie est vite retombée.

Je ferme les yeux en priant pour que mon soulagement post-opération se poursuive avec une bonne nouvelle. Une dizaine de minutes plus tard, deux visages rayonnants font leur apparition dans l'entrebâillement de la porte.

– Dis-moi qu'ils t'ont fait des gros seins ! braille Lolita.

À ses côtés, Vitali tient un énorme bouquet de fleurs. On le voit à peine derrière toutes ces roses. Ma meilleure amie s'assied sur mon lit et m'embrasse la joue. Quant à mon bel Italien, il semble ne pas savoir quelle attitude adopter. D'un geste de la main, je lui fais signe d'approcher. Quelque peu engourdie, je parviens tout de même à nicher mes doigts sur sa nuque et à l'attirer vers mes lèvres. Le baiser est bref, mais revigorant.

– Merci d'être là, soufflé-je.

– C'est normal.

Entre Vitali et moi, c'est aussi beau qu'évident. Pour nous embêter, Lolita dit que nous sommes ennuyeux à en mourir. Pourtant, je me sens chanceuse d'avoir un soutien tel que Vitali dans ma vie.

– C'est bon, vous avez fini de vous faire l'amour avec vos yeux ? grommelle ma meilleure amie.

Nous éclatons d'un même rire. Le mien se retrouve avorté lorsqu'une douleur me vrille la poitrine. Vitali m'adresse un regard paniqué, mais je le rassure d'un sourire. Quelques secondes plus tard, la porte s'ouvre à la volée et ma mère entre en trombe en hurlant :

– Je suis en rémission !

Elle se met à tournoyer devant mon lit. Une véritable danse de la joie ! Très vite, Lolita se trémousse avec elle. Alors que les trois personnes les plus importantes de ma vie se prennent dans les bras, je les regarde sans réellement comprendre ce qui se passe. Tout à coup, les larmes jaillissent de mes yeux et je plaque ma main sur mes lèvres.

Rémission.

Quand maman me voit pleurer, elle s'approche du lit et prend mon visage en coupe entre ses doigts :

– Plus une seule trace du vilain crabe dans mes derniers examens, ma chérie.

Je continue de sangloter, mais je ne sais plus si c'est de tristesse ou d'apaisement. Maman me serre fort contre elle et pleure à son tour. C'est comme si le cauchemar se terminait enfin.

Pour elle comme pour moi.

De chaque côté du lit, Vitali et Lolita posent une main sur mon épaule.

« Tu vois que tout s'arrange, Blackbird », souffle mamie dans mon esprit.

***

Lieu-dit La Fauvette – 16 février

Je me sens si bien avec Vitali. Notre lien se fortifie de jour en jour. Au bureau, les rumeurs sont allées bon train à propos de notre relation, mais Vitali a rapidement mis les choses au clair. Je me rappellerai toujours son discours face à l'ensemble des employés pour annoncer que son amour pour moi n'altérerait en rien son impartialité.

C'est ainsi qu'il m'a déclaré sa flamme. Devant tous nos collègues.

Vitali est un homme en or. Il n'a pas cillé quand je l'ai repoussé, lui interdisant de voir mes cicatrices. Il n'a pas cherché à négocier quand notre vie sexuelle s'est résumée au néant pendant plusieurs semaines. Il ne s'est jamais montré impatient.

Mes rendez-vous hebdomadaires avec ma psychologue m'aident au quotidien. Ces séances sont aussi revigorantes qu'indispensables. Je suis soulagée d'avoir fait l'opération. J'ai vu mamie mourir à petit feu et maman salement amochée. Je suis convaincue d'avoir fait le bon choix. Toutefois, je me retrouve souvent à pleurer dans le bureau de Mme Prioult sans comprendre la raison de ma tristesse. Heureusement, elle a toujours les bons mots pour me rassurer et m'aider à apprivoiser mon nouveau corps. Car finalement, les articles lus sur Internet n'étaient pas que des ramassis de mensonges. La première fois que je me suis retrouvée face au miroir, désemparée devant cette poitrine qui ne m'appartenait pas, j'ai cru voir une autre personne. Le cri de stupeur qui a franchi mes lèvres à ce moment-là m'a fait prendre conscience que, sans ma psychologue, je n'y arriverais pas. Elle m'aide à y voir plus clair dans mes ressentis et m'amène toujours à trouver la solution adéquate.

Forte aussi de l'amour que me porte Vitali, j'ai fini par retrouver une intimité. Il m'arrive encore de tressaillir quand mon bel Italien dévore ma poitrine, mais je n'ai plus aucun doute : ça finira par s'estomper. La nouvelle moi avec ses seins flambant neufs, comme dirait Lolita, mérite une vie sereine et heureuse. Assise sur le canapé chez Vitali, je pose ma tête sur son épaule et chuchote :

– Tu n'aimerais pas qu'on emménage ensemble ?

Il se redresse d'un bond et écarquille les yeux, choqué. Moi non plus, je ne sais pas d'où sort cette idée. Je l'ai lancée pendant la pub, comme si je lui avais demandé s'il voulait un dessert. Vitali ne parvient pas à aligner trois mots. Il bredouille quelque chose d'incompréhensible, si bien que j'éclate de rire. Il me flanque une petite pichenette dans le haut du bras, puis finit par reprendre contenance :

– Bien sûr que j'aimerais ça. J'adorerais, même.

Heureuse, je grimpe à califourchon sur lui. Ses mains trouvent leur place sur ma chute de reins afin de m'attirer contre son torse. Nos lèvres s'unissent avec la même passion qu'à nos débuts. Très vite, ses doigts me débarrassent du moindre de mes vêtements et roulent sur ma peau brûlante. La gêne de me montrer nue s'évapore pas à pas. Ma nouvelle poitrine est en passe de devenir ma meilleure alliée. Et quand je vois Vitali y plonger avec ardeur pour la dévorer, je crois qu'il l'aime bien, lui aussi.

– Emy, est-ce que tu sais comme je t'aime ?

Même si je n'ai plus les mêmes sensations qu'avant, ses mots d'amour vibrent sous ma poitrine.

– Pas vraiment. Dis-le-moi encore.

Vitali me fait basculer sur le dos. Avant de plaquer ses lèvres sur les miennes, il annonce de sa voix chaude et chantante :

– Je t'aime follement, Emy Vaucamp.

RECONSTRUCTION

Lieu-dit La Fauvette – 21 mai

Il y a deux ans jour pour jour, j'étais dans le bureau du docteur Collard.

Déjà deux ans.

Aujourd'hui est une journée beaucoup plus douce. Lolita et maman sont venues déjeuner. Plus les mois passent, plus la rémission de ma mère se transforme en guérison.

Guérison. Comme ce mot est beau.

Les rires s'échappent de notre tablée. En cette chaude journée de printemps, on peut entendre les grillons chanter dans le jardin. J'ai l'impression d'être dans le Sud et d'écouter les cigales. Ça me rappelle mamie et nos dernières vacances. Vitali s'affaire auprès du barbecue, une odeur délicieuse embaume les environs. Tout va pour le mieux dans le meilleur des mondes. Je sais comme c'est fragile, alors j'en profite. Quand je regarde en arrière, je vois tout le chemin parcouru. Il a été semé d'embûches, mais nous nous sommes battus. Leurs sourires sont mon plus bel espoir.

– On a quelque chose à vous annoncer.

Tout le monde s'arrête de discuter, tandis que Vitali se poste derrière moi. Je n'ai pas dit un mot, mais les yeux de ma mère s'embuent déjà. Sans parler, je pose ma main sur mon ventre. Lolita et maman comprennent en une fraction de seconde. Vitali presse mon épaule et plaque un baiser dans mon cou.

– Un petit Conti va bientôt voir le jour, lance-t-il de sa voix chantante.

Maman se lève pour me serrer contre elle.

– Je suis si heureuse, ma chérie, chuchote-t-elle en sanglotant.

Je porte mon regard vers le ciel et souris.

Tout ça, c'est pour toi, mamie.

Je ferai tout pour montrer à cet enfant que peu importent les coups bas de la vie, il y a toujours de l'espoir. Surtout, s'il doit prendre un jour une décision aussi difficile que la mienne, je le guiderai et l'épaulerai à chaque étape.

« Vole, Blackbird », chantonne la voix de ma grand-mère dans ma tête.

Les notes de sa chanson préférée résonnent au plus profond de moi.

Blackbird singing in the dead of night
Take these broken wings and learn to fly
All your life
You were only waiting for this moment to arise[4]

---

4. « Merle chantant au cœur de la nuit / Prends ces ailes brisées et apprends à voler / Toute ta vie / Tu attendais seulement ce moment pour t'élever » (extrait de *Blackbird*, chanson interprétée par les Beatles, composée par John Lennon et Paul McCartney. George Martin, Studios EMI, 1968).

Je me sens libre. Heureuse. Prête pour la suite.
Les ailes déployées, je vole.
Plus rien ne pourra m'arrêter.

Message reçu

Laura S. Wild

PROLOGUE

Il y a des moments qui s'insinuent et s'installent dans notre esprit sans qu'on comprenne immédiatement leur impact. Ce n'est que plus tard, lorsqu'on y repense, qu'on réalise à quel point l'instant nous a marqué… changé. J'ai dans ma mémoire des milliers de souvenirs rangés dans des cases. Certains surgissent parce que j'ai entendu un mot, vu un visage, senti une odeur. D'autres sont mis en sommeil et ne ressortent que lorsque j'ai besoin de me remémorer certaines personnes, de me rappeler une voix ou une période particulière. Et puis il y a les souvenirs auxquels j'aimerais ne pas repenser, que j'étouffe, que je cache, mais qui finissent toujours par remonter à la surface. L'un de ceux que je déteste le plus correspond au point de départ d'une longue période de plusieurs mois, au cours de laquelle une question revenait sans cesse dans mon esprit.

Quand est-ce que tout cela va se terminer ?

L'instant où tout a basculé est gravé à jamais dans ma mémoire. Je me souviens de tout, même des détails futiles. Je me souviens du chemin en voiture, de ma mère sur le siège passager, de la radio en fond sonore, du silence chargé d'angoisse dans l'habitacle. Je me souviens du docteur Morin qui nous accueille dans son cabinet, de la table d'auscultation au fond de la pièce, des nombreux dessins d'enfants accrochés au mur. Je me souviens de ma jambe qui tressaute sans arrêt, un signe de nervosité qui me vaut souvent des coups d'œil entendus de la part de ma mère pour me faire arrêter… mais pas cette fois. Parce qu'elle ne me regarde pas. Elle tient dans ses mains un dossier médical qu'elle serre contre sa poitrine.

Je me souviens également m'être dit que je *savais* déjà quelle serait l'issue de ce rendez-vous, avant même qu'une parole n'ait été prononcée. Je *savais*, et la petite voix dans ma tête qui parvient généralement à me faire relativiser n'y pouvait rien cette fois. Et puis, évidemment, je me souviens de la façon dont le docteur Morin a croisé les mains devant elle, du regard doux et désolé qu'elle a posé sur ma mère… et de ses mots :

– Après examen, la suspicion de tumeur détectée lors de votre mammographie a été confirmée. Vous avez un cancer du sein, madame Durand.

À partir de ce moment-là, je ne me souviens plus de rien. Ni des explications du médecin, ni de la liste interminable de rendez-vous qu'elle a proposés à ma mère… Rien. Parce que la seule chose à laquelle j'ai été capable de penser après cette annonce, c'est la manière dont mon père et ma sœur allaient prendre la nouvelle. Je ne savais pas encore tout à fait à quel point elle allait impacter notre famille… En revanche, je pressentais déjà qu'elle allait tous nous atteindre sans exception, parce que ma mère ne serait pas la seule à mener ce combat… Nous allions tous nous jeter dans la bataille avec elle.

1

Deux ans plus tard

Ma jambe tressaute nerveusement. Assise dans la salle d'attente, je regarde le va-et-vient incessant des soignants qui arpentent les couloirs du centre médical, accompagnés de patients.

– Du calme, Sophie.

La main de ma mère se pose sur mon genou pour arrêter son tremblement. Je soupire et me redresse sur ma chaise.

– Ça commence à être long, non ? je m'impatiente.

– Ce sera bientôt notre tour, ne t'inquiète pas.

– *Tu* me demandes de ne pas m'inquiéter ? C'est le monde à l'envers.

Ma mère sourit doucement avant de reporter son attention sur la porte du cabinet devant lequel nous attendons.

– J'espère que le nouveau médecin sera sympa, dis-je. Quelle impression t'a-t-il faite au téléphone ?

– Je n'ai eu que sa secrétaire, mais elle m'a assuré qu'il était très compétent.

– Y'a intérêt.

Il y a quelques semaines, l'oncologue qui suivait ma mère depuis le début de ses traitements a pris sa retraite… pour notre plus grand bonheur. Au cours des deux dernières années, j'ai appris à la dure qu'il existe deux types de médecins. Ceux qui se préoccupent de leurs patients et de leur entourage, qui prennent soin de trouver les mots justes, d'expliquer et de rassurer face à la terreur que provoque le terme « cancer ». Et puis il y a les autres… les médecins expéditifs, mécaniques, distants, ceux qui vous débitent trente-six informations à la minute dans un jargon complexe, ceux qui vous demandent si vous avez des questions tout en espérant que vous n'en poserez pas, parce que la liste des patients qu'ils ont à voir est encore longue et qu'ils ont hâte que la journée se termine.

L'oncologue qui était jusque-là chargé du dossier de ma mère faisait malheureusement partie de la seconde catégorie, et la pauvre rechignait chaque fois qu'elle devait le voir, parce qu'elle savait qu'elle serait confrontée à un « mur médical », comme elle l'appelait souvent. Ces deux dernières années, ma mère a fréquenté plus de docteurs et de centres de soins que n'importe qui et la détermination qui l'habitait au départ s'est estompée. Aujourd'hui, elle est surtout fatiguée de ce ballet incessant de rendez-vous. Elle aimerait que tout cela se termine pour pouvoir reprendre une vie normale… si tant est que ce soit possible. Parce que même si elle arrive un jour à mettre cette épreuve derrière elle, elle ne retrouvera plus jamais la vie qu'elle vivait auparavant. Elle en est consciente, et j'en suis consciente également. Notre famille entière l'est.

De mon côté, le rôle de spectatrice que j'endosse m'insupporte. Je dois bien l'admettre, je suis déçue aussi… Le jour où on a annoncé à ma mère qu'elle était atteinte d'un cancer du sein, je savais que c'était le début d'un long combat, mais je n'imaginais pas que nous serions toujours en plein dedans deux ans après. Moi aussi, j'ai hâte que tout cela s'arrête, mais je ne l'admettrai jamais à voix haute. Puisque ma mère fait bonne figure, je me dois d'être à sa hauteur.

La porte du cabinet s'ouvre sur une patiente accompagnée d'un médecin. Celui-ci lui parle tout bas, puis il lui serre doucement le bras avant de relâcher sa prise. La femme, son sac à main serré contre sa poitrine, remonte le couloir, les yeux rougis, bouleversée. Ma mère et moi la regardons partir, le cœur serré, parce que nous nous doutons de la nouvelle qu'elle vient d'apprendre et du choc qu'elle doit ressentir.

– Madame Durand ?

Un sourire accueillant aux lèvres, l'oncologue nous invite à entrer. Nous nous installons sur les chaises disponibles face à son bureau, et ce n'est que lorsqu'il y prend place que je remarque à quel point il est jeune… En tout cas, bien plus que presque tous les médecins que j'ai vu défiler dans ce centre hospitalier.

– Je suis le docteur Marceau, et c'est moi qui vais vous suivre désormais, se présente-t-il. Je sais qu'un changement de médecin en cours de traitement peut soulever des inquiétudes, mais tout va bien se passer.

– Je vous fais confiance, lui assure ma mère.

Eh bien, pas moi ! Sérieusement, est-ce qu'on est sûres que cet homme est apte à prendre des patients en charge ?

Je plisse les yeux, mais l'attention ne se focalise pas sur moi, de toute façon. Le médecin parle longuement avec ma mère, pas seulement de ses traitements, mais aussi d'elle. J'apprécie qu'il prenne le temps de lui demander comment elle va et, surtout, d'écouter vraiment sa réponse, et je me détends petit à petit… En tout cas, autant que cela m'est possible dans cet endroit que je déteste tant.

Après l'auscultation, l'oncologue confie à ma mère une liste de rendez-vous à prendre auprès de la secrétaire à l'accueil. Elle quitte le cabinet et je rassemble nos affaires, prête à lui emboîter le pas, mais le docteur me dit alors :

– Est-ce que je peux vous parler un instant ?

Je me redresse et le dévisage sans un mot. Immédiatement, j'imagine qu'il veut évoquer l'état de santé de ma mère. J'imagine qu'il va m'annoncer qu'une nouvelle tumeur a fait son apparition durant l'examen et que les nouvelles ne sont pas bonnes. Mes mains deviennent moites sur-le-champ. Je devrais certainement m'asseoir, comme il m'y invite d'un geste de la main, mais mes jambes sont raides comme des piquets.

– Est-ce que…

Je déglutis péniblement avant de m'obliger à me reprendre.

– Est-ce que tout va bien avec ma mère ?

– Oh, oui, l'examen est tout à fait normal, les traitements agissent comme nous le souhaitons, me répond le docteur Marceau. En fait, j'aimerais parler de vous.

– De moi ?

Cette fois, lorsqu'il insiste en me désignant un fauteuil, je m'y installe. Les sourcils froncés, je me demande bien ce qu'il peut me vouloir. J'espère simplement qu'il ne va pas tenter de jouer les psys de service en me demandant comment j'encaisse la situation.

Il ne serait pas déçu de ma réponse.

– J'imagine que c'est quelque chose que vous n'avez pas envie d'entendre, mais je me dois de vous en parler, commence-t-il. Le cancer de votre maman ne l'impacte pas seulement elle. Il vous concerne également.

– Je ne comprends pas.

– Eh bien, en moyenne, le dépistage du cancer du sein s'effectue à partir de cinquante ans… sauf en cas de précédent dans la famille. J'ai cru comprendre que vous aviez une sœur aînée ?

Je hoche la tête, mais je ne vois toujours pas où il veut en venir.

– Écoutez, je ne vais pas y aller par quatre chemins, lâche-t-il. Votre sœur et vous avez un risque plus élevé de contracter un jour un cancer du sein, ce qui signifie que pour vous deux, le dépistage plus jeune est fortement conseillé.

Ma bouche s'entrouvre.

– Plus jeune… c'est-à-dire ?

Le médecin croise les mains devant lui avant de me répondre :

– Disons, à partir de la trentaine.

Une vive remontée acide me brûle la gorge.

– Et comme je viens d'avoir trente ans… je soupire, amère.

– Je sais que c'est difficile à entendre, mais je voulais vous prévenir qu'à partir de maintenant, vous serez amenée à recevoir des incitations au dépistage dans votre boîte aux lettres. Néanmoins, que votre mère soit touchée ne veut pas dire que vous aurez obligatoirement un cancer du sein un jour, juste que…

– Que j'ai plus de risques que les autres que ça m'arrive.

Les lèvres plissées, le docteur Marceau acquiesce lentement.

– Tenez, fait-il en déposant plusieurs brochures devant moi. Prenez le temps de les lire et si vous avez la moindre question, n'hésitez pas à m'appeler ou à prendre rendez-vous. Mais s'il vous plaît, n'essayez pas de trouver des réponses sur Internet. Vous risqueriez de vous faire peur plus qu'autre chose.

Mécaniquement, j'attrape les documents, me lève et le salue distraitement. La seule chose que je veux, c'est quitter son cabinet et retrouver ma mère… Elle n'est d'ailleurs pas à l'accueil lorsque je passe devant : je la découvre près d'une machine à café, en compagnie d'un homme que je mets plusieurs secondes à reconnaître. Leurs mines à tous les deux sont sombres, ce qui fait naître de l'inquiétude en moi. Ils se donnent l'accolade, puis se séparent au moment où j'arrive à leur niveau. Dès que l'homme s'est éloigné, les épaules de ma mère s'affaissent et elle fond subitement en larmes.

– Maman, qu'est-ce qui se passe ? je m'enquiers. C'était Martin, n'est-ce pas ?

Elle acquiesce, incapable de dire un mot. Je passe un bras autour de ses épaules, tentant de la réconforter comme je le peux, mais ses larmes sont de plus en plus abondantes, à tel point que je décide de l'accompagner à l'extérieur pour qu'elle puisse prendre l'air.

– Qu'est-ce qu'il t'a dit ? Maman, parle-moi, tu me fais peur.

Elle relève la tête, ferme les yeux et inspire plusieurs fois.

– C'est Clémence, parvient-elle à me souffler.

Dès qu'elle prononce ce prénom, elle éclate à nouveau en sanglots.

– Elle… Elle est…

Alors, je comprends. Mon cœur se serre douloureusement, et tandis que je ferme les yeux pour tenter d'empêcher mes propres larmes de couler, le visage mince et pâle d'une jeune femme surgit derrière mes paupières closes.

2

Un an et demi plus tôt

– Vous reprendrez bien encore un peu de chimio, madame Durand ?

– Avec plaisir. Si vous pouviez ajouter une rondelle de citron et un petit palmier avec ce cocktail détonant, ce ne serait pas de refus.

– Mais bien sûr. Vos désirs sont des ordres !

Je secoue la tête face à cet échange entre ma mère et l'infirmière qui s'apprête à lui administrer une dose de chimiothérapie. Le produit rouge à l'intérieur de la poche de perfusion rendrait nerveux n'importe qui, moi la première. Mais, comme toujours ces quatre derniers mois, ma mère prend les choses avec légèreté… En tout cas, c'est ce qu'elle veut nous faire croire.

Après l'annonce du cancer, ma famille s'est mise en ordre de bataille. Mon père, ma sœur et moi étions parfaitement conscients que ce serait à ma mère de faire le plus gros du travail, que c'était elle qui allait subir, encaisser et mettre toutes ses forces dans ce combat. Cependant, nous avons décidé d'agir en véritables soldats, qui ne pourraient pas partir au front à la place de leur général mais qui feraient tout pour l'aider à remporter la bataille. Et cela passe par l'accompagner à chacun de ses rendez-vous, qu'ils soient pour des examens, de simples contrôles ou, comme aujourd'hui, ses traitements de chimiothérapie.

Je la regarde ajuster timidement le turban autour de sa tête et sourire à la femme installée dans le fauteuil juste en face d'elle, qui est déjà en train de recevoir sa perfusion. Chaque chimiothérapie est espacée de trois semaines et, généralement, ce sont les mêmes patients qui se retrouvent traités en même temps, ce qui permet de nouer des liens. Parce que ma mère est de ces gens avec qui il est facile de sympathiser. Ma mère, c'est la personne qui vous sourit dans la file d'attente d'une caisse de supermarché, même si elle ne vous connaît pas. C'est celle qui, même épuisée par les traitements, vous questionnera et s'intéressera véritablement à vous et à votre vie sans en profiter pour minimiser votre situation par rapport à la sienne. Ma mère, c'est une grande générosité, de l'empathie et une sensibilité qui s'accentue avec les années. Sa capacité à rester aimable et engageante en toutes circonstances me surprendra toujours. Elle aurait toutes les raisons d'en vouloir à la terre entière pour ce qui lui arrive, et elle aurait parfaitement le droit de le faire sentir, de le montrer… mais ça ne lui ressemble pas. Alors j'ai décidé d'être en colère à sa place.

Et je suis *vraiment* en colère. Je le suis depuis cinq mois maintenant. Alors non, ça ne me soulage pas et ça ne rend pas tout cela plus facile à supporter, mais je n'arrive pas à ressentir autre chose, surtout les jours où je me trouve dans un centre médical comme celui-là, entourée de personnes atteintes de différents cancers à différents stades. Souvent, j'ai l'impression que je ne devrais pas être là, j'ai le sentiment qu'être en bonne santé est un pied de nez à tous ces patients… Dès que l'infirmière quitte la pièce, je capte le regard las et fatigué de ma mère malgré le sourire qui étire ses lèvres.

– Ça va ? je lui demande. Tu as besoin de quelque chose ? Je peux leur demander de t'apporter un jus de fruits si tu veux, ou quelque chose à grignoter.

Elle se cale plus confortablement contre le fauteuil en veillant à bien garder son bras à plat pour ne pas obstruer la perfusion, avant de me répondre :

– C'est gentil, mais je n'ai pas faim.

Cette phrase, je l'entends depuis plusieurs semaines maintenant et chaque fois, elle provoque en moi la même montée d'angoisse. Et peu importe que l'on me répète que le manque d'appétit est un effet secondaire « normal » du traitement. Peu importe que les infirmières s'évertuent à affirmer à ma mère qu'elle « fait partie des chanceuses, parce que, franchement, vous la supportez bien, la chimio, vous n'avez que peu d'effets indésirables ». Je jure que je vais exploser si j'entends encore quelqu'un dire cela. Rien de ce qui se passe dans cette pièce, dans ce centre médical, n'est normal.

Et surtout pas la présence de Clémence, une patiente, qui pénètre dans la pièce en compagnie de Martin, son petit ami, avant de prendre place sur un fauteuil. Un foulard noué autour de la tête, de grands yeux bleus qui lui mangent le visage, les joues creusées et le corps frêle, la jeune femme me salue et sourit à ma mère, avec qui elle a partagé toutes ses chimios jusqu'à maintenant. Immédiatement, elles se mettent à bavarder énergiquement tandis que Martin papillonne autour d'elles pour s'assurer que sa petite amie est confortablement installée.

– Comment ça va depuis la dernière fois ? demande ma mère.

– Oh, je n'ai officiellement plus un seul cheveu sur le caillou, débite Clémence. C'est le désert là-haut ! À part ça, je me sens bien. Je me sens même très bien. Les médecins sont hyper-optimistes cette fois.

Martin prend place à ses côtés et attrape sa main. La façon dont il la regarde est bouleversante. Tant d'amour se dégage du regard de cet homme… De la peur, aussi. Une peur immense.

– Je l'ai battu une fois, ce cancer à la noix, je sais que je vais y arriver à nouveau, affirme la jeune femme, l'air déterminé. Et cette fois, je dépasserai le stade de la rémission. Cette fois, je vais guérir.

– Évidemment que tu vas guérir, l'appuie ma mère. On va toutes guérir, d'ailleurs.

– C'est évident, lance une infirmière. Vous êtes l'une des meilleures promos qu'on ait eues depuis longtemps. On n'acceptera pas un taux de réussite en dessous de cent pour cent !

Tout le monde sourit… moi y compris, malgré la boule qui m'obstrue la gorge et mon estomac noué. C'est déjà une torture de voir ma mère affaiblie et obligée de traverser cet enfer, mais la vision de Clémence m'est tout bonnement insupportable.

Parce que Clémence a vingt-huit ans.

Parce que moi aussi, j'ai vingt-huit ans.

Parce qu'elle pourrait être moi.

Et parce que, pire, je pourrais être elle.

3

Quels sont les symptômes du cancer du sein ?

Malgré la mise en garde du docteur Marceau, je parcours la page qui s'affiche sur l'écran de mon ordinateur. Très vite, la liste interminable des potentiels symptômes me colle la frousse et je décide de lancer une autre recherche.

Comment prévenir un cancer du sein ?

Je fais défiler plusieurs résultats avant de tomber sur un forum médical. Chacun y va de son expérience face au cancer, certains donnent des conseils et même des recettes apparemment miracles pour éviter d'être parasité par le crabe. Rapidement, je comprends que tout cela ne me sera d'aucune aide, surtout lorsque je lis le post d'un certain @ilssontparmisnous qui recommande d'ingurgiter une demi-cuillère de curcuma à sec, au réveil, pour tenir éloignée la maladie. La preuve, cela fait trois mois qu'il utilise cette méthode et aucune trace de cancer…

Mouais.

Dépitée, je tente tout de même une dernière recherche.

Comment savoir si j'ai une tumeur ?

Cette fois, je tombe sur des détails sur l'auto-palpation, une méthode qui consiste à s'examiner soi-même pour anticiper toute grosseur suspecte. Je quitte mon bureau pour me rendre dans ma salle de bains. Je retire mon tee-shirt ainsi que mon soutien-gorge et, maladroitement, je commence à parcourir ma poitrine en espérant ne rien déceler de suspect. Sauf que, après ce que je viens de lire sur les différents forums, j'ai l'impression de sentir trois grosseurs. Une peur irrationnelle monte alors en moi, me comprimant la gorge, et mon cœur commence à palpiter plus vite que si je m'étais lancée dans un sprint endiablé.

Calme-toi, Sophie.

Je m'assois sur le rebord de ma baignoire et je tente de reprendre mon souffle.

C'est impossible... Ça ne peut pas m'arriver, pas à moi...

La sonnette retentit alors brusquement, me faisant sursauter. Je reste immobile dans ma petite salle de bains en espérant que mon visiteur s'en ira, mais le bruit strident retentit à nouveau, plusieurs fois de suite. Je me rhabille en poussant un soupir et je fonce en direction de la porte d'entrée. Sur le palier se tient ma sœur Clarisse, qui porte dans ses bras…

– Leonard ? je m'exclame.

– Je l'ai surpris en train d'aller chez le voisin, alors j'ai décidé de le rapatrier, m'explique-t-elle.

Elle gratte la tête du chat, qui la regarde de travers, avant de le poser par terre – un exercice périlleux au vu de son ventre de femme enceinte de sept mois. Sir Leonard, premier du nom, secoue ses pattes arrière comme pour se débarrasser de quelque chose de gênant avant d'entrer gracieusement à l'intérieur de la maison. Ma sœur ne tarde pas à lui emboîter le pas et nous nous dirigeons jusque dans la cuisine. Le félin nous y rejoint et grimpe d'un bond sur le plan de travail, toujours désireux de se faire admirer.

– Tu sais, au départ, quand tu m'as dit que tu voulais l'appeler Sir Leonard, je t'ai prise pour une dingue, s'amuse Clarisse. Mais en fait, tu as extrêmement bien choisi. Ce chat a du sang royal dans les veines, ça se voit. J'ai rarement vu un félin aussi précieux, aussi gracieux… et aussi hautain. Il a le don de regarder les gens de travers…

À cet instant, Sir Leonard, qui était en train de se toiletter les coussinets, relève la tête et plonge ses yeux vert émeraude dans ceux de ma sœur. Patte en l'air et petite langue rose dehors, il donne l'impression de servir sa plus belle grimace à Clarisse.

– Tiens, qu'est-ce que je disais ! s'écrie-t-elle.

Je pouffe discrètement et m'installe sur l'un des tabourets de bar.

– Quel bon vent t'amène ? je demande.

– La simple envie de rendre visite à ma petite sœur…

Je penche la tête sur le côté, l'air de dire : « Je ne suis pas née de la dernière pluie. »

– Bon, très bien, abdique-t-elle. Tu *dois* aller te faire dépister.

Je soupire, saute du tabouret et ouvre mon congélateur à la recherche du pot de glace que je garde spécialement pour les urgences sentimentales, les soirées film *N'oublie jamais* et les discussions qui s'annoncent pénibles, comme celle-ci. Après avoir tendu une cuillère à Clarisse, je prends une généreuse portion de crème glacée et lâche :

– Non.

– Non ?

– Non !

– Sophie, ça fait déjà un mois que le médecin de maman t'a parlé de ça, mais tu n'as toujours pas donné suite.

– Tu sais quoi ? Je n'arrive pas à croire que j'ai trente ans.

Si elle est surprise par mon changement de sujet, ma sœur n'en laisse pourtant rien paraître.

– Il fallait bien que ça arrive un jour, dit-elle en haussant les épaules.

– Eh bien non, figure-toi, parce que je ne compte plus le nombre de fois où j'ai supplié le grand manitou là-haut de me rendre immortelle, mais tu crois qu'il a accédé à ma requête ? *Niet*, *nada*, que dalle, zéro pointé…

Je plante avec rage ma cuillère dans la crème glacée avant de reprendre :

– Ah ça, quand c'est pour marcher sur l'eau, y'a du monde, mais quand il s'agit d'empêcher une honnête femme de vieillir, y'a plus personne. Me voilà aujourd'hui trentenaire.

Je laisse tomber ma tête entre mes épaules en grognant de désespoir.

– Oh, ça va aller, ma Sophie, tente Clarisse d'une voix douce. Trente ans, c'est pas si grave.

– Bien sûr que si ! Tu ne comprends pas que je viens officiellement d'entrer dans la catégorie des femmes qui doivent avoir accompli un certain nombre de choses pour être considérées comme normales aux yeux du monde ?

– Tu exagères, râle-t-elle.

– Oh que non. À mon âge, je devrais avoir un emploi stable, être dans une relation sérieuse, être au moins fiancée si ce n'est pas déjà mariée. Mon futur mari et moi devrions être en train de nous chercher notre nid douillet pour devenir propriétaires et nous endetter pour la moitié de notre vie, puis nous devrions passer à la procréation. Parce que quand tu atteins trente ans, les gens se passionnent soudain pour ta vie intime. Tu *dois* pouvoir répondre « C'est en projet » à la question : « Et vous, les enfants, vous vous y mettez quand ? » Sauf que même lorsque tu as un enfant, ça ne leur suffit pas, puisque tu as droit ensuite au fameux : « Et le petit deuxième, c'est pour bientôt ? »

Clarisse me dévisage sans piper mot. J'ajoute :

– Comprends-moi bien, je *veux* tout ça. Je veux rencontrer l'homme de ma vie, fonder une famille et construire mon petit monde. Mais je ne veux pas me sentir poussée à le faire, ni avoir l'impression que c'est maintenant ou jamais parce que je viens d'avoir trente ans et que selon certains, c'est un signe que la machine va bientôt arrêter de fonctionner. Je ne veux pas qu'on me dise ce que je dois faire, je veux le faire quand j'en aurai envie. Ce n'est quand même pas trop demander, non ?

Ma sœur acquiesce avant de faire un geste en direction du plafond.

– Tu peux déjà cocher deux cases. Tu es fraîchement propriétaire et tu as un job que tu adores.

– Alléluia, dis-je en reposant ma cuillère.

Clarisse soupire, puis elle concède :

– Bon, d'accord, la société attend beaucoup des femmes, je te rejoins là-dessus. Mais c'est la première fois que je t'entends être aussi véhémente à ce sujet. Alors, quel est le vrai problème ?

– Je viens de te le dire.

– Sophie…

Je quitte la cuisine pour me rendre dans le salon. Sur la table basse, j'attrape les brochures médicales avant de les déposer devant ma sœur.

– Il est là, le problème, je lance. J'ai trente ans, je me sens encore jeune mais tout le monde me donne l'impression que j'ai basculé dans la dernière partie de ma vie.

– Tu n'exagères pas un peu ?

– Mais non ! Et tu dois le ressentir, toi aussi, Clarisse. À partir de trente ans, tu as deux fois moins de chances de tomber enceinte qu'à vingt-cinq, donc on t'incite à courir après le temps. Ensuite, tu devras faire face à la ménopause, puis aux premiers dépistages du cancer… Enfin, ça, c'est si tu n'as aucun antécédent familial. Parce que nous deux, nous sommes déjà considérées comme étant dans notre cinquantaine. Les médecins nous trouvent à risque et alors qu'on devrait avoir encore une vingtaine d'années devant nous avant de penser à tout ça, on nous inonde de tout un tas de brochures et de pourcentages.

Je me laisse tomber sur le tabouret. Les larmes apparaissent immédiatement dans mes yeux.

– Je ne veux pas de ça, j'avoue. Je ne veux pas déjà devoir y penser. Ça fait deux ans que ce putain de cancer est au centre de nos vies et je refuse de lui donner encore plus de place, tu comprends ?

Ma sœur pose une main réconfortante sur mon bras alors que je poursuis :

– Je ne veux pas être terrifiée tous les jours à l'idée que ça puisse me tomber dessus sans prévenir. J'ai si peur que ça m'arrive… Je sais ce que maman a vécu, on le sait toutes les deux. Je n'aurai pas la force de supporter toutes ces chimios, ces rayons et les effets secondaires. Je ne pourrai pas…

– Eh, ne vois pas tout en noir. Tu sais, on a de grandes chances pour que le résultat soit négatif.

– Le facteur chance et le facteur risque sont presque identiques, j'indique en prenant une grande cuillère de glace.

Ma gorge se serre et mes yeux se remplissent de larmes. Aussitôt, Clarisse me serre dans ses bras.

– Sophie, les médecins ont dit que les derniers résultats de maman étaient encourageants. Tu verras, tout va bien se passer. Et puis, si tu n'es pas encore prête à faire ces examens, alors ne les fais pas pour l'instant. Donne-toi un peu de temps… mais penses-y, parce que c'est important. *Tu* es importante.

Je hoche la tête, bien que pour moi, il soit hors de question d'approcher un centre médical pour l'instant.

4

– Ma chérie, c'est vraiment délicieux, s'exclame ma mère en se resservant dans les plats disposés sur la table.

Je dois dire qu'une des choses qui m'ont fait le plus plaisir après ses traitements, c'est de la voir retrouver l'appétit. Pourtant, physiquement, elle est différente. La chimiothérapie, les rayons, les médicaments, tout ça a laissé des traces sur elle. Aujourd'hui, elle est plus fatiguée qu'elle ne l'était auparavant, moins énergique aussi. Pour quelqu'un d'extérieur à notre famille, elle est une quinquagénaire comme il en existe des millions d'autres. Mais moi, je les vois, les marques de la maladie. Le visage de ma mère ne s'éclaire plus comme avant. Et cela me manque.

– Maman a raison, c'est super bon. Encore une fois, bravo petite sœur, dit Clarisse en passant ses mains sur son ventre rond.

Plus qu'un mois et je serai tata pour la première fois. J'ai si hâte qu'un nouveau petit être arrive dans notre famille…

– À la vôtre, les Durand, entonne mon père en levant son verre de vin.

Nous venons tous y cogner le nôtre et nous poursuivons le repas. Depuis toujours, ma famille et moi aimons nous retrouver autour de bons petits plats. Nous essayons d'ailleurs de nous réunir le plus souvent possible. Ces moments sont encore plus importants depuis deux ans : je savoure chacun d'eux, j'apprécie à leur juste valeur les rires, les éclats de voix et le bruit des couverts… Parce qu'un jour, tout ça va disparaître.

Au moment du dessert, ma sœur aborde le sujet que je mets un point d'honneur à éviter :

– Se faire presser les seins comme des citrons était forcément désagréable, mais je suis contente que ce soit derrière moi. Je suis surtout soulagée que le résultat ait été négatif.

Je baisse la tête dans mon assiette et je déguste ma part de gâteau en espérant que personne ne m'interrogera à ce sujet. Peine perdue.

– Et toi, Sophie ? Tu as déjà pris rendez-vous pour ta mammographie ? demande ma mère.

Bon sang.

– Je n'ai pas encore eu le temps, mais je le ferai bientôt, je prétends.

– C'est ça… ricane ma sœur.

– Même moi je n'y crois pas, réagit mon père.

– Eh, je ne vous permets pas de douter de moi.

– Tu ne trompes personne, ma chérie, dit ma mère.

Je soupire et me cale au fond de ma chaise.

– Bon, très bien, je lâche. Non, je n'ai pas envie de faire cet examen, et c'est mon droit.

– Sophie, les médecins sont là pour une bonne raison, tente mon père. On ne joue pas avec la santé, c'est bien trop précieux. Alors s'il te plaît, va te faire dépister et n'en parlons plus.

– Papa, je n'ai plus cinq ans, je suis capable de faire mes propres choix.

Il secoue la tête pour me manifester son désaccord mais n'insiste pas. Soudain, et comme s'ils avaient reçu un ordre silencieux, ma sœur et lui quittent la table, me laissant seule avec ma mère.

– Sophie… soupire-t-elle.

– Maman, s'il te plaît, ne commence pas, je réplique.

– Mais tu dois m'écouter. Je sais que tu ne t'attendais pas à devoir faire ce genre d'examens si vite, et je suis d'accord pour dire que c'est trop tôt moi aussi. Seulement voilà, le risque est présent et ce n'est pas en agissant comme s'il n'existait pas que ça le fera disparaître.

– Je sais tout ça. Mais… je n'y arrive pas. Je n'ai pas la force de faire ce pas, est-ce que tu peux le comprendre ?

Le regard de ma mère s'adoucit.

– Ma chérie, s'il y en a bien une qui comprend, c'est moi. Si tu savais le nombre de fois où je me suis rendue à des rendez-vous médicaux à reculons, le nombre de fois où j'ai été terrifiée par l'attente d'un résultat… Mais je suis contente de n'avoir rien lâché et d'avoir tenu bon. Est-ce que tu réalises ce qui se serait passé si j'avais décidé de repousser ma mammographie il y a deux ans, ou si j'avais décidé de ne pas y aller du tout ? Quand le médecin m'a appris que si mon cancer avait été détecté seulement quelques mois plus tard, l'issue aurait été fatale pour moi, j'ai ressenti un tel soulagement ! Et encore plus quand il m'a félicitée d'avoir effectué un dépistage chaque année. Il peut se passer tellement de choses en douze mois, ma chérie… Alors imagine ce qui peut se produire lorsque pendant deux, trois, quatre ans, il n'y a aucun suivi médical !

Inévitablement, les larmes me montent aux yeux. Ma mère prend ma main dans la sienne et la serre tendrement.

– Clémence… commence-t-elle avant de s'éclaircir la voix. Clémence m'a raconté, lors de nos séances de chimiothérapie, qu'elle avait un jour senti une grosseur au niveau de sa poitrine et qu'elle avait préféré oublier ce détail par peur de ce que pourraient lui dire les médecins. Alors elle a attendu, attendu, attendu, jusqu'au jour où elle a pris son courage à deux mains. Aujourd'hui, elle n'est plus là. Et peut-être que si elle s'était précipitée chez son docteur dès la première alerte, l'issue aurait été différente… ou peut-être pas. Nous ne le saurons jamais. Mais de mon point de vue, si son cancer avait été traité plus tôt, ça ne lui aurait pas fait de mal.

– Je ne suis pas en train de dire que je ne veux plus jamais croiser un médecin. Je dis simplement que j'ai besoin de temps.

– Sauf que le temps, c'est ce qui permet à cette maladie de grandir et de devenir de plus en plus forte. Le temps, elle s'en sert pour s'installer durablement en toi. Le temps, c'est son arme la plus dangereuse.

Ma mère pose un doigt sous mon menton pour m'inciter à croiser son regard, puis déclare :

– Je vais mourir, un jour, Sophie.

– Maman, ne dis pas ça…

– Je ne le fais pas pour te peiner, bien au contraire. Ce que je veux te faire comprendre, c'est que l'issue de la vie est la même pour tout le monde. Et que, pour ce que j'en sais, je pourrais parfaitement me faire renverser en allant acheter mon pain tous les jours. Est-ce que je vais pour autant arrêter d'aller à la boulangerie ? Je pourrais avoir un accident de la route ; est-ce que cela va m'inciter à ne plus conduire ? Et je pourrais aussi être victime d'un AVC ou d'une rupture d'anévrisme, là, maintenant… Est-ce que pour autant je vais me terrer dans une pièce et ne plus bouger, ne plus parler pour éviter cela ? Non, non et non.

J'essuie mes larmes du revers de la main.

– Ce que je veux te faire comprendre, c'est qu'après ce par quoi je suis passée, j'ai envie de vivre pleinement, termine-t-elle. Et que te voir, toi, subir le contrecoup de la maladie, des traitements et tout le reste me fait énormément de mal. Ce n'est pas à toi de porter ce fardeau… et ce n'est pas à moi non plus, d'ailleurs. J'ai décidé de ne plus laisser la maladie être un frein pour moi. Et je veux que tu fasses pareil.

– Mais j'ai peur.

À cet instant, j'ai beau avoir trente ans, j'ai l'impression d'être à nouveau une petite fille.

– C’est normal, ma chérie, me rassure ma mère. C’est humain. Sauf que la peur ne te fera faire que des mauvais choix.

Je renifle en analysant ses paroles. Souriante, elle me dit, les yeux rougis :

– À partir d’aujourd’hui, tu n’auras plus peur de cette maladie. Au contraire, tu vas la prendre de front et lorsque le résultat de ton examen reviendra négatif, tu pourras lui adresser le plus gros doigt d’honneur de tous les temps.

Je m’esclaffe à travers mes larmes. Ma mère m’imite. Enfin, mon père et ma sœur nous rejoignent et nous nous enlaçons pendant un long moment. Et je réalise alors que, ça, cet amour, c’est ce qui va me permettre de continuer à affronter les obstacles qui se dresseront sur mon chemin. Cet amour, le cancer ne me le prendra jamais.

ÉPILOGUE

Il y a des moments qui s’insinuent et s’installent dans notre esprit sans qu’on comprenne immédiatement leur impact. Ce n’est que plus tard, lorsqu’on y repense, qu’on réalise à quel point l’instant nous a marqué… changé. Le cancer de ma mère m'a changée. Il m'a terrifiée et me terrifie encore. Mais j'ai compris que le laisser me faire peur, c'est le laisser contrôler ma vie. Et cette maladie m'a déjà pris beaucoup trop de choses. Elle a emporté une part de ma mère que je ne retrouverai jamais, *qu'elle* ne retrouvera jamais. Elle a pris deux ans de mon existence, durant lesquels je n'ai rien fait d'autre que m'inquiéter et redouter de découvrir un matin que j'étais devenue une énième Clémence.

Oui, il se peut qu'un jour j'aie un cancer du sein moi aussi. Mais il se peut aussi que ce ne soit jamais le cas. Et je n'ai pas le droit de m'arrêter de vivre en espérant que cela tienne la maladie loin de moi, parce que la seule chose que je maintiens à distance en faisant cela, c'est le bonheur… La vie elle-même.

Aujourd'hui, je me trouve devant le centre d'examens que je me jurais d'éviter il y a encore quelques jours. Je ne vais pas mentir, prendre la décision de m'y rendre n'a pas été facile, mais j'ai compris que je ne pouvais me satisfaire d'un point d'interrogation. Plus que tout, j'ai compris que plus tôt un diagnostic est posé, plus il permet de sauver de vies. Alors me voilà dans une salle d'attente en compagnie d'autres femmes qui paraissent toutes aussi stressées que moi. Me voilà, prête à affronter ma réalité, prête à grandir encore un peu plus vite que je ne l'ai déjà fait ces deux dernières années. Me voilà… et sans que je comprenne pourquoi, je ressens soudain le besoin de m'adresser au chef d'orchestre, là-haut, si tant est qu'il s'intéresse à mon sort.

Salut, Dieu... Tu le sais, toi et moi, on n'est pas les meilleurs amis du monde. La plupart du temps, je pense que tu existes et que tu t'intéresses à l'humanité... et puis, forcément, il arrive que j'en doute quand je vois ce qui se passe dans le monde. Mais le moment où j'ai le plus douté de toi, c'est lorsque, il y a deux ans, tu as laissé ma mère endurer l'épreuve du cancer. Si, comme on le dit, tu vois tout, alors tu savais parfaitement qu'elle ne le méritait pas. Tu savais qu'elle fait partie des vrais gentils et qu'elle avait déjà encaissé son lot de drames. Tu aurais pu lui donner un peu de répit, lui accorder une pause largement méritée, mais il faut croire que ce jour-là, elle n'était pas ta priorité.

Alors je sais qu'il y a des milliards de personnes sur lesquelles tu dois veiller, sauf que moi, je n'ai pas sept milliards de mères... je n'en ai qu'une ! Et si elle n'avait pas été si forte, si déterminée à se battre et à s'en sortir, aujourd'hui, ma vie serait sens dessus dessous. Je me rends compte, en discutant avec toi, à quel point je dis « moi ». C'est vrai, c'est la maladie de ma mère, c'est son combat, ce sont ses séquelles et elles sont bien plus profondes qu'elle ne veut bien le montrer... sauf que si quelque chose lui arrivait, c'est moi qui en serais détruite. Alors je te le demande : fais un peu attention à elle, s'il te plaît...

Oh, et une dernière chose... Fais-moi un signe pour me dire si l'issue de mon examen sera positive. Je prendrai n'importe quoi. Un rai de lumière, un léger tremblement de terre ou une apparition divine...

– Madame Durand ?

Je relève la tête pour croiser le regard du docteur Marceau. Vêtu de sa blouse blanche et tenant un dossier entre les mains, il s'approche en me souriant amicalement.

Ça y est, le moment est venu.

À cet instant, mon téléphone s'anime dans ma poche. Je suis déterminée à rejeter l'appel lorsque je vois le nom de ma mère s'afficher sur l'écran. Je fais signe au médecin de bien vouloir m'excuser quelques minutes, puis je m'éloigne de quelques pas en décrochant.

– Maman, je n'ai pas vraiment le temps de te parler, je suis sur le point de...

– Rémission.

Je me fige.

– Qu'est-ce que tu viens de dire ?

– Je suis en rémission, répète ma mère, la voix tremblante d'émotion. J'ai reçu les résultats de mon dernier examen et... oui, je suis en rémission.

Mon cœur s'affole, mais je ne veux pas me créer de faux espoirs. Alors je demande :

– Tu es sûre ? Qu'est-ce que les médecins t'ont dit précisément ?

– Qu'il n'y avait plus aucun signe de la maladie en moi. Alors il faudra attendre encore quelques années avant de parler de guérison mais… je suis en rémission, dit-elle une fois de plus, comme si elle n'y croyait pas elle-même.

Je plaque une main sur ma bouche, sous le choc moi aussi.

Après ces deux années d'enfer, enfin…

– Madame Durand ? Tout va bien ?

Je me tourne vers le docteur Marceau qui me regarde. Il est forcément au courant de la nouvelle et je ressens une violente envie de le serrer contre moi… mais je me retiens. À la place, je lui souris.

– Je vais devoir te laisser, maman, on m'attend, dis-je. Mais c'est une nouvelle incroyable… Je passerai ce soir pour qu'on puisse fêter ça.

– Avec plaisir, ma chérie.

Nous raccrochons et je m'autorise à prendre une profonde inspiration. Une partie de mon stress vient de s'évanouir.

Rémission…

Comme l'a dit ma mère, ce n'est pas encore la guérison totale, mais c'est en tout cas un pas de plus dans cette direction. Moi qui viens, il y a quelques minutes, de réclamer un signe tout droit tombé du ciel, j'ai été servie… Alors, tandis que je me dirige vers le cabinet, je ne peux m'empêcher de jeter un regard en direction du ciel.

Message reçu !

Le monstre

Claire et Thibaud Zamora

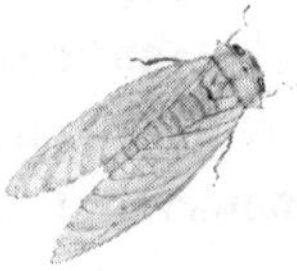

1

Le miroir. La buée. Le silence. Les yeux qui se percutent. L'angoisse de regarder plus bas.

Je suis en *rémission complète* depuis trois mois. Et je ne parviens pas à me réjouir. Réaliste, trop pragmatique, ou ingrate ? Peu importe. Je m'en veux. Parce que je suis incapable de réagir autrement. Je n'ai qu'une certitude. Si *le monstre* a perdu cette manche, il n'y a qu'une chose qui me dira s'il se terre encore dans l'ombre : le temps. Alors, impuissante, j'attends.

J'ai tout donné pendant ces six mois de traitement. J'ai tenu, bien décidée à me laisser un avenir. Je n'ai pas fait preuve de courage, je n'ai pas eu le choix. J'ai fait ce qu'il fallait pour sauver ma peau. J'ai quitté ma ville, mon boulot et mes sales habitudes. J'ai rejoint mes parents à Saint-Jean-de-Fos. Leur soutien et leur amour m'étaient indispensables. Et j'ai enchaîné. J'ai encaissé l'injustice du diagnostic du haut de mes trente et un ans. J'ai mis ma vie en pause pour suivre les examens, les opérations, les cures, les soins à domicile et les contrôles. Aujourd'hui, ce flot continu est terminé. Le quotidien ne se camoufle plus sous les rendez-vous. Et je dois faire face à un nouveau défi : le vide.

De l'extérieur, les docteurs ont fait le job, mes proches me considèrent comme soignée. À l'intérieur, *il* m'a envahi et la reconstruction commence à peine.

J'enfile un legging et me dissimule sous mon habituel tee-shirt ample que je noue à la taille. Une fois à la cuisine, j'allume la bouilloire. Je contourne le bar et déroule mon tapis. J'entame mes salutations au soleil, comme chaque matin. Naya se faufile aussitôt entre mes jambes pour chercher à me mordiller les orteils. Je la chasse gentiment. J'ai trouvé cette petite chose abandonnée dans un carton, il y a deux semaines. Je n'ai pas hésité. Elle avait le droit à une vie, tout comme moi. Cette coquine bondit sur le rebord de la fenêtre pour m'observer de ses deux yeux canailles. Son jeu préféré ? Me sauter dessus lorsque je suis en position « chien tête en bas ». *Avec un nom pareil, pas étonnant que mon chaton joue les rebelles, me direz-vous.*

Une fois mon yoga terminé, j'attrape mon mug licorne pour y glisser le sachet de thé et l'eau bouillante. Je descends pieds nus à l'atelier, ma tasse fumante à la main. J'aime sentir la fraîcheur des tomettes anciennes sur ma peau. Je pousse la porte en bois qui proteste dans un grincement. Bienvenue dans mon sanctuaire. C'est l'endroit le plus réconfortant du monde. Il y règne une douce torpeur. Le soleil de juin se fraye un chemin par les volets entrouverts. Je m'installe en tailleur sur le vieux sofa que papa m'a rapporté d'une brocante. C'est grâce à lui si je suis installée ici aujourd'hui. C'est lui qui a insisté pour que je me lance. J'ai appris le métier à ses côtés sans vraiment m'en rendre compte. Je passais tout mon temps à ses côtés, chaque été. Quand mes copains allaient s'amuser au pont du Diable, je m'empressais de rejoindre l'intimité de son atelier, sentir l'odeur de la terre et travailler l'argile. Et puis, il y a eu cette rupture entre mon adolescence et l'âge adulte. Pour une raison que je peine encore à m'expliquer, j'ai laissé de côté cet univers.

Lorsque *le monstre* a débarqué, bien des années plus tard, c'est instinctivement que je suis retournée à la poterie. Entre les cures, pendant que maman recevait ses hôtes dans le domaine, je me réfugiais derrière le vieux tour de potier. C'était ma bulle. Un espace intime où je devais me concentrer pour accompagner la rotation du juste mouvement. Un mouvement trop brusque ou trop mou et votre création est fichue. Un apport trop important en eau et vous pouvez tout recommencer. L'argile n'est pas figée, c'est une matière vivante. Elle mémorise vos gestes. On ne la trompe pas, on ne la commande pas. C'est un dialogue à cœur ouvert. La matière lit en vous, elle vous ressent, elle prend forme entre vos mains et se moule selon votre état intérieur. C'est un équilibre à trouver entre elle et vous. Elle m'a appris à canaliser mes nerfs, à me focaliser sur le moment présent. Et la magie a opéré. J'ai vu émerger la créativité, enfouie sous des tonnes d'injonctions. La passion a suivi. C'est devenu une évidence et elle m'a sauvée.

Il y a plus d'un mois, papa a trouvé ce local à Saint-Guilhem-le-Désert. Deux semaines plus tard, j'en prenais possession. Il était temps que je sorte de son ombre. Que j'ose être qui je suis.

Je désespère en regardant le chaos qui règne autour de moi. Je n'ai jamais été une maniaque du rangement mais depuis que je travaille sur mes pièces, on peut à peine faire un pas sans enjamber quelque chose. Des pots partout, des bassines remplies de jus peu ragoûtants, des pains d'argile ici et là, des cartons éparpillés sur le sol, des créations par dizaines sur les étagères, de la poussière, beaucoup de poussière, des outils entassés sur les établis et mon tour de potier, qui trône fièrement au centre de l'espace. La poterie, c'est sexy dans *Ghost*. En vrai, l'état de mes mains et de cet atelier ne risque pas d'attirer le sosie de Patrick Swayze. Je soupire.

Je ne parviens pas à me décider sur le thème de ma collection.

Cela dit, ce n'est pas en restant enfermée que je vais trouver l'inspiration ! J'enfile mes sandales et me glisse à l'extérieur.

C'est un jour de semaine, tout est encore calme à cette heure. Je ferme les yeux et profite de la caresse du soleil sur mon visage. La chaleur m'enveloppe tout de suite tandis que la rumeur des cigales s'éveille depuis les collines qui surplombent le village. Le flot des touristes ne va pas tarder à rythmer la journée.

– Eh bonjour !

Je sursaute ! Une femme d'une soixantaine d'années au look hippie m'adresse de grands signes depuis la porte ouverte en face de la mienne. Jusqu'à présent, le local semblait abandonné. Bonne nouvelle, j'ai donc une voisine !

– Bonjour !

Elle déploie un éventail bariolé et s'évente avec énergie. Ses larges créoles se balancent d'avant en arrière.

– Doux Jésus, mais quelle chaleur ! Et nous ne sommes qu'au début de l'été !

– Ça me va bien cette chaleur ! Elle me manquait !

– Ah bon ? Vous venez d'où ?

– Je suis née dans la région mais avant je travaillais à Lille. Je suis redescendue dans le Sud l'année dernière et je vis ici depuis un mois. J'ai ouvert mon atelier de poterie…

Je me retourne et lui montre, non sans fierté, ledit lieu.

– Oh, nouvelle vie alors !

Un sourire sincère éclaire son visage. Ses yeux bleus étincellent de malice et leur clarté contraste avec la couleur hâlée de sa peau. Elle est belle. Elle me tend la main.

– Je m'appelle Josiane mais tu peux m'appeler Jo.

Elle est très souriante et son dynamisme est communicatif.

– Moi, c'est Charlie.

– Charlie, que dirais-tu d'aller boire un bon thé glacé ? Il y a un café sympa sur la place.

Avant, j'aurais poliment refusé, séquestrée par ma timidité maladive. Mais si quelque chose s'est révélé depuis mon cancer, c'est bien le désir de m'ouvrir aux autres.

– Avec plaisir !

2

La place est baignée de lumière. Josiane salue deux dames assises un peu plus loin, près de la fontaine.

– Ce sont mes copines de Pilates. Nous nous retrouvons un peu plus haut, chaque semaine, à l'aurore, lorsqu'il fait encore frais. Tu devrais nous rejoindre un matin, ça fait un bien fou !

Je hoche la tête et envoie un salut aux deux quinquas qui nous sourient. Josiane m'invite à m'installer à l'ombre d'un arbre majestueux sur l'une des chaises en osier.

– Le « roi platane ». C'est ainsi que nous l'appelons.

– Je le contemple dès que je passe sur la place. Il est magnifique…

Ces colosses m'ont toujours apaisée. Il y a de grands chênes sur le terrain de mes parents. Petite, j'aimais jouer à leurs pieds. Ce sont des amis rassurants qui m'ont toujours donné de la force.

Je vois que les yeux de Josiane me détaillent un instant. Je ne suis plus au stade où les gens manifestent leur pitié. Mes cils et mes sourcils ont repoussé. J'ai retrouvé un teint normal. Mais mes cheveux ne forment encore qu'un court duvet. Alors, je m'attends toujours à *ce* regard.

– Dis-moi, pourquoi cet endroit ?

– C'est une longue histoire ! J'ai été malade et plus rien ne me retenait à Lille. J'avais besoin de changement et de renouer avec de vieilles passions. La poterie, c'est toute mon enfance, une histoire de famille. Mon père m'a parlé de ce local, disponible à la location. Et… je me suis lancée ! Et toi ?

Josiane passe une main sur sa tresse et rit doucement.

– Une longue histoire d'amour ! Je suis liée à ce village depuis plus de trente ans et je l'aime tant que je serais bien incapable de le quitter !

– Mesdames !

La voix du serveur interrompt notre discussion.

– Ohhh ! Jo ! Comment vas-tu, ma belle ?

Le jeune homme qui me surplombe affiche un grand sourire encadré de deux adorables fossettes. Ses yeux sont aussi lumineux que le ton enjoué de sa voix.

– Je vais bien mon petit chou ! Et toi ? Toujours au pied levé à ce que je vois ?

Ce dernier attrape une chaise et la traîne vers nous avant de s'y asseoir à califourchon. Il croise les bras sur le dossier. J'aperçois un tatouage sur l'un d'eux.

– Ah ! Tu le sais bien, ma Jo ! Il faut faire tourner le *buzinesse* !

Ce dernier exagère volontairement la prononciation de son mauvais anglais, ce qui me vole un sourire. Il me lance un regard complice et un clin d'œil au passage.

– Il va bientôt devenir impossible d'obtenir une table ici !

Il se penche vers son interlocutrice.

– Dans un mois, je serai plein à craquer ! À cra-quer ma Jo ! On ne va pas se plaindre ! Et ne t'inquiète pas, il y a toujours de la place pour les amis !

Il se relève et tape des mains.

– Qu'est-ce que je vous sers ? J'ai rentré un jus de fruits local, du bio, du bon. Un truc de ma-la-de !

On parle bien d'un jus de fruits ?

En ancienne Lilloise que je suis, j'aurais bien dit une pression. Mais à onze heures du matin, c'est la meilleure façon de me faire une réputation.

– Sers-moi donc un de tes jus, gueule d'ange !

– Trèèès bien ! Et pour le beau sourire qui t'accompagne ?

Je suis touchée par le compliment et amusée par son audace.

– Une limonade s'il vous plaît.

– Des bulles pour la demoiselle ! Paaaarfait ! Ça va pétiller, mesdames !

J'observe sa tignasse un peu folle disparaître à l'intérieur du café tandis qu'il envoie un grand bonjour à un livreur. Voilà un drôle de spécimen. Le genre solaire, à qui il est facile de s'attacher. Mon cœur se serre. Baptiste me revient en mémoire.

Arrête avec les mecs que tout le monde aime Charlie. Tu n'as aucune chance et encore moins maintenant...

– Nathan est une perle. J'aime autant te dire qu'il revient de loin. Il y a deux ans, on a bien failli le perdre... Peuchère, il lui en a fallu de la volonté à ce garçon !

En fait, je suis au beau milieu d'une scène de Marcel Pagnol. J'arque un sourcil.

– Tu connais tout le monde ici, non ?

– C’est un petit village. On se connaît tous. C’est comme une grande famille, tu verras. Et puis, ça me fait du bien de rester au contact des jeunes. Je me modernise. J’ai même créé mon site internet pour vendre en ligne !

– Du coup, tu as un atelier toi aussi ?

– Oui je suis artisane bijoutière, ma chère. Je me suis octroyé un mois de repos pour aller voir mon fils dans les Caraïbes. Je m’y plais beaucoup mais je crois qu’il n’aurait pas survécu à la présence de sa mère plus longtemps !

Nous éclatons de rire. Après avoir été tout ce temps chez mes parents, même si les règles du jeu avaient quelque peu changé, je dois dire que c’était assez étrange et que j’étais heureuse de reprendre ma liberté.

– Et voilààà !

Le serveur pose nos boissons sur la table et accompagne le tout de deux petites assiettes où sont présentés de gourmands macarons colorés.

– Allez, c’est pour moi les filles !

– Vraiment ? Mais…

Je suis gênée. Le jeune homme prend un air faussement indigné.

– Teu teu teu. Chez Nathan, on sait souhaiter la bienvenue !

Je n’ai pas le temps de le remercier qu’il repart déjà en chantonnant. Bon à savoir : si le soleil se cache, je pourrai toujours venir le chercher ici. Josiane observe Nathan avec des yeux tendres.

Je pioche l'un de mes macarons et remarque qu'un petit bout de papier a été discrètement placé entre eux. Je regarde l'assiette de ma voisine et ne note rien de particulier. Comme une gosse récupérant une antisèche en classe, je profite de ce que Josiane regarde son téléphone pour planquer discrètement le pliage au creux de ma main.

– Ton aménagement se passe bien ?

Je bois une gorgée pour me donner une contenance et réfléchir à ma réponse. Je ne connais pas Josiane, je vais donc éviter d'étaler toutes mes névroses sur la table dès notre première rencontre.

– Oui, petit à petit. J'organise l'atelier pour créer un espace de vente et je travaille sur mes pièces. Je n'ai pas encore trouvé le thème de ma collection. Honnêtement, c'est stressant de reprendre de zéro mais en même temps, je suis très excitée de faire enfin ce qui me plaît.

Josiane plisse les yeux.

– Qu'est-ce que tu faisais avant ?

Je ricane et bois une gorgée, histoire de faire passer l'aigreur.

– Je travaillais dans une banque. Je m'ennuyais à mourir mais le job payait les factures et l'appartement que je louais avec mon petit ami de l'époque. Je ne manquais de rien. Sauf peut-être de l'essentiel…

Lorsque Baptiste m'a quittée pour suivre sa jeune élève à l'autre bout du monde, j'ai failli ne pas m'en remettre. Presque dix ans de vie commune et tous les projets qui vont avec, foutus en l'air.

Il n'était pas heureux. Moi, je l'étais et, je croyais qu'il l'était lui aussi. Je l'aimais. La folie a été de croire que c'était réciproque. Une désillusion d'une grande violence. Et le début du désespoir. J'ai eu envie de tout laisser tomber. J'ai même eu des idées noires. Ça a sans doute été la brèche qui a permis au *monstre* de s'insinuer en moi. J'ai senti sa présence dans mon sein quelques mois plus tard. Machinalement, je pose une main sur mon plexus. Josiane reste silencieuse quelques secondes, elle m'a l'air suffisamment éclairée pour flairer le sujet sensible.

– Je vois… Fêtons le changement alors ! Si la vie t'a menée jusqu'ici, dans notre beau village, c'est qu'elle a un plan pour toi !

Nous trinquons. Je fais bonne figure mais le malaise a du mal à s'estomper. Une dame, les bras chargés d'un panier de légumes, vient saluer Josiane. Je me présente. Pendant que les deux femmes échangent quelques bavardages, je baisse les yeux sur mes mains et déplie discrètement le petit bout de papier contre mes genoux. Trois lignes écrites à la main.

Une eau qui pétille
sourire d'une inconnue
le chant des cigales

Je lance un regard stupéfait à Nathan qui sert une table non loin de la nôtre. Je suis touchée par la délicatesse de ses mots. Je pensais que mon sourire s'était un peu éteint et je réalise que, comme à mon habitude, je m'étais jugée trop durement. Alors, sans cesser de regarder mon poète insoupçonné, j'étire largement mes zygomatiques dès qu'il tourne la tête vers moi. Il se courbe théâtralement, la main sur le cœur. Je ris de plus belle.

Une douce chaleur se déploie dans ma poitrine, quelque chose vient de refaire surface. Quelque chose que je pensais ne jamais retrouver : l'inspiration.

3

Les clients viennent de quitter l'atelier. Mes créations suscitent suffisamment d'intérêt pour que je réalise mes premières ventes. L'aspect naïf et acidulé de mes cigales plaît beaucoup. Elles n'ont rien de réaliste, avec leurs gros yeux ronds, mais elles volent toujours une petite étincelle de tendresse à ceux et celles qui les regardent. Ce sont des pièces en céramique qui tiennent dans la paume de la main, faciles à offrir. J'ai d'abord longuement griffonné pour trouver le bon design puis j'ai sculpté mon modèle en plâtre et je l'ai moulé en négatif. Partant de la même base, je personnalise ensuite chacune de mes cigales avec différentes couleurs. Je m'amuse à changer leurs expressions suivant mon humeur. Chaque création est unique et apporte un peu de soleil à son nouveau propriétaire. C'est très drôle d'observer les touristes choisir une cigale qui leur ressemble. Depuis que j'ai trouvé cette idée, j'ai laissé de côté mon tour de potier, mon atelier s'apparente de plus en plus à celui d'une sculptrice.

La journée touche à sa fin. Les rues de Saint-Guilhem se désengorgent peu à peu. Même à cette heure, il fait encore une chaleur étouffante. Je peine à supporter le tissu de ma salopette. Je profite d'être seule pour défaire les bretelles et les laisser retomber sur mes hanches. Je me vois mal m'afficher en crop-top, le ventre à l'air, devant mes clients. Naya profite de l'accalmie pour venir chercher les caresses. Ma petite poilue est une asociale qui m'a choisie comme centre du monde. Lorsque l'atelier grouille de visiteurs, elle se perche tout en haut de l'étagère du fond et garde un œil sur les inconnus. Je ne peux pas lui en vouloir, j'attends qu'elle se réconcilie avec mes semblables. Naya se contrefiche de mes problèmes de température et vient caler sa tête contre mon cou pour ronronner aussi fort que le grondement de mon four. Je lève les yeux au ciel et lui gratouille le crâne. Je la prends dans mes bras tout en lui faisant la conversation (pas la peine de ricaner, entre vous et moi, vous faites pareil).

– Tu sais que tu ne peux pas bouder la vie indéfiniment ? Il y a sûrement des tas de choses intéressantes à faire en dehors de cet atelier !

– Je confirme.

Je sursaute ! Naya se tend et file de mes bras jusqu'à son point de sauvegarde. Mon petit palpitant s'emballe lorsque je me rends compte de sa présence. Nathan est appuyé contre le chambranle de la porte. Dans la mi-ombre, je devine sa silhouette mais pas l'expression de son visage. Je me sens toute nue sans ma boule de poils ou le jean de ma salopette pour dissimuler les contours de ma poitrine.

– Je ne t'ai pas vue aujourd'hui.

Il y a des voix qui vous laissent indifférente. D'autres qui vous agacent. Et puis… il y a celle de Nathan. Je prends maladroitement appui contre un établi. Ma main dérape et je dois m'y reprendre à deux fois pour trouver un équilibre acceptable. Le charisme n'est pas donné à tout le monde. Mère Nature, dans sa grande magnanimité, a choisi de me doter d'autres qualités….

– Oh… Euh… désolée, j'ai eu beaucoup de travail aujourd'hui.

Nous avons un rituel bien à nous que nous n'avions jamais interrompu jusqu'à présent. Depuis le jour de notre rencontre, quotidiennement, je descends sur la place pour prendre un café. Pas pour la boisson. Un peu pour socialiser. Et surtout pour voir Nathan. À chaque fois, il dépose un de ses poèmes, qu'il appelle « haïku », juste sous ma tasse.

Certains pourraient trouver ce petit jeu ringard. Moi, je trouve que c'est la chose la plus romantique du monde.

– Viens, approche ma Charlie.

Le cœur battant, je le rejoins. J'ai peur qu'il voie. Je rêverais de me blottir contre lui pour faire taire mon angoisse. Mais je n'ose pas dépasser le stade de la séduction. Elle a ce côté rassurant. Celui d'ouvrir tous les possibles. En ne tentant rien, je me complais dans mes fantasmes et je ne laisse aucune place à l'échec.

Un sourire en coin, il me tend un bout de papier un peu froissé entre ses doigts. Il exerce une légère pression pour m'empêcher de m'en emparer tout de suite. Ses yeux azurés s'attardent une seconde sur mes formes. Est-ce qu'il me trouve jolie ? Est-il surpris de me voir aussi peu vêtue ? Remarque-t-il l'asymétrie de mes seins ?

J'adopte un ton espiègle pour masquer mon trouble.

– Tu les prépares à l'avance, en fait ?

– Surtout pas, malheureuse ! Je suis un artiste de l'instant ! Mais comme on ne brise pas un rituel et que j'avais très envie de te voir, écrire, c'était comme capturer ton sourire sur ma terrasse.

J'ai une furieuse envie de l'embrasser, là tout de suite. Mais à la place, je me raccroche à ma raillerie.

– Tu ne devrais pas y être, sur ta terrasse, à cette heure-ci ?

Je m'en veux de réagir de cette façon. Il me dédie sa prose et moi, je me comporte comme une peste.

Pour le tenir à distance, je ne pourrais pas mieux m'y prendre.

– Si. Mais j'ai mes priorités. Et ça ne fait pas de mal à mon apprenti d'avoir un coup de pression. Il faut les élever à la dure, ces oisillons.

Je ris doucement et m'échappe entre les établis. Nathan le prend comme une invitation et pénètre dans mon sanctuaire. Pour la première fois.

Des dizaines de gens visitent mon atelier tous les jours mais c'est étrange de le voir, lui, ici. C'est comme lui dévoiler une partie plus intime, une vérité qu'il ne pouvait pas entrevoir dans nos échanges. Il observe avec intérêt mes créations. Je le suis du regard. Nathan est vraiment beau. Pas seulement parce qu'il a cette gueule d'ange comme dit Jo, mais surtout parce qu'il est d'une grande sincérité. Il n'y a pas une once de vice en lui. Il ne juge pas et ne manque jamais d'enthousiasme. Avec lui, je me sens en sécurité. J'esquisse un sourire puis l'abandonne à sa contemplation pour lire ce qu'il m'a écrit.

Une journée de manque
sans ses lèvres que j'attends –
ombres qui s'allongent

Lorsque je relève le nez, intimidée, il est tout près de moi. Il m'observe une minute, silencieux. Puis quelque chose l'interpelle.

– C'est quoi, ce bruit ?

Je déglutis. La chaleur est montée d'un cran mais elle n'a plus rien à voir avec le mois de juillet.

– Le grognement du four ?

– Non…

Il tend l'oreille et me fait signe de l'index lorsqu'un petit son retentit.

– Oh ça ! Ce sont les cigales…

Il fait la moue et me regarde par en dessous.

– Je suis sérieuse, Nathan. Mes cigales chantent aussi. Et même dans l'obscurité de mon atelier.

Il effleure les pièces de ses doigts tout en réduisant un peu plus l'espace qui nous sépare. Ma petite conscience lutte de tout son être pour ne pas lui avouer mes sentiments. Je le connais depuis un mois à peine mais c'est comme si nous étions connectés depuis toujours. C'est donc ça, un coup de foudre.

– Tu te moques de moi Charlie ?

Sa voix est douce, joueuse, mais elle a cette teinte rauque qui sonne comme le doux avertissement d'une tendre correction. Je me racle la gorge et tente de me redresser. Mais je suis certaine que rien ne lui a échappé. Ni mon trouble, ni la chair de poule qui vient de naître sur mon épiderme. Il effleure doucement ma joue du dos de l'index et je frissonne.

– Pas du tout. Lorsque… les cigales refroidissent… l'émail prend place sur le tesson de terre. C'est… ce « ding » que tu entends. La pièce… chante.

Ses yeux plongent dans les miens et leur intensité m'effraie. Je me dérobe à lui.

– Qu'y a-t-il, Charlie ?

J'esquisse une grimace. Le doute s'insinue. J'ai peur qu'il me repousse lorsqu'il saura.

– Tu ne veux pas d'une femme brisée Nathan.

Ma voix n'est qu'un murmure. Il connaît mon passé avec la maladie. Je ne lui ai pas tout dévoilé pour autant. Il ne connaît pas la cicatrice. Il ne connaît pas la vérité. Il ne sait pas, non plus, que les traitements pour lutter contre *le monstre* m'ont probablement privée de donner la vie. Quel homme voudrait de *ça* ? D'abord désarçonné, il prend quelques secondes pour esquiver ma tentative de mise à distance. Il fronce les sourcils et m'invite à le regarder droit dans les yeux en relevant mon menton.

– Je ne vois pas une femme brisée. Je vois une femme libre. Une femme forte, passionnée… Tu es magnifique, Charlie. Tes cigales sont le reflet de cette joie qui bout en toi et qui te hurle de la laisser sortir.

Il parcourt des yeux mes petites protégées avant de revenir à moi.

– Elles sont drôles, espiègles, joueuses, vivantes ! Ne laisse pas ce *monstre*, comme tu l'appelles, définir qui tu es ! Tu es tellement plus que lui, tu es…

Nathan s'interrompt. Il est ému. Pour la première fois que je le connais, les mots ne lui viennent pas avec leur aisance habituelle. Ses yeux sont humides. Il passe une main dans ses mèches blondes et cherche à contenir son émotion. Je suis prête à pleurer moi aussi.

– Ce qui t'est arrivé est profondément injuste. Tu sais, moi aussi j'ai eu envie de tout lâcher après mon accident…

Nathan ne parle pas souvent de cet épisode de sa vie. Le jour où sa moto a dérapé à plus de 130 kilomètres à l'heure sur une plaque d'huile glissante. Une seconde de plus et il aurait été écrasé sous les roues d'un 26 tonnes. Trois opérations, des mois de rééducation et une volonté de fer pour se réconcilier avec son corps.

– La vie nous fait parfois de mauvais coups… mais elle nous réserve aussi de belles surprises. Des opportunités qu'il faut saisir…

C'est trop. Je ne peux pas continuer à passer à côté d'un bonheur qui me tend les bras. Je dois aller de l'avant. Lâcher *le monstre*. Il appartient au passé. Et s'il tente de revenir, je lui réserverai le même accueil. Je me battrai, comme je l'ai fait une première fois.

Je prends le visage de Nathan en coupe. Mes yeux disent tout. Les siens me répondent, pas besoin de paroles. Je pose délicatement mes lèvres sur les siennes. C'est comme une libération. Il pose une main contre ma nuque pour m'inviter à continuer. Je l'embrasse cette fois avec toute ma fougue. Nos gestes se font plus passionnés, plus empressés. Nous reculons jusqu'à un établi et manquons de faire tomber un pot. Je ris contre ses lèvres. Je jette un coup d'œil aux ombres qui passent dans la rue.

– Tu sais que la porte est toujours grande ouverte ?

– Et alors ? Tu as peur que Jo nous surprenne et colporte la nouvelle sur la page Facebook du village ?

– Pour ça, il faudrait qu'elle parvienne à trouver l'icône de l'appli sans m'appeler au secours !

Nous éclatons de rire. Puis Nathan glisse ses mains sur mes fesses qu'il empoigne sans retenue pour pousser mon bassin contre le sien.

– Je n'ai pas très envie de parler de ta voisine, là.

Je glousse. L'humour fait taire ma peur.

– Viens…

Je le prends par la main et l'invite à passer la porte pour emprunter les marches qui mènent jusqu'à mon appartement. En chemin, Nathan me plaque contre le mur. Prise entre le froid de la pierre et la chaleur de son corps, je bascule vers le feu qui me consume. Mon poète dépose une pluie de baisers sur la peau sensible de mon cou, palpe mes hanches, mon ventre, mes flans… Il remonte lentement jusqu'à ma poitrine. Je me retourne et me jette sur ses lèvres. Il m'encercle de ses bras. Je m'agrippe à lui en crochetant mes jambes autour de sa taille lorsqu'il me soulève du sol. Autour de nous, il n'y a plus que nos souffles et la mélodie de nos baisers fiévreux.

Il claque la porte d'un coup de pied et me porte jusqu'au sofa. Son corps vient peser contre le mien et je m'abandonne à ses caresses. Il relève mon tee-shirt court. Je retiens ma respiration lorsque mes seins s'échappent du tissu. Sa main vient en dessiner la courbe. L'ardeur de son regard fait aussitôt fondre toutes mes inquiétudes. Je pousse un gémissement de plaisir quand sa bouche en goûte le galbe. Je plonge mes mains dans ses cheveux et perds le contrôle alors qu'il s'aventure plus bas. Jamais un homme ne m'a découverte comme il le fait. J'ai l'impression d'être la plus belle des merveilles.

Mon bas-ventre se tord douloureusement. L'urgence est là. Ce désir de lui. Ce désir de vie.

– Fais-moi l'amour, Nathan.

Nos corps s'apprivoisent dans une danse voluptueuse qui éveille ce que j'avais laissé de côté. Je le serre fort et j'enfouis mon visage au creux de son épaule. Une larme roule sur ma joue.

– Tout va bien, Charlie ?

– Oui.

Dans un même soupir, nous unissons nos deux âmes. Deux âmes éprouvées par la vie, sans doute faites pour se rejoindre ici, dans ce village, où les cigales chantent, même à l'ombre. Mes yeux viennent chercher les siens. Et je lui fais la promesse silencieuse de ne plus jamais douter de moi-même ni de la vie.

4

Je suis réveillée par Naya qui confond mon visage avec un coussin moelleux. Un pouf géant n'était donc pas en train de m'étouffer. Quel soulagement ! D'un œil torve, je regarde l'heure.

– Naya, bon sang ! C'est mercredi, il est 9 heures du matin, alors pousse tes fesses et laisse-moi dormir !

Miss Pénible dégouline sur le côté avec une nonchalance exagérée. Je remarque qu'elle mâchouille quelque chose.

– Mais qu'est-ce que…

Je parviens à lui enlever le petit bout de papier avant qu'il ne soit transformé en boule gluante. La voleuse bondit du lit, indignée. De toute évidence, j'ai dépassé les bornes. Je déplie le mot le plus précautionneusement possible. L'encre a un peu coulé mais je parviens tout de même à déchiffrer le haïku de mon homme.

Noir, serré, café
brillant, croustillant, croissant
Servi, déjeuner

Je souris et je sens en effet les odeurs délicieuses qui proviennent de la cuisine. À cette heure, Nathan est déjà au travail. Il profite du mois de décembre pour mettre un coup de frais à son local. Il doit superviser les travaux de restauration des voûtes et se rendre dans une carrière pour récupérer des pierres de taille. Nous n'allons pas nous croiser aujourd'hui, alors, il a pensé à me laisser un de ses petits mots. Notre rituel n'a jamais cessé.

Je fixe le solitaire sur mon annulaire, et je prends conscience, emplie de gratitude, combien ma vie a changé. La roue a tourné. Il y a deux ans, je commençais mes traitements contre *le monstre*. Aujourd'hui, ma rémission est complète et je pense à *lui* comme une épreuve appartenant au passé. Nathan et moi sommes fiancés et nous nous sommes installés ensemble dans son appartement. Les noces sont prévues pour août. Ma mère a pleuré lorsque je le lui ai annoncé. J'ai pleuré aussi. Quant au tout premier homme de ma vie, il a donné une accolade virile à celui qui deviendra mon mari.

Mon atelier fonctionne très bien les mois d'été. Moins en basse saison. Mais si je lisse mes ventes sur l'année, je m'en sors plutôt bien tout en faisant un métier de passion. Le bonheur est là et je ne compte plus le laisser filer. Naya miaule pour attirer mon attention. Elle se pavane au-dessus de mes affaires de yoga, disposées bien comme il faut sur une chaise. Je cligne des yeux, réalisant que…

– Merde ! Je suis à la bourre !

Je me lève d'un bond et file sous la douche. J'ai promis à Jo de la rejoindre pour une séance de Pilates. En cette saison, on se réfugie chez elle. J'ai rendez-vous dans cinq minutes. Une fois debout, une désagréable sensation tiraille mes seins. Sous le jet de la douche, je les palpe doucement. Ils sont hyper-douloureux et lourds. Une angoisse sourde s'éveille. Le côté droit de mon sein est très dur. Une lame glacée s'enfonce dans ma poitrine et une vague de nausées l'accompagne. Je dois sortir précipitamment de la douche pour me pencher au-dessus des toilettes. N'ayant pas grand-chose à sortir, je me plie douloureusement en deux et me laisse tomber misérablement contre la cuvette. Cette scène, tristement familière, je pensais ne plus jamais la revivre… Je reste un instant immobile, le regard perdu au sol. Le temps s'écoule et la joie qui réchauffait mon âme une minute plus tôt vient de s'évanouir dans le néant.

– Non…

Mes lèvres tremblent. En fait, c'est tout mon corps qui frissonne. Naya vient se frotter à mes épaules mais je l'ignore parce que mon esprit vient d'être capturé. *Il* est revenu. Ma logique s'enclenche. Il n'y avait rien à ma dernière mammographie. Rien, putain ! Je porte à nouveau la main à mon sein, toujours aussi dur.

– Ce n'est pas possible, ce n'est pas possible.

Je répète cette phrase encore et encore pendant que ma main palpe encore et encore la courbe de ma poitrine. J'espère m'être trompée. Que cette chose va disparaître. La peur s'entremêle peu à peu à la colère. Deux ans, jour pour jour. Alors, c'est ça ? Il revient pointer sa gueule comme à un putain d'anniversaire ? Je hurle de rage ! Naya bombe le dos, souffle et s'échappe de la pièce. La pauvre ne comprend pas ce qui m'arrive.

Pourquoi ? Mais POURQUOI ? Alors que tout allait si bien !

Tu vas te lever Charlie. Tu vas continuer ta journée. Si c'est encore comme ça ce soir, tu en parleras à Nathan.

Après quelques secondes, ou quelques minutes peut-être, je me relève. Comme une automate, je me sèche puis j'enfile ma tenue. Je glisse mon tapis sous le bras et je sors en direction de chez Jo. Il fait froid mais je m'en fous, il fait moche mais je m'en fous. J'ai la haine. Je me sens salement trahie par la vie. Encore. Et qu'est-ce que je dois faire ? Attendre ? Aller voir mon docteur ? Mon oncologue ? Me pointer aux urgences… ? Je n'en sais foutrement rien.

– Charlie ? Je ne t'attendais plus ! Que fais-tu si peu vêtue par ce froid ! Tu…

Les mots de Jo restent suspendus dans les airs lorsqu'elle croise mon air misérable. Elle se précipite vers moi et j'éclate en sanglots.

– Charlie ! Mais qu'est-ce qu'il se passe ma chérie… ?!

– Il est revenu Jo. Il est revenu.

– Mais de qui tu parles ?

– Du *monstre*.

Mon amie écarquille les yeux. Elle enroule ses bras autour de mes épaules et m'invite à entrer à l'intérieur. Même l'odeur familière de son parfum ne parvient pas à m'apaiser.

– Du calme. Pourquoi dis-tu ça ?

Je peine à réfréner la crise de panique qui s'annonce.

– Charlie, respire.

Mon amie m'aide à retrouver mon souffle et je parviens enfin à balbutier quelques mots.

– J'ai mal aux seins, ils sont durs… J'ai… Et si c'était *lui* qui revenait ?… J'ai peur Jo.

Elle m'aide à m'asseoir et s'agenouille devant moi. Elle pose ses mains sur mes genoux.

– Est-ce que tu as senti une… masse ? Quelque chose de dur et de localisé ?

Je réfléchis un instant et pose une main sur le galbe de mon sein.

– Non…

– Il te fait mal, c'est ça ?

– Oui ! Les deux ! J'ai l'impression que mes seins pèsent une tonne !

– Est-ce que tu te sens nauséeuse ?

– Plus que ça… J'ai vomi. Je crois que c'est l'angoisse…

– Hum… Moi je crois que tout ça n'a rien à voir avec *le monstre*, ma bichette.

Les yeux énigmatiques de l'artisane m'arrachent une grimace.

– Et alors quoi ?

– Il y a manifestement un petit monstre en toi ma Charlie. Mais plus bas.

Elle pose la main sur mon ventre. Je lui retourne un rire aigre. Plus mauvais que je ne l'aurais voulu. Jo n'est pas responsable de mon amertume.

– Ce n'est pas possible. Aux dernières nouvelles, ma réserve est trop basse. Je n'ai pas ovulé depuis plus de deux ans. Je le sais parce que… j'avais besoin de savoir, en tant que femme, si cette possibilité m'était encore offerte ou non. Ma gynécologue m'a bien fait comprendre que ce serait compliqué voire… impossible.

– Basse ne veut pas dire inexistante. Tu as du retard ?

– Peut-être. Je ne sais pas… J'ai arrêté de contrôler mes cycles. Je ne supportais plus d'espérer pour rien. J'ai fini par accepter…

Elle se relève et attrape un gilet en laine.

– Enfile ça, allons à la pharmacie t'acheter un test de grossesse. Tu seras fixée.

J'attends que les ouvriers soient partis. Nathan est dans la remise. Je ne savais pas comment lui annoncer la nouvelle et puis tout m'est apparu comme une évidence. Je me faufile jusqu'à lui et, fébrile, je glisse le petit papier dans le creux de sa main.

Épouse-moi vite
avant que la robe craque –
Notre enfant arrive

Les autrices

Tamara Balliana

Lorsqu'on m'a présenté ce projet et la démarche de Claire, je n'ai pas hésité une seconde. La lutte contre le cancer du sein est une cause à laquelle je suis particulièrement sensible, et mettre ma plume à son service est un honneur. Et quand on parle de cigales, je ne sais pas résister !

Erika Boyer

Ma plume étant ma meilleure arme, je tenais sincèrement à la lever pour participer à ce combat cher à mon cœur de femme, de personne dont la vie a été changée par cette maladie, d'être humain concerné, tout simplement. Ce projet était une occasion de m'investir un peu plus dans la lutte contre le cancer du sein ; je l'ai saisie avec joie et reconnaissance ♡

Maloria Cassis

Dans le cadre de mon travail, il m'arrive de croiser régulièrement des femmes atteintes du cancer du sein. Je ne prétends pas mesurer leur douleur, mais l'impact de la maladie au fil des semaines et des mois m'a toujours frappée. Ces femmes sont des exemples de courage. J'ai un profond respect pour elles et ces hommes qui traversent ces épreuves. C'est pourquoi j'avais à cœur de participer à ce recueil.

Cynthia Kafka

Pouvoir faire de l'activité solitaire qu'est l'écriture, une aventure solidaire, c'est une motivation incroyable. Ce recueil de nouvelles est une action concrète à plus d'un égard : rassembler des autrices autour d'une cause féminine, pointer du bout de sa plume l'espoir, rappeler l'importance du dépistage et collecter des fonds pour aider l'association Ruban Rose. Je suis très fière et heureuse de participer à ce projet et lui souhaite le succès qu'il mérite, pour l'association et pour toutes les femmes qui luttent chaque jour.

Isa Lawyers

Je suis si fière de participer à ce projet. C'est l'occasion de rendre hommage à toutes les guerrières que j'ai pu rencontrer, mes tantes Christiane et Simone, mes cousines Jocelyne et Cécile et à tant d'autres encore, qui combattent chaque jour si courageusement cette maladie.

Lou Marceau

Participer à ce projet a été pour moi une évidence. Je pense souvent à toutes ces femmes qui se battent contre un cancer du sein, au courage qui est le leur. Elles ont toute mon admiration et mon affection. J'avais envie de les encourager dans leur combat, de leur écrire l'espoir et le bonheur possible et retrouvé, tout en permettant à Ruban Rose de poursuivre son action pour le dépistage et la recherche. Merci à vous de lire ce recueil !

Amelia Pacifico

Un sujet qui me touche, un thème positif, un format court que j'affectionne… il n'en a pas fallu plus pour que je cède une nouvelle fois à l'appel à textes organisé par Fyctia ! Alors, que mon texte soit sélectionné par Claire Zamora est une petite cerise sur le gâteau que je savoure chaque jour depuis.

Émilie Parizot

Allier ma passion pour les mots à l'engagement contre ce fléau qu'est le cancer du sein ?

J'en suis, évidemment. Et je suis très honorée d'avoir eu l'opportunité de contribuer à ce recueil et à travers lui à ce combat. Avec d'autres femmes et pour d'autres femmes.

En attendant que le progrès médical fasse des bonds de géants, j'ai une pensée très forte pour toutes les personnes touchées de près ou de loin par ce fichu crabe.

Carène Ponte

En tant que femme, je suis forcément sensibilisée à cette question du cancer du sein. Encore un peu plus depuis que j'ai fait ma première mammographie il y a quelques mois. Alors, si mes mots peuvent venir au service d'une bonne cause, j'en suis très heureuse.

C. S. Quill

L'écriture représente pour moi un partage d'émotions, d'idées, d'expériences… une main tendue, un véritable lien de vie entre les gens. M'engager dans ce superbe recueil s'inscrit dans cette vision qui me tient à cœur.

Valentine Stergann

Si mon proverbe préféré est « tant qu'il y a de la vie, il y a de l'espoir », ce n'est pas pour rien ! Participer à ce projet m'est apparu comme une évidence ; pour donner de la voix à ces super-héros du quotidien qui se battent contre la maladie, pour tous ceux qui nous ont quittés trop tôt, pour célébrer la vie avec ses hauts et ses bas… et pour montrer que « même à l'ombre, les cigales chantent » !

Laura S. Wild

En 2018, les médecins ont diagnostiqué un cancer du sein à ma mère. Ma famille et moi avons vécu le long processus de soin à ses côtés, mais aussi l'après… alors, quand on m'a proposé de participer à ce projet, il ne m'est pas venu un seul instant à l'esprit de refuser. Nous sommes toutes et tous concernés par cette maladie et nous devons faire front contre elle ensemble.

Claire et Thibaud Zamora

Même à l'ombre les cigales chantent. Elles le doivent, elles le peuvent, elles le méritent. Pour elles, pour leurs proches et pour toutes celles touchées par cette maladie. Le cancer a attaqué plusieurs fois notre famille. Plusieurs fois il a gagné la partie mais d'autres fois, il a perdu. Il faut lutter contre lui, par la recherche, par la prévention, par les soins et par l'espoir.

Composition et mise en pages
Nord Compo à Villeneuve-d'Ascq